Dietmar Wachter

Katharinas Rache

Inspektor Matteo ermittelt

Sein vierter Fall

Berenkamp

Dietmar Wachter

Katharinas Rache

Inspektor Matteo ermittelt

Sein vierter Fall

Berenkamp

Berenkamp

www.berenkamp-verlag.at
ISBN 978-3-85093-317-9

Bibliographische Information der Deutschen Bibliothek
Die Deutsche Bibliothek verzeichnet diese Publikation in der Deutschen Nationalbibliographie; detaillierte bibliographische Daten sind im Internet über http: / / dnb.ddb.de abrufbar.

Erst kommt das Fressen,
dann die Moral.

Bertolt Brecht

Spätsommer 2009

„Mausetot, gestorben, erledigt, kalt, aus der Welt geschieden, erloschen, verblichen." Alle erdenklichen Synonyme für das morbide Finale hatte Matteo Steininger in seiner langen Polizeikarriere schon aus dem Mund von Priestern, Bestattern oder trauernden Hinterbliebenen vernommen. Aber „grabreif" oder „grabbereit" – was sollte das heißen? Etwa reif für die kühle Grube oder flugbereit für die erlösende Himmelfahrt, für die letzte Reise in die Ewigkeit? Die außergewöhnlichen Begriffe hatte seine jüngere Tochter neulich zu Mittag erwähnt, als sie ganz nebenbei vom stillen Tod des alten Konrad Petter erzählt hatte. Konrad war ein wortkarger, bärtiger Sonderling gewesen, den Matteo ab und zu in seinem hochgelegenen Refugium droben im Kaisertal besucht hatte. Dessen kunstvoll geschlichteten, hohen Brennholzstapel vor dem archaischen Bauernhaus hatte er stets bewundert, die das steinerne Mauerwerk abdeckten und nur die kleinen Fensternischen frei ließen.

* * *

Konrad war der kauzige Bergbauer, der sich in jungen Jahren in Landstein als Nachtwächter und Totengräber verdingte und für seine seltsamen Gewohnheiten – zum Beispiel Totenschädel in seinem Zimmer aufzustellen – weitum bekannt war. Oft saß Matteo als kleiner Bub in einer Horde von Kindern auf den Stufen der Benediktinerabtei und lauschte den Geschichten, die Konrad auf seinem Bergbauernhof erdacht hatte – unsinnige Erzählungen oft, manchmal lustige, meistens aber traurige oder solche aus dem Buch des Propheten Habakuk. Vor allem bei dessen Erzählungen bekam es Matteo damals mit der Angst zu tun, weil Konrad Sätze wie „Schneller als Leoparden sind seine Rosse und rascher als Wölfe am Abend, seine Reiter kommen im Galopp daher, von fernher kommen seine Reiter, sie fliegen daher wie ein Adler, der sich auf den Fraß stürzt" wild gestikulierend und mit unheilvoller Mimik von sich gab, dabei das Getrampel der Pferde und das Heulen der Wölfe nachahmte und zum Abschluss seiner schaurigen Geschichten stets einen Totenkopf aus seinem Rucksack hervorkramte und mit beiden Händen emporhob – als absoluten Höhepunkt seiner Rede. Mit Luzifer und dem Fegefeuer drohend, marschierte er dann zufrieden auf sein hoch gelegenes Gehöft zurück.

An seiner Kleidung bimmelten immer einige Rosenkränze, einen trug er um den Hals, einen zweiten hatte er stets um seine Hüfte gewickelt, und weitere hingen aus den Taschen seiner einfachen Lodenkleidung.

In späteren Jahren fühlte sich Matteo meist sehr wohl in Konrads Gewölben mit der geheimnisvollen Aura. Obwohl es ihn noch immer ein wenig schauderte, wenn er in die düstere Rauchküche mit dem uralten Ofen und dem typischen Duft nach Geräuchertem trat. Er genoss es, den Geruch harzig duftender Wacholderstauden einzuatmen, die im Feuer der Selch loderten und den Speckschwarten gemeinsam mit Natursalz und wohlriechenden Gewürzkräutern die einzigartige Note gaben.

Die Totenschädel, angeblich jene seiner direkten Vorfahren, hatten nach Jahren der Wanderschaft im Herrgottswinkel in Reih und Glied ihre Ruhe gefunden.

Steininger gefiel Konrads sture Haltung gegenüber allem Fortschrittlichen, kam er doch zeitlebens ohne Strom oder sonstigem technischem Firlefanz über die Runden und lebte sozusagen ein Leben wie damals, völlig auf sich allein gestellt, mit dem Allernötigsten auskommend. Als frommer, ein wenig entrückter Einsiedler inmitten seiner bäuerlichen Gerätschaften, die alle längst musealen Wert hatten.

* * *

„Weißt du, ich lebe gern in meinem Kleinod, bekomme Gott sei Dank nur wenig Besuch und möchte hier heroben einfach meine Ruhe haben", erzählte Konrad bei Matteos letzter Stippvisite, bei der ihm der Inspektor Zünder, Tabak, Kaffee und Würfelzucker im Gegenwert eines Laibes Speck aus dem Tal hinaufgetragen hatte.

„Ich bin ohne Hebamme zur Welt gekommen, habe mein ganzes Leben keine Arznei gebraucht und bis heute nie einen Arzt zu Gesicht bekommen. Aber je älter ich werde, desto lästiger werden mir die gierigen Aasgeier, die hart drauf warten, bis ich den Löffel verwerfe", jammerte Konrad in seinen Bart hinein und erzählte von einem besonders garstigen Landsteiner, den er zwar nicht beim Namen kenne, der ihm aber immer wieder lächerliche Angebote für sein Grundstück und sein museales Inventar unterbreitete. „Der wollte mir allen Ernstes eine Leibrente anbieten, mich in ein Altersheim stecken und das Gut meiner Ahnen an ein Innsbrucker Heimatmuseum verscherbeln", knurrte Konrad, stopfte sich gemütlich ein Pfeifchen, setzte sich auf die Holzbank, goss Steininger ein Kräuterdestillat in ein Stamperl, genoss mit ihm schweigend den grandiosen Ausblick auf die Tiroler Bergwelt und ließ den Herrgott einen guten Mann sein.

* * *

Matteo hatte den alten Herrn gemocht, dessen kleine Äuglein zwischen den struppigen Haaren und dem grauen Vollbart hervorlugten und dessen Fingerspitzen vom vielen Rauchen dunkelbraun gefärbt waren. Den begnadeten Volkskünstler, der aus jedem Stück Holz mit seinem Sackmesser eine Figur zu schnitzen wusste und einen Dialekt murmelte, den im Tal kaum jemand verstand.

Nun war Konrad also gestorben. Angeblich war er vor seiner Berghütte kopfüber im Brunnentrog gelegen, den er sich vor Jahrzehnten aus einem Baumstamm gezimmert hatte. So jedenfalls erzählte es später der junge Ziegenhirte, der ihn mausetot und starr aus dem kühlen Wasser gezogen hatte.

„Plötzlich und unerwartet", las Matteos Tochter in der Todesanzeige, die sie zwischen Brotaufstrich und Buttersemmel online auf ihrem Tablet aufgerufen und dabei nicht unerwähnt gelassen hatte, dass kein einziger Angehöriger um den alten Eigenbrötler trauere, der immerhin 93 Jahre alt geworden war.

* * *

„Zickig ist der Alte, und störrisch", warnt der Fahrer mit der sonderbaren Schildmütze seine vier Helfer in blauen Overalls und Arbeitshandschuhen, die hoch droben auf der Alm aus dem Lieferwagen steigen. Dass der Greis schreiend aus der Hütte stürmt und mit einem Hirtenstock wahllos auf die Besucher eindrischt, kommt bei den Männern nicht besonders gut an. Sie reißen ihm den Stock aus der Hand und bescheren ihm eine Abkühlung im Brunnentrog. Während ihn zwei festhalten, drückt ihm der Dritte den Kopf ins eiskalte Wasser. Lang – vermutlich eine Spur zu lang, denn der Greis rührt sich bald nicht mehr. Er zappelt noch ein paar Sekunden mit seinen dürren Beinen, bis er seine Ruhe findet und die Arme lautlos ins Wasser sinken lässt.

Dann räumen sie rasch die Bude leer, während einer aus dem Quintett mit dem Fernglas die Gegend beobachtet und nach Jägern, Bergsteigern, Wanderern oder Hirten Ausschau hält.

* * *

Von Konrad Petters Tod erfuhr Matteo erst, als dessen Leichnam bereits die Tore des Krematoriums passiert hatte und dem Feuer übergeben worden war. Wen wundert's, bestand doch das dynamische Ermittlungstrio der Polizeiinspektion Landstein derzeit nur aus einem einzigen Hauptdarsteller, der die aktenlosen Zeiten lieber bei Severin Moser, seinem Wirt, absaß als in der Nähe seines lästigen Kommandanten, der ihn tagtäglich mit Statistiken und unnützen Aktenvorgängen eindeckte.

Seine junge Kollegin Claudia Bodner war derzeit auf einem Kurs in Wien, der Frauenflüsterer und Weiberheld Willi Hörtnagl war, man höre und staune, trotz aller Vorsichtsmaßnahmen Vater eines unehelichen Buben geworden und befand sich für einige Monate in Vaterkarenz.

Matteo rief beim Bestatter an und erfuhr, dass Konrads Asche nach dessen letztem Willen schon am Nachmittag auf den Wiesen rund um Konrads Berghütte im Kaisertal verstreut werden sollte.

Also schnürte sich Steininger nach dem Mittagessen die Wanderschuhe, fuhr mit dem Bestatter den steilen Karrenweg hinauf und nahm die letzte Steigung bis zur Almhütte in der spätsommerlichen Hitze nur mehr Stück für Stück, Schritt für Schritt, schwitzend und keuchend. Nach einer Labung mit kühlem Gebirgswasser betrachtete Matteo die Brunnensäule, die Konrad seinerzeit kunstvoll geschnitzt hatte; niemanden wunderte, dass sie einen Teufel darstellte, der mit rot funkelnden Glasaugen jeden grimmig anblickte, der vom erfrischenden Quellwasser trank.

Dann begann der „Boandlkramer", wie Konrad zu Totengräbern und Leichenbestattern zu sagen pflegte, die Zeremonie, betete mit Matteo ein Vaterunser, schraubte die Blechurne auf und streute die Asche in den Wind, der den feingrauen Staub über die Almwiesen verblies.

Die Pettersche Almhütte bot ein trauriges Bild. Fenster und Türen standen sperrangelweit offen, der Wind pfiff durch das alte Gemäuer, und Steininger war wenig überrascht, dass die Bude nur ein paar Tage nach Konrads Heimgang völlig leergeräumt war. „Die Aasgeier haben gute Arbeit geleistet, und Erben sind wohl auch keine bekannt, die irgendwelche Ansprüche stellen werden", dachte sich Matteo, als er ein letztes Mal durch die niederen, düsteren Räume ging, in denen Konrad, der nur höchst selten das Hochtal verlassen hatte, vor über neun Jahrzehnten zur Welt gekommen war.

„Der lebte äußerst zurückgezogen, wurde im hohen Alter richtig menschenscheu und mied jeden Kontakt zum Rest der Menschheit. Ich wette, dass sein letzter Ausflug hinunter nach Landstein Jahrzehnte zurückliegt!", resümierte Steininger, als er in den Herrgottswinkel schaute und an den Konturen der Zirbentäfelung nur mehr erahnen konnte, wo einst das Christuskreuz aufgehängt gewesen war. Eine äußerst ausdrucksstarke Lindenholzfigur eines Tiroler Künstlers, der sie anno dazumal für Konrads Ahnen geschnitzt hatte.

„Die Kostbarkeit hing fast drei Jahrhunderte im selben Winkel, hat Generationen überdauert und wird nun wohl bei einem dubiosen Antiquitätenhändler oder gar am Flohmarkt landen. Ebenso wie die Totenschädel seiner Vorfahren“, dachte sich Steininger, als er in der Fensternische ein Fläschchen Enzianschnaps entdeckte, das beim gierigen Angriff der Kulturbanausen offensichtlich übersehen worden war.

Steininger und der Bestatter genossen – direkt aus der Flasche – Schluck für Schluck. Dann leckte Matteo das letzte medizinisch wertvolle Tröpfchen mit der Zunge vom Rand des Glases und rülpste.

Auf der Talfahrt touchierte der Bestatter ob seines bedenklichen Zustands mehrmals mit dem Weidezaun und setzte die Heimkehr, nachdem der Wagen in ein Schlammloch geraten war, aus dem es kein Fortkommen mehr gab, bald zu Fuß fort. Da konnte Steininger schieben, wie er nur wollte, da ging nichts mehr. Und als Matteo zuletzt noch ausgerutscht und kopfüber in den Matsch gefallen war, ließen sie die Karre stehen und torkelten Arm in Arm zu Tal.

Deutlich angedudelt, verdreckt und nach Kuhmist stinkend, rückte Matteo in die Polizeiinspektion ein und erlebte einen polternden Kommandanten, der ihm ordentlich das Geweih wusch. „Du hast ja eine Fahne, Steininger, wo hast du dich so lange herumgetrieben? Schau, dass du schleunigst nach Hause kommst. Kultivier dich, wasch dich, rasier dich, pfleg dich. Ist ja geradezu ekelig! In diesem Zustand bist du eine Zumutung für unser Korps. Und, damit ich's nicht vergesse: So geht das nicht mehr weiter. Das Volk lacht über dich, sieht in dir einen Komiker statt einen ernstzunehmenden Polizisten! Ab heute weht ein anderer Wind, das verspreche ich dir!

Nächste Woche werde ich dir eine tüchtige Kollegin zur Seite stellen. Eine rüstige und berufserfahrene Dame, die zu dir passen wird. Eine altgediente Postbeamtin, die dem Sparkurs der Reformer zum Opfer gefallen und ausgemustert worden ist. Sie wird als tadellos und korrekt beschrieben. Eine Koryphäe in Sachen Formulare, Tabellen und Statistiken, kennt sich aus in der Bürokratie und wird dich ab sofort unterstützen! Allein kann man dich ja nicht mehr unter die Leute lassen!"

War schon das tragische, einsame Ableben des Einsiedlers Konrad Petter ein arges Malheur, so mussten Steiningers hochprozentige Eskapaden in Sachen spirituelle Heilschnäpse in die Kategorie „kaum entschuldbare Katastrophen" eingestuft werden. Allein die Affäre, dass Matteo sternhagelvoll in die promillearmen Räume der Inspektion eingerückt und seinen Kommandanten brüskiert hatte, vergaß ihm der Kommandant nicht an diesem und auch nicht an den nachfolgenden, verkaterten Tagen.

Ohne alkoholbedingten Teilausfall hätte Matteo schon in der einsamen Berghütte des Konrad Petter die Lösung zu mehreren kuriosen Todesfällen gefunden, die ihn in den folgenden Monaten beschäftigen würden. Der Schlüssel zum Erfolg lag auf der Hand, hing sogar in Form eines Kruzifixes in Konrads Herrgottswinkel oder war als Reifenspur eines Kleintransporters zu sehen, dessen kriminelle Insassen neulich die Berghütte leergeräumt und die vielen Holztruhen, Schemel, Tische, Butterkübel und Kupferkessel geklaut hatten.

Aber Matteo stand wie so oft in seinem Leben auf der Leitung. Dieses Mal auf der eigenen.

Oktober 1981

„Andreas-Hofer-Kaserne Absam, Gebirgsjägerkompanie 44“, stand auf den Einberufungsbefehlen, die in den Koffern der fünf jungen Männer lagen, die auf Bahnsteig 3 des Landsteiner Bahnhofs auf den Personenzug warteten. Sie kannten einander von Kindheit an, hatten gemeinsam die Volksschule besucht, in derselben Mannschaft Fußball gespielt und waren als Jugendliche mit uralten Waffenrädern gemeinsam bis Rom geradelt.

Auch in späteren Jahren hatten sie sich nie aus den Augen verloren, obwohl ihre Freundinnen in verschiedenen Gegenden wohnten. Im vergangenen Herbst standen sie bei der Musterung in derselben Reihe Habt Acht, als ihnen ein leicht angesoffener Unteroffizier in einer peinlichen Zeremonie den Bescheid mit dem Vermerk „tauglich“ überreichte.

Nun ratterten die fünf Landsteiner im Coupé eines alten Personenzugs zweiter Klasse in ein neues Abenteuer, und es war verständlich, dass die fünf Freunde auch in der Kaserne ein gemeinsames Zimmer bezogen. Und so kam es, dass Gustav, Engelbert, Albert, Adolf und Friedrich bei der frostigen Alpinwoche in den meterhoch verschneiten Bergen des Karwendelgebirges auch im selben Militärzelt schliefen. Tagsüber erlebten sie unendlich lange Schitouren in weißen Tarnanzügen, suchten bei Lawinenübungen nach Verschütteten, kletterten in steilen Eisrinnen herum und erklommen in frostiger Kälte einen Gipfel nach dem anderen.

Damals auf der Dreizinkenspitze hatten sie in bitterer Kälte über zwei Stunden auf den Militärfotografen warten müssen und sich dabei fast die Zehen abgefroren. Da nützte auch die Flasche Obstler nichts, die ein Kamerad aus dem hinteren Wipptal durch die Runde reichte – Kälte, nichts als klirrender Frost, tagelang.

Gustav war zum Heizer ernannt worden und musste jeden Abend den schmalen Kanonenofen im Zelt beheizen. Dann saßen die fünf Soldaten rund um die Feuerung, wärmten ihre ausgekühlten Körper und hielten die schmerzenden, blau gefärbten Zehen über die kleine Kochplatte. Dieses abendliche Ritual schweißte die Burschen zusammen und formte das Landsteiner Quintett zu einer verschworenen Einheit, die geschlossen gegen die erbarmungslose Härte der Natur ankämpfte, die oft unsinnigen Befehle der sekkanten Unteroffiziere mit genügsamem Lächeln ausführte und allfällige Repressalien und Strafen der Ausbildner in trauter Einigkeit abbüßte.

Nachts krochen sie in die Schlafsäcke, entzündeten eine Petroleumlampe und erzählten im dämmrigen Flackerlicht Geschichten aus der Kindheit, Episoden aus den gemeinsamen Jahren in der Landsteiner Pfarrjugend, die ersten Erfahrungen mit Mädchen, und malten dabei optimistische Bilder ihrer Zukunft, die nach den beschwerlichen Monaten in der Kompanie noch vor ihnen stand.

Die harte Militärzeit hatte aus den fünf uniformierten Landsteiner Gebirgsjägern tüchtige und zielstrebige Menschen geformt. Und was wurde aus ihnen?

Gustav Burger, der gelernte Maler und älteste Soldat, erkannte seine kreative Begabung schon während einer militärischen Sommerfeldwoche, malte ein Landschaftsbild nach dem anderen, porträtierte Soldaten und Offiziere und besserte damit seinen kläglichen Sold auf. Nachher begann er eine Fachausbildung und spezialisierte sich für die Lüftlmalerei, eine volkstümliche Variante der barocken Scheinmalerei, der hohen Kunst des Sehens und der Augentäuschung.

Engelbert, der sich schon von klein auf für Kirchen, Kapellen und kunsthistorische Gebäude interessierte, schlug ähnliche Wege ein. Er war sich seiner handwerklichen Fähigkeiten und seines künstlerischen Potenzials bewusst und machte im fernen Wien die Ausbildung zum Restaurator – natürlich mit Auszeichnung.

Albert hingegen verschlug es in das kärntnerische Ferlach. Er genoss dort die Ausbildung zum Büchsenmacher, während Adolf für einige Jahre nach München zog, wo er das seltene Handwerk des Posamentenmachers erlernte und mit dem Meisterbrief nach Landstein heimkehrte.

Der musisch veranlagte Friedrich, der Jüngste des Quintetts, übersiedelte für einige Zeit in die Steiermark, wo er den Beruf des Instrumentenbauers erlernte, sich auf Streichinstrumente spezialisierte und sich unsterblich in die Konzertmeisterin des Philharmonischen Orchesters Graz verliebte, was ihm einige leidvolle Jahre in harter, ehelicher Knechtschaft einbrachte.

Jahre später

Berufsbedingt war das Quintett über ein Jahrzehnt in alle Winde zerstreut und traf sich nur selten zu Hause in Landstein. Dem einen begegnete man vielleicht bei den jährlichen Gräberbesuchen am Friedhof, dem anderen bei der feierlichen Christmette in der Abtei zu Landstein. Nie aber trafen sich die Kameraden in voller Truppenstärke wie einst im eisigen Hochgebirge.

Die Jahre zogen ins Land, aus den jungen Soldaten wurden stattliche Herren, die sich nach und nach wieder in ihrer Heimatstadt niederließen und sich als tüchtige Handwerker, Künstler und Geschäftsleute etablierten. Sie hatten in kluger Voraussicht Berufe gewählt, in denen sie weitum keine Konkurrenz zu befürchten hatten.

Die Kameradschaft hatte über die vielen Jahre hinweg Bestand, und wen wundert's, dass alle fünf Männer bei einem Jubiläumstreffen der einstigen Gebirgsjägerkompanie im Brauhaus zu Landstein vereint an der Tafel saßen. Vom Nebentisch prosteten ihnen ehemalige Soldaten aus Vorarlberg zu, mit denen sie damals das eine oder andere Scharmützel im Wirtshaus ausgetragen hatten. Auch ehemalige Ausbildner und Offiziere, die stark ergraut waren und sich größtenteils als rüstige Pensionisten vorstellten, verbrachten mit ihnen einen geselligen Abend.

Das Kameradentreffen dauerte sehr, sehr lang und fand seine Fortsetzung in der Kaminstube des Hotels Arlberg, wo die fünf Landsteiner Kameraden den größten Kampfgeist bewiesen, sich bis in die frühen Morgenstunden bestens unterhielten, alte Geschichten aufwärmten und die Soldatenzeit in idealisierten Erinnerungen aufleben ließen. In dieser Nacht sprachen sie über alles. Auch über ihre Familien, ihre glücklichen und teils gescheiterten

Ehen, ihre aufstrebenden Nachkommen und schwierigen Kinder, einstige Gymnasialprofessoren und ulkige Religionslehrer. Natürlich auch über ihre beruflichen Karrieren, die scheinbar bei allen fünf Freunden in äußerst erfolgreichen Bahnen verlaufen waren.

Sie konnten sich allesamt beruhigt zurücklehnen und sich ihres Vermögens erfreuen, das jeder angehäuft hatte. Da war auch kaum Neid zu spüren, jeder der ehemaligen Soldaten freute sich am Erfolg des anderen. Sie sprachen auch über verstorbene Schulfreunde, deren plötzliche Suizide oder tragischen Unfälle. Zuletzt tranken sie Bruderschaft und spürten, dass ihnen das Gespräch guttat. Sie fühlten auch, dass sie noch immer auf einer gemeinsamen Wellenlänge lagen und sich derartig wohltuende Zusammenkünfte unbedingt wiederholen müssten – nur öfter und regelmäßiger, am besten immer zur selben Zeit am selben Ort. So vereinbarten sie für die Zukunft, sich jeden ersten Dienstag im Monat im Kaminzimmer des exklusiven Hotels zu treffen, das an Wünschen und Annehmlichkeiten nichts zu wünschen übrig ließ.

Zuletzt erzählte Gustav in seinem Übermut von einer eng befreundeten Goldschmiedin, mit der er sich regelmäßig für ein Wochenende in einer Therme treffe. Er regte an, von ihr als Zeichen der Zusammengehörigkeit Ringe anfertigen zu lassen. Protzige Goldringe, die den Wohlstand des erfolgreichen Quintetts nach außen hin dokumentieren sollten. Vielleicht mit dem Symbol einer Handgranate. Oder eines Gipfelkreuzes. Oder eines Militärzelts. Oder eines Kanonenofens, an dem sie sich einst in den kalten Hochtälern des Karwendelgebirges erwärmt und mit billigem Fusel die tiefe Freundschaft begossen hatten.

Beim ersten offiziellen Treffen des Soldatenquintetts im Kaminzimmer des Hotels Arlberg – natürlich waren alle pünktlich zur vereinbarten Zeit erschienen – brachte Gustav nicht nur die fünf edlen, handgefertigten Goldringe mit, sondern überraschte seine Freunde mit einer Gelöbnisformel und einer Idee, die ihm neulich im Stift Stams beim Ausbessern des Stiftswappens gekommen war. Sozusagen unter göttlicher Aufsicht war ihm die feierliche Formel eines Eides eingefallen, der das honorige Quintett bis zu ihrem letzten Erdentag zusammenschweißen sollte – ein spiritueller Seelenvertrag sozusagen, ein von ganz oben abgesegnetes, beglaubigtes Versprechen für die Zukunft.

Nach seinen Ideen solle die Bruderschaft unter der Patronanz des Erzengels Michael stehen und keine weiteren Mitglieder mehr aufnehmen. Als erste symbolische Geste stifte man zu dessen Ehre ein kostbares Gemälde für den Seitenaltar der Benediktinerabtei zu Landstein. Außerdem solle künftig jährlich am Karfreitag zur Todesstunde des Herrn des christlichen Soldatenheiligen gedacht werden. Dabei werde man auch – in violette Mäntel gekleidet und mit seltsamen Hüten auf den Köpfen – das Ostergrab im stillen Gebet bis Mitternacht bewachen.

Dann entzündete Gustav eine stilvolle Kerze auf einem barocken Ständer und übergab jedem seiner Freunde würdevoll einen Goldring mit dem eigenwilligen Symbol eines Kanonenofens, graviert mit dem Datum jenes symbolträchtigen Tages, an dem die Burschen einst zum Militär eingerückt waren.

Sie gelobten fortan gegenseitige Unterstützung in privaten und beruflichen Dingen; und da sie ohnehin genug Reserven auf der hohen Kante hatten, vereinbarten sie als Sahnehäubchen, bei gemeinsam geglückten Geschäften ein Drittel des Gewinns in festen Werten – Münzen oder Gold – anzulegen. Mit dem schwarz erwirtschafteten Kapital sollten gemeinsame Treffen und elitäre Streifzüge nach Monaco, New York, Venedig oder St. Petersburg finanziert werden. Da man überdies nie wissen konnte, ob es einem aus der Runde womöglich einmal schlecht ergehen würde, wäre ein üppig gefülltes Depot, am besten mit ein paar Kilo Feingoldbarren, ganz und gar nicht zu verachten.

Als Anreiz für eine möglichst gesunde und genussvolle Lebensweise wurde beeidet, dass der letzte Überlebende aus der Runde dafür zu sorgen habe, das Vermögen bis auf den letzten Heller zu verbrauchen oder wohltätigen Zwecken zuzuführen.

Friedrich wurde einstimmig zum Säckelmeister ernannt, weil dessen altledige Schwester Katharina Gollner die Landsteiner Regionalbank leitete. Er sollte das Schließfach mit der Nummer 1981 mieten und die gemeinschaftlich erwirtschafteten Erträge möglichst gewinnbringend anlegen. Die Nummer sei für jeden leicht zu merken – sie erinnere für immer an das Jahr ihrer Einrückung.

Weiters gelobten alle Mitglieder der seltsamen „Laienbruderschaft zum Kanonenofen“ in einer feierlichen Zeremonie absolutes Stillschweigen. Niemand sollte etwas Genaueres über die fünf Herren jenes geheimen Zirkels erfahren, die sich monatlich im Kaminzimmer trafen, feinste Zigarren pafften, mehrgängige Menüs verspeisten, dazu edelste Weine schlürften und zwischen den Gängen beratschlagten, wie sie ihr gemeinsames Vermögen von Monat zu Monat vermehren könnten.

Februar 2010

Es war ihr letztes Treffen in Ruhe und Frieden, bei dem sie die Feierlichkeiten für das kommende Jahr besprachen. Ein Jubeljahr, in dem sie alle ihren Fünfziger feierten. Sie gedachten, die Anlässe auf einen gemeinsamen Termin zusammenzulegen und in trauter Harmonie ausgiebig zu feiern. Sie bereiteten eine Frühlingsreise nach Dubai vor, freuten sich auf arabische Gastlichkeit, orientalische Märkte und Basare. Sie planten einen Besuch bei Falknern und in Pferdegestüten und wollten an Kamelrennen teilnehmen.

Nach Jahrzehnten harter Arbeit und Schinderei von früh bis spät war den honorigen Herren das Beste gerade gut genug – sie buchten einen Direktflug nach Abu Dhabi in die Vereinigten Arabischen Emirate samt zwei Wochen kulinarischer Hochgenüsse und Wellness im Ritz-Carlton-Hotel. Dazu ein paar Tage relaxen an den langen, schneeweißen Sandstränden. Da durfte ruhig ein Teil des gemeinsam ersparten und gewinnbringend angelegten Vermögens draufgehen, obwohl der Säckelmeister mit einem Schmunzeln betonte, dass ein derartig mickriger Flug an den Persischen Golf gerade einmal einen kleinen Teil der Zinsen fressen würde.

Das Quintett hatte es tatsächlich geschafft. Mit lukrativen Aufträgen, die sie sich gegenseitig zugeschanzt hatten, waren sie zu äußerst wohlhabenden und schweigsamen Männern geworden, zu denen der eine oder andere Landsteiner neidvoll hinaufschaute.

Natürlich schlichen sich zwischen die legalen Geschäfte auch dubiose Machenschaften, es verwundert also nicht, dass immer öfter altes bis uraltes Klientel bedient wurde, das froh um jedes Wort und dankbar für jeden Handgriff war. Als wichtigste Voraussetzung erkannte die hilfsbereite Truppe sehr bald, dass möglichst keine Erben im Weg stehen durften. Auch eilten sie einander rasch zu Hilfe, wenn einem kritischen Kunden Zweifel kamen und ein Gutachten vonnöten war. Sogar diese Aufträge blieben in der Familie, und die allseits bekannte Seriosität der Herren erhob selbst die übelste Expertise zu einem Meisterwerk. Wohl kein einziger Landsteiner hegte je Zweifel an der Rechtschaffenheit des dubiosen Quintetts.

So berichtete der Restaurator Engelbert Krainer voll Freude, dass der Auftrag beim alten Herrn Oskar von Schenkenberg nach anfänglichen Problemen letztlich zur vollsten Zufriedenheit erledigt werden konnte. Nicht nur, dass Engelbert dem alten Herrn zu einem weit überhöhten Preis das Familienwappen mit Blattgold fasste, er überredete den schrulligen Mann zu weiteren, völlig sinn- und nutzlosen Restaurationen rund um seine Villa.

So entsorgte Engelbert aus dem Kellerdepot des alten Mannes einen Kleintransporter voller angeblich völlig wertloser Kunstgegenstände, darunter ein barockes Bild des Schweizer Kunstmalers Luca Antonio Colombo, Hofmaler Herzog Eberhard Ludwigs von Württemberg, den Stab des Weihbischofs Maximilian von Schenkenberg, angeblich Oskars anno 1526 verblichenen Urahns, ein bronzenes Ziborium aus der ersten Hälfte des 16. Jahrhunderts, ein kunsthistorisch wertvolles Zunftkreuz der Innsbrucker Zimmerleute, eine Prunkmonstranz, ein Smaragdkreuz, einen Reliquienbehälter und eine gotische Figur, die heilige Katharina darstellend. Natürlich alles ohne Quittung und auf Nimmerwiedersehen.

Der alte Herr wurde ausgenommen wie eine Weihnachtsgans. Welch Glück, dass der adelige Oskar in baldige Demenz verfiel und niemand mehr nach den Kostbarkeiten fragte, die Engelbert längst gewinnbringend verkauft und den vereinbarten Teil des Erlöses dem Vermögen des Kanonenofenquintetts zugeführt hatte!

Der Lüftlmaler Gustav Burger zog an seiner Tabakspfeife, nickte zufrieden und berichtete den Freunden, dass die Aufträge beim Erbhofbauern Julius Kathrein ähnlich lukrativ verlaufen seien. Er habe ihm eine Bauernmalerei, ein Jagdmotiv mit Spruchband und eine Sonnenuhr über den Hauseingang gepinselt und bei einer deftigen Speckjause ganz nebenbei von ihm erfahren, dass er längst Witwer und seine einzige Tochter vor Jahren nach Kanada ausgewandert und dort bei einem Bootsunfall tödlich verunglückt sei.

Der alte Bauer habe ihn abends in die Schnapsbrennerei in den Keller geführt und nach einigen Stamperln Williams habe er ein paar uralte Holzkisten geöffnet, deren Inhalt ihn in Staunen versetzte. Auf den Kisten war der Schriftzug des Reichsbahnhofs Bad Herzberg eingebrannt, und der Erbhofbauer erzählte, dass in den letzten Tagen des Zweiten Weltkriegs deutsche Pioniere den Hof des Vaters belagert und die Kisten in die hinterste Nische des Kellers verstaut hätten. Die ausgemergelten Soldaten hätten die Speisekammern leergefressen, ein paar Tage bei ihnen Unterschlupf gefunden und eine Magd geschwängert. Nachdem der Führer im April 1945 Selbstmord verübt und die deutsche Wehrmacht wenige Tage später bedingungslos kapituliert hatte, hätten die Landser die Gegend Hals über Kopf verlassen. Um den wertlosen Plunder im Keller habe sich bis heute niemand mehr gekümmert. Er wollte ihn schon vor Jahren entsorgen, seine gesundheitliche Verfassung hätte dies aber nicht mehr zugelassen. Natürlich bot sich Gustav als Helfer an, fuhr mit einem Möbeltransporter vor und räumte den Keller des Bauern leer, der sichtlich zufrieden auf der Ofenbank saß, einen Humpen Bier genoss und sich eine Prise Schnupftabak nach der anderen in die Nase zog. Der alte Mann drückte dem Lüftlmaler für seine Gefälligkeit sogar noch einen Maria-Theresia-Golddukaten in die Hand und bedankte sich herzlich.

Die vermutlich während des Kriegs geraubten, in elf Holzkisten verpackten Kunstschätze brachte Gustav gewiss nicht zum Sperrmüll, sondern auf direktem Weg zu einem befreundeten Gutachter, der ob des Kunstschatzes große Augen machte und einige Gegenstände verzückt als königliche Prunkgläser aus Venedig, Glaspokale im Jugendstil, kunstvolle Gläser aus den berühmtesten Manufakturen Nordböhmens und Schlesiens und ein sizilianisches Elfenbeinkästchen aus dem 12. Jahrhundert erkannte. Natürlich brachte der Verkauf der Kunstschätze eine beträchtliche Summe ein, die zum Teil im Schließfach der Landsteiner Regionalbank landete.

Ähnliches berichtete der Büchsenmacher Albert Grüner. Der blonde Schönling wusste natürlich von Berufs wegen, in welchen Landsteiner Wohnhäusern und Villen wertvolle Waffen lagen. Und so ergab sich mancher Glückstreffer, wenn er beispielsweise eine sündteure Büchse in Reparatur nahm und der Waidmann aus unerfindlichen Gründen verschied. Mal war es ein Herzinfarkt am Hochstand, ein anderes Mal ein bedauerliches Malheur auf der Jagd. Oder es ging besonders tragisch zu Ende wie beim Aufsichtsjäger Valentin Kammerer, der sich in einem Innsbrucker Bordell zu sehr ins Zeug legte, wortwörtlich am Höhepunkt seines Lebens verschied und in einer Holzkiste nach Landstein heimkehrte.

So blieben die Knarren der Waidmänner oft herrenlos in der Werkstätte des Meisters zurück und wurden ebenso gewinnbringend verwertet wie die umfangreiche Waffensammlung der Grete Kainrath, die noch mit 93 Jahren auf die Jagd ging, bei ihrem letzten Pirschgang stürzte und mit einem gebrochenen Oberschenkelhals ihre letzten Tage im Krankenhaus verbrachte, bis sie ihren ewigen Hubertusfrieden fand.

Albert wusste um die Gewohnheiten der alten Dame, sperrte mit dem unter dem Blumentopf aufgelegten Schlüssel ihr Wohnhaus auf und tauschte die wertvollen Büchsen gegen ein paar minderwertige Spatzenflinten.

Der Instrumentenbauer zog genüsslich an seiner Zigarre, nahm einen Schluck feinsten Cardenal Mendoza Carta Real Brandy, klopfte die Asche ab, lehnte sich im Fauteuil zurück und erzählte voll Zufriedenheit von einem Bergbauern im Zillertal, der den fachmännischen Rat des gerichtlich beeideten Sachverständigen suchte und ihm einige Saiteninstrumente zeigte, die seine Vorfahren gesammelt und in einer alten Holztruhe in der Tenne aufbewahrt hatten. Darunter eine Laute der Geschwister Kramer, die um 1840 als traditionelle Volksmusikanten bis in das ferne Liverpool gereist waren, eine Zither der Sängergesellschaft Stiegler, eine Geige der Natursänger Hauser und als Sahnehäubchen die Gitarre der Geschwister Rainer, mit der sie angeblich anno 1819 die Christmette in der Kirche zu Fügen musikalisch umrahmt und dabei das Lied „Stille Nacht, Heilige Nacht“ zur Uraufführung auf Tiroler Boden gebracht hatten. Letztere Behauptung gelte zwar als nicht gesichert, das Instrument stamme aber mit Sicherheit aus dem Bestand der Ur-Rainer.

Dann habe der Bergbauer erzählt, dass er schon im Alter von sieben Jahren das Geigenspiel ohne jegliches Notenwerk von seinem Großvater erlernt hatte. Er habe ihm die einfachen Volksmusikstücke so lang vorgespielt, bis er sich die Melodien merken habe können. Dann habe er versucht, die meist namenlosen Stücke Takt für Takt aus dem Gehör nachzuspielen. Damals sei auf den Bauernhöfen noch viel getanzt worden, und er habe öfters bei den traditionellen Volksmusikgruppen ausgeholfen, wenn Polkas und Walzer zu spielen gewesen seien. Leider sei ihm vor fast dreißig Jahren nach einem schweren Holzunfall die linke Hand amputiert worden und damit natürlich Schluss gewesen mit dem Geigenspiel. Seither schlage er bei der Dorfkapelle nur mehr die große Trommel.

„Das geht auch mit einer Hand", schmunzelte der alte Bauer, zündete sich eine Virginia an, drehte das Radio auf und servierte dem Instrumentenbauer ein Zillertaler Bockbier und eine deftige Jause mit Speck, Schwarzbrot und Kren. „Ihr könnt euch natürlich vorstellen, dass mein Gutachten vernichtend ausfiel. Ich habe die Instrumente kaum näher angeschaut, ein wenig belächelt und dann als Sperrholz und Gerümpel bezeichnet, wofür man heutzutage keinen Heller mehr bekäme! Bestenfalls eine warme Stube, wenn man den Krempel einheize!"

„Dem dummen Kerl habe ich für den ganzen Plunder fünfhundert Euro angeboten. Und stellt euch vor, der hat sofort eingeschlagen und mir sogar noch die Truhe dazu geschenkt! Auf dem Truhenboden lag als kleine Zugabe noch ein kleines Büchlein der Tiroler Nationalsänger, das als verschollen geglaubte Amerika-Tagebuch des Ludwig Rainer. Eine wahre Rarität unter Sammlern. Verkauft habe ich die Kostbarkeiten um ein Vielfaches und ein Liebhaber aus Salzburg hat für die Gitarre der Geschwister Rainer eine Summe geboten, die sogar mir die Sprache verschlug. Das Instrument habe ich bis heute nicht verkauft, ist eine ähnliche Kostbarkeit wie die Violine von Jakob Stainer."

Da konnte auch der Herr Posamentiermeister nicht zurückstehen und erzählte von seinem großen Geschick, vorwiegend von alten Kunden historische Biedermeierstühle, Armlehnstühle im Jugendstil, Gründerzeitgarnituren oder italienische Schaukelstühle in Reparatur zu nehmen und diese, in geschickter Zusammenarbeit mit einem maroden und versoffenen Kunsttischler, gegen ähnliche Modelle auszutauschen. Durch diesen simplen Trick sei eine erquickliche Summe zusammengekommen, die er natürlich ebenfalls dem Kanonenofenquintett zuführte.

Die fünf Herren genossen ihre erfolgreiche Reminiszenz auf gelungene Plünderungen und ausgefuchste Gaunereien und lauschten gespannt den Ausführungen des Säckelmeisters, der ihnen einen aktuellen Vermögenstand nannte, der die vier Zuhörer wahrlich in Staunen versetzte und ihre Herzen höher schlagen ließ. Mit besonderem Stolz diskutierten die Herren zu später Stunde bei einem edlen Glas Scotch Whisky über die Tatsache, dass bisher noch keiner aus ihrem erlauchten Kreis über eine Gerichtsstiege treten musste oder gar eine Verurteilung eingeheimst hatte. Kleinere Scharmützel regelte stets ein befreundeter Anwalt gütlich, den man großzügig mit exklusiven Geschenken aus der Welt der Kunst beschenkte.

Und von der biederen Landsteiner Polizeitruppe um Kommandant Albert Knittel war ohnehin kein Gegenwind zu erwarten. Die war stinkfaul, Kriminalinspektor Matteo Steininger oft schon am helllichten Tag angesäuselt und die uniformierte Mannschaft mit Hendldieben und Falschparkern maßlos überfordert. Warum sollten die sich um abgezockte, steinalte Mitbürger kümmern, die schon halb hinüber waren und ohnehin nichts mit auf den Friedhof nehmen konnten?

Sommer 2010

Sie spürte ein wohliges Kribbeln im Bauch, als sie spätabends mit dem Schnellzug aus Wien einfuhr und das Schild „Bahnhof Bergheim – Landstein" las. Seit ewigen Zeiten war sie nicht mehr hier gewesen, seit sie nach der Volksschule mit ihren Eltern in die Bundeshauptstadt gezogen war und ihre Großeltern, die sie liebevoll aufgezogen hatten, weinend im Bahnhofsrestaurant zurückgeblieben waren. Nach der Matura in einer Wiener Privatschule – von der Frau Mama war dafür monatlich ein Tausender hinzublättern gewesen – hatte sie das nutzlose Studium der Kulturwissenschaften begonnen, dieses bald abgebrochen und war nahtlos in die Arbeitslosigkeit geschlittert.

Von ihrem Vater Klaus war keine große Hilfe zu erwarten gewesen. Der hatte sich mit Gelegenheitsarbeiten über Wasser gehalten, an Wochenenden Fanreisen für die renitente Anhängerschaft von Rapid Wien organisiert und war letztlich in das finanzielle Fiasko geschlittert mit bloß zwei Möglichkeiten des Auswegs: ein sanfter Suizid oder eine Reise nach Australien – ohne Wiederkehr. Vater hatte sich für Variante zwei entschieden, mit seinen trinkfesten Fußballfreunden ein Riesen-Abschiedsspektakel veranstaltet und war bald darauf für immer dahin gewesen. Es waren ab und zu zwar noch Postkarten aus Devonport, Geraldton und Dubbo gekommen – die letzte lag allerdings schon etliche Jahre zurück.

Mit Mutter Klara pflegte sie kaum mehr Kontakt. Die hatte nach einer unglücklichen und recht kurzen Ehe mit dem Kindesvater die Scheidung eingereicht und wieder ihren früheren Familiennamen Jirasek angenommen. Und wären nicht ab und zu dicke Schecks ihres vermögenden Landsteiner Großvaters eingetroffen, hätte ihr Leben schon viel früher in der Gosse geendet. Der Großvater hatte zum Dank bei ihren wenigen Heimatbesuchen nichts von den Querelen seiner karrieregeilen Schwiegertochter im fernen Wien oder von seinem missratenen, nach Australien ausgewanderten Sohn erfahren. Immer wenn sie bei ihm in Landstein auf Sommerfrische gewesen war, hatte sie dem Großvater eine heile Welt vorgespielt und war dafür ein paar Tage später mit einer wohlgefüllten Geldtasche nach Wien zurückgefahren.

Ihre Großmama war längst gestorben. Sie war eine feine, grazile Frau mit außerordentlich feinen Manieren gewesen und hatte immer Freude daran gehabt, wenn die einzige Enkelin bei den Besuchen in der Konditorei artig bei Tisch gesessen war, gebildet gesprochen und nicht in der Nase gebohrt hatte. Aber das war lang her, und sie erinnerte sich auf dem Fußweg vom Bahnhof zum Wohnhaus an das tragische Ende ihrer geliebten Oma, die in der Hauseinfahrt über einen Rechenstiel gestürzt und unter die Räder jenes Traktors geraten war, der dem Nachbarn gerade eine Fuhre Holz geliefert hatte.

Nun hatte sie die Zelte in Wien endgültig abgebrochen und wollte in ihrer Geburtsstadt Landstein einen Neustart versuchen. Zuvor hatte sie ihr Äußeres ein wenig verändert, sich die langen, schwarzen Haare schneiden und einen frechen Kurzhaarschnitt verpassen, vom Hautarzt vorsorglich die Stirnwarze und zwei Muttermale an der Wange entfernen sowie vom Fotografen Passbilder anfertigen lassen, die sie in ein Kuvert gesteckt und über einen Mittelsmann einem Tschechen zukommen hatte lassen, der ihr in wenigen Tagen gegen ein sattes Honorar neue Dokumente besorgt hatte – im Vorteilspack mit Reisepass und Führerschein, lautend auf Juliane Wangenheim.

Diesen wohlklingenden Namen hatte sie zur Erinnerung an ihre Wiener Busenfreundin ausgewählt, die akademische Bildhauerin gewesen war und sich durch den aristokratisch klingenden Künstlernamen nach dem Studium Zugang in die Wiener Künstlerloge und Society erhofft hatte. Dort war sie allerdings nie so recht angekommen und war dafür bei einem Steinmetz in der Nähe des Zentralfriedhofs gelandet, wo sie sich fortan der individuellen Gestaltung von Grabsteinen hingegeben hatte.

Nun ja, immerhin hatte sie sich damit gebrüstet, im Auftrag des Wiener Bürgermeisters das Ehrengrab eines in der Öffentlichkeit kaum bekannten Kammerfunktionärs gereinigt und nachvergoldet zu haben. Aus Kummer hatte sie sich förmlich zu Tode gesoffen und lag nun seit über einem Jahr in der kühlen Erde des Zentralfriedhofs. In der Gräbergruppe 23, im Park der Ruhe und Kraft.

Als sie das stattliche Wohnhaus ihres Großvaters in Landstein erreichte und die Schlüssel aus der Handtasche nahm, fiel ihr der überquellende Postkasten auf. Werbeprospekte lagen verstreut vor dem Eingang, und ein Stapel vergilbter Zeitungen deutete darauf hin, dass hier seit längerer Zeit niemand mehr wohnte. Die Terrassenlampe war heruntergerissen worden, und der Vorgarten präsentierte sich in einem erbärmlichen Zustand. Überall Unkraut, leere Farbkübel, Holzpaletten und rostige Fahrräder!

Sie sperrte die Haustür auf und tastete sich mit dem Schein ihres Feuerzeugs zum Stromkasten, wo sie den Hauptschalter umlegte. Als sich die Räume erhellten, erschrak sie. Die Zimmer befanden sich in einem Zustand, als hätte eine Bombe eingeschlagen! Tapeten hingen von den Wänden, Dekorfliesen waren abgeschlagen, Müll lag verstreut am Boden und Nagetiere hatten einen Polstersessel angefressen. Es stank widerlich, und die Wohnung stand nahezu leer, ausgeräumt. Das gesamte Inventar, bis auf einen Holzschemel und eine desolate Holzleiter, war verschwunden.

Wo war Großvater, und was war hier geschehen? Was ging da vor sich?

Als sie gedankenverloren im ersten Stock herumging, wo nur mehr ein paar Notenblätter verstreut am Boden lagen, hörte sie im Parterre ein energisches Poltern und Klopfen.

„Was machst du in diesem Haus, verschwinde, sonst ruf' ich die Polizei“, schrie eine ältere Dame, die entschlossen ihr Handy aus der Tasche ihres Kochschurzes zog und die Notrufnummer zu tippen begann.

„Ich bin die Enkelin aus Wien“, rechtfertigte sich die junge Dame. „Wo ist mein Großvater?“

„Ach der, der alte Sonderling ist längst in ein Seniorenheim gezogen, er kam nicht mehr zurecht mit dem Alleinsein, und meine Hilfe war für den feinen Herr immer zu wenig. Er hat fast nichts mehr gesehen, und seine Krankheiten haben ihm sehr zugesetzt! Der Alte hat aber oft von dir erzählt, der steinreiche Geizkragen ist vor ein paar Monaten im Heim gestorben, tut mir leid für dich. Bei der Beerdigung konnte man die Trauergäste an einer Hand abzählen, nicht einmal seine früheren Musikschüler gaben ihm die letzte Ehre“, erzählte die Nachbarin, die sich wieder beruhigt hatte, sich als Frau Penz vorstellte, auf dem Polstersessel Platz nahm und sich eine Zigarette anzündete.

„Der alte Depp hat immer mit seinem Vermögen geprahlt, aber auslassen hat er keinen Pfennig, und alle Nachbarn, die sich um ihn gekümmert haben, sind leer ausgegangen. Alle! Auch ich!“, schimpfte die Nachbarin und erzählte von der Familie Stanojevic, die draußen in der Au wohnte und zuletzt tagtäglich beim Alten aus- und eingegangen war.

„Die Sippe hat mit deinem Opa an den Wochenenden immer Ausflüge unternommen, einmal sogar bis nach Meran. Dort haben sie ihm einen Eisbecher spendiert und allen Ernstes gemeint, er werde sie in seinem Testament begünstigen. Zuletzt haben sie ihn sogar im Rollstuhl zum Notar gekarrt, der Alte war aber stur wie ein spanischer Esel und hat nichts unterschrieben!", kicherte Frau Penz, trat den Zigarettenstummel aus und zündete sich die nächste an. Keuchend und hustend fuhr sie fort, dass der balkanstämmige Stanojevic-Clan dem Herrn Großvater zuletzt derart lästig geworden sei, dass er die Bagage nicht mehr in seinem Haus geduldet habe. Und obwohl der Clan vorwiegend aus Zuchthäuslern und arbeitsscheuen Zeitgenossen bestand, hätte man plötzlich ein nagelneues, modernes Wohnmobil angeschafft, nobel und mit bestem Komfort ausgestattet, und bald hätten sie die Behausung in der Landsteiner Au geräumt und seien für immer verschwunden.

„Seither ist die Bagage fort, und ich kann dir leider nicht sagen, was sich in den letzten Tagen vor ihrer Abreise genau abspielte. Die müssen jedenfalls groß abgeräumt haben, vermutlich hat er ihnen ein Sparbuch geschenkt, damit er seine Ruhe hat. Dein Großvater lebte damals ja noch in seinem Haus und welche Wertsachen damals sonst noch in das Wohnmobil geschafft wurden, steht in den Sternen. Ich habe von meinem Fenster aus nur gesehen, dass die Gebrüder Stanojevic nach Mitternacht einen Fernseher, Teppiche und ein paar alte Stühle aus dem Keller herauftrugen", seufzte Frau Penz, „obwohl er das Mobiliar eigentlich mir versprochen hatte, als er schon sehr gebrechlich war und ich ihm einmal möglichst diskret eine Packung Windeln nach Hause brachte."

„Hast du für deine jahrelange Hilfe überhaupt nichts bekommen?", hakte die Enkelin nach, als sie den Stöpsel aus dem Waschbecken zog und die übel riechende Mischung aus Wasser, Rost und Katzenkot abrinnen ließ.

„Leider nein, er hat mich in seiner beginnenden Demenz einfach vergessen. Du solltst auch wissen, dass dein Opa ein sehr vertrauensseliger Mann war. Dadurch hatte die halbe Nachbarschaft einen Schlüssel zu seinem Haus, und sicher haben sich etliche Nachbarn und Freunde hemmungslos an seinem Eigentum bedient!", ergänzte Frau Penz, stand auf und schlurfte in ihren Hauspatschen wortlos aus dem Haus, ohne sich groß zu verabschieden.

Als es Abend wurde, saß Juliane Wangenheim mutterseelenallein vor dem Haus auf der Holzstiege. Der Großvater war tot, sein Mobiliar, seine Bilder, Münzen, Briefmarken und die außerordentlich wertvolle Sammlung von musealen Noten und Musikinstrumenten waren offensichtlich verschwunden, und das Testament, das sie als Alleinerbin begünstigte und längst beim Landsteiner Notar lag, nützte ihr in dieser trostlosen Situation wohl auch nicht mehr viel.

Sie spazierte zum Gasthof Hirschen, wurde vom munteren Gebell eines Wolfspitzes begrüßt und vom Wirt Severin Moser in einem kleinen, billigen Dachzimmer einquartiert. Da sie keinen Knopf Geld in der Tasche hatte, ging sie hungrig zu Bett und brachte in dieser Nacht kaum ein Auge zu.

Vieles ging ihr wirr durch den Kopf. Im Halbschlaf sah sie den pflegebedürftigen, hilflosen und verwahrlosten Großvater im Rollstuhl, Frau Penz als keifende Furie mit den Windelpackungen unter dem Arm, die Stanojevic-Brüder mit Opas wertvollen Celli und Kontrabässen auf den Schultern und viele, viele unbekannte Leute mit schemenhaften Fratzen, die allesamt gierig anpackten und das Haus bis auf den letzten Kochtopf leerräumten. Kinder trugen die Spielsachen ihrer unbeschwerten Kindheit aus dem Haus, als Mama und Papa einander noch mochten. Das blütenweiße Taufkleid, ihr Dreirad und die weißen Schlittschuhe, ihre Puppe Kathi mit den roten Haarzöpfen und den bunten Sommerkleidern, ihre vielen lustigen Kinderspiele und ihr bunt bemaltes Schaukelpferd, das sie von Großonkel Heinrich zu Ostern bekommen hatte, dessen einzige Tochter bald nach dem Krieg beim Baden im Schwarzsee ertrunken war.

Streitende Bengel trugen ihre Puppenküche aus dem Haus, die Opa ihr einst zu Weihnachten unter den Christbaum gelegt hatte. Auch warfen sie einen Stapel alter Kinderbücher in den Müll. Zuletzt sah sie ihre frühere Volksschullehrerin Gerlinde Kopp, die eine Schiefertafel, einen Griffel, eine Rechenmaschine mit hundert bunten Kugeln und ihr Poesiealbum aus dem Keller trug und in ihrer alten, speckigen Lederschultasche versteckte. Gerade sie, die achtbare Madame, die dem damals schüchternen Mädchen immer wieder eingebläut hatte, anständig und ehrlich zu sein, regelmäßig zur Beichte zu gehen und sich von den Raufbolden aus der Lahnbachsiedlung ja nichts gefallen zu lassen!

Nichts gefallen lassen! – Dieses Merksätzchen von Frau Oberstudienrat Kopp ging ihr durch den Kopf, als sie am nächsten Morgen aus dem kurzen Schlaf erwachte, den sich ihr Körper doch noch irgendwann gegönnt hatte.

„Nichts gefallen lassen, der Sache auf den Grund gehen und wie so oft in meinem jungen Leben wieder bei null beginnen“, nahm sie sich vor, denn wer liegen bleibt, hat schon verloren. So stand sie auf, trat ans Fenster und schaute auf den Stadtplatz hinunter. Sah die mächtige Benediktinerabtei und einen Mönch, der bedächtig einen Kübel Wasser aus dem Stadtbrunnen schöpfte und den Taubenkot von den Pflastersteinen spülte.

Sie zog sich an und ging über die knarrende Holzstiege in die Gaststube hinunter. Der Wirt war bereits munter, spülte die Gläser vom Vorabend und füllte den Fressnapf des Hundes. Sie erzählte ihm nichts von ihren Landsteiner Wurzeln und ihrem Vorleben in Wien, wohl aber beichtete sie ihm ihre finanziell schwierige Lage.

„Du kannst gern eine Weile im Dachzimmer wohnen, wenn du dort oben keine Angst hast, so ganz allein unter dem knarrenden Gebälk. In diesem Zimmer spukt es ab und zu, weil dort nach dem Krieg eine junge Italienerin wohnte, die von einem Holzfischer mit einem Eisenhaken erschlagen wurde!", murmelte Severin und brachte der jungen Frau Kaffee, Schwarzbrot, Butter und Marmelade an den Tisch.

Er setzte sich zu ihr, wunderte sich über deren unbändigen Appetit und stellte sofort klar, dass er von ihr nichts wolle. Er habe nur selten Interesse an Weibsbildern und werkle lieber allein im Wirtshaus herum, beherberge nur recht selten Gäste und sei für jeden Handgriff dankbar, den sie in der Männerwirtschaft leiste. Dafür dürfe sie gratis bei ihm wohnen.

Und die junge, den jungen Landsteiner Stammtischbrüdern völlig unbekannte Dame erwies sich für Severin als wahrer Glücksgriff. Obwohl sie auch selber gern und reichlich trank, packte sie überall an, wo Hilfe gebraucht wurde. Sie verstand es vorzüglich, die trinkfesten Thekenbrüder zu unterhalten, bei Taufen und Hochzeiten bodenständige Menüs zu servieren, und war sich auch für keine Drecksarbeit zu nobel. Die Arbeit in der altehrwürdigen Schenke gefiel ihr sehr. Die Gäste im Hirschenwirt nannten sie wegen ihres Dialekts bald nur mehr das Wiener Mädel, andere wiederum riefen sie mit dem Kosenamen Juli. Lästige Fragen zu ihrer Herkunft wurden kaum gestellt, und wenn ein altlediger Raunzer eine Runde zahlte und mit ihr schäkerte, hatte sie stets ein passendes Märchen parat. Eine Legende, die sie in den ersten Tagen auf einen Schreibblock notiert und so lang auswendig gelernt und ausgeschmückt hatte, bis jedes Detail perfekt saß: Kindheit in Wien – Eltern früh gestorben – beim Onkel in Graz aufgewachsen – Lehre im Hotelgewerbe – Arbeit in noblen Hotels in Bad Gastein – Ischgl – Arlberg – Hochzeit mit einem wohlhabenden Rumänen – Villa in Râmnicu Vâlcea – Segeljacht an der Adria – Luxusurlaube – Pech in der Liebe – Scheidung – Schläge und Morddrohungen – Single – an und für sich wieder zu haben.

Diesen erdichteten Lebenslauf in allen nur möglichen Variationen bekamen die durstigen Herren im Wirtshaus immer dann zu hören, wenn sie Juliana zu später Stunde anbaggerten oder Näheres über sie wissen wollten. Und wenn die angesoffenen Gäste in eine emotionale Schieflage gerieten, mündeten die Gespräche meist in tiefstes Mitgefühl für das arme Geschöpf. Bei gar manchem Zecher kam der Beschützerinstinkt hervor, und die alleinstehenden Mannsbilder hatten ob der traurigen Geschichte Tränen in den Augen, streichelten ihr zärtlich über die Hand, tätschelten ihre Wange und steckten ihr ein üppiges Trinkgeld zu. Während bei denjenigen pure Schadenfreude an ihrem Schicksal aufkam, die bei der hübschen Madame ob ihres penetranten Getues, außergewöhnlich ländlichen Körpergeruches oder bedenklichen Aussehens von vornherein nicht den Funken einer Chance hatten, ihren Singlestatus zu ändern.

Die Wochen gingen ins Land, und ihre geheimen und diskret geführten Nachforschungen nach Opas Vermögen waren nur spärlich ausgefallen. Zwar entlockte sie den betrunkenen Stammgästen den einen oder anderen Hinweis, konkrete Spuren ließen sich aber keine erkennen. So erzählte der Gemüsebauer Erich Heiss von einer Werbereise nach Belgien, wo er vor einem Großkaufhaus in Lüttich die dort Messer schleifende Stanojevic-Sippe getroffen habe. Sie seien recht wortkarg gewesen, und obwohl er die beiden ältesten Brüder von der Landsteiner Hauptschule her kannte, hätten sie ihm nur wenig Beachtung geschenkt. Erfahren habe er lediglich, dass sie jahraus jahrein mit ihrem neuen Wohnmobil zwischen Rumänien und Portugal herumkutschieren und ihren Lebensunterhalt als fahrende Handwerker bestreiten würden.

Der Holzfäller Ferdinand Kogler wiederum erzählte ihr in einer sentimentalen Stunde, als er aus Verdruss weinte und einen Kognak nach dem anderen hinunterkippte, dass der alte Musikus, und damit meinte er Opa Reinprecht, von Frau Penz mehr als nur betreut worden sei. Nach dem tragischen Unfalltod der Großmama sei die Tratsche nicht nur seine Nachbarin, sondern auch Vertraute und Lebensgefährtin geworden, die auch manche Nacht bei ihm verbracht habe. Man habe sie damals auch manchmal gemeinsam in der Stadt gesehen, und die alte Schachtel sei neben dem eleganten Herrn Musikprofessor richtig aufgeblüht. Als der Geigenzupfer dann dement geworden sei, habe sich das innige Verhältnis nach und nach wieder entspannt. Ferdinand habe dem Alten vor Jahren noch eine Fuhre Brennholz zustellen wollen, und da habe die Frau Penz aus dem Fenster gerufen, dass er das Holz wieder mitnehmen solle, weil sie den Alten demnächst in ein Altersheim stecken würde.

„Die alte Penz hatte buchstäblich das Zepter in der Hand, aber im Haus war tatsächlich nicht mehr viel zu holen", erzählte ihr eines Abends der Bildhauer Rudolf Kröss. „Ich habe damals von der Penz den Auftrag bekommen, einen Schlepper zu organisieren und den ganzen Sperrmüll des Professors auf die Deponie zu karren. Das war gerade einmal eine Fuhre. Ein Tisch, drei wacklige Stühle, alte Matratzen, einige zerfranste Teppiche, zwei Schuhkästchen, eine Klosettschüssel und ein paar Elektrogeräte! Mehr war da nicht mehr zu finden!"

Der Bildhauer war ihr sympathisch. Sie fand nicht nur seine vielen Erzählungen glaubhaft, sondern erfuhr von ihm auch sehr viel über ihre Geburtsstadt Landstein, die sie in früheren Jahren nur alle heiligen Zeiten besucht hatte. Sie erfuhr auch noch den einen oder anderen Schwank aus den letzten Lebensjahren ihres Großvaters, dessen körperlicher und geistiger Verfall von einigen Mitbürgern offensichtlich weidlich ausgenützt worden war.

Nun gut, die Stanojevic-Sippe wird sich vor ihrer endgültigen Abreise aus Landstein bestimmt das eine oder andere kostbare Stück unter den Nagel gerissen haben, und auch der ehrenwerten Frau Penz dürften ihre Dienste bei Großvater in großzügiger Form abgegolten worden sein. Sie hatte ihr bei der ersten Begegnung in Opas Abbruchhaus ganz offensichtlich nicht die Wahrheit gesagt und einige wesentliche Dinge verschwiegen, die ihr vielleicht unangenehm waren. Hatte sie sich weit mehr unter den Nagel gerissen? Großvaters Geld verschenkt oder gar verspielt? Oder Mutter Kirche gespendet? Deshalb beobachtete sie die alte Dame einige Tage sehr dezent.

Immer wenn sie Zimmerstunde hatte, setzte sie sich auf eine Parkbank, nahm Severins Feldstecher aus der Tasche und sah zu den Häusern hinunter, wo sie als Kind mit ihrem Puppenwagen durch die Gassen gefahren und mit dem Tretroller herumgekurvt war.

Die alte Penz sah sie immer nur in ihrer biederen Kochschürze, wenn sie ihren Müll aus der Wohnung trug oder Essensreste auf den Komposthaufen kippte. Sie hatte kein Auto und fuhr mit einem alten Waffenrad einkaufen. Auch bekam sie nur selten Besuch, führte alles andere als ein luxuriöses Leben und unternahm auch keine besonderen Reisen – außer der österlichen Pilgerfahrt nach Mariazell, bei der sie im Reisebus neben Hochwürden Platz zu nehmen pflegte.

Nach der Beerdigung des alten Uhrmachers kam endlich ein wenig Licht in die Sache. Beim Totenmahl im Gasthof Hirschen saß die alte Penz wieder neben Hochwürden und bei dieser Gelegenheit erzählte sie ihr nach ein paar Schoppen Wein, dass sie tatsächlich ein Techtelmechtel mit Großvater gehabt, dieses aber geschickt unter dem Teppich gehalten hatte, da sie in einigen katholischen Gremien aktiv gewesen sei. Derartige Eskapaden stünden einer ehrenwerten Witwe nicht zu, und so habe sie mit Großvater ein Stillhalteabkommen geschlossen, das fabelhaft geklappt habe. Natürlich habe sie für ihren dementen Liebhaber die Räumung des Hauses organisiert, nachdem er ins Altersheim übersiedelt war. Aber außer einer Fuhre Ramsch sei nichts zu entsorgen gewesen. Das könne sie jederzeit unter Eid bezeugen. Gern auch vor dem Tabernakel, vor dem Allerheiligsten, vor dem heiligen Jesuskind und sogar vor dem Herrgott selbst!

Der Zufall führte Juliana von den rustikalen Gewölben des Gasthof Hirschen ein paar Straßen weiter in die elitären Prunkräume des Hotels Arlberg. Der Ruf als tüchtige Kellnerin war ihr vorausgeeilt, und so holte sie der aus Dänemark stammende Hoteldirektor Leif Jorgensen, der sich ab und zu im Gasthof Hirschen einen Schlummertrunk gönnte und mit seinen lüsternen Augen in ihrem Dekolleté versank, höchstpersönlich in seine Mannschaft. Vorerst zwar nur als Aushilfskraft, aber immerhin, war Direktor Jorgensen doch dafür bekannt, dass er seine schützenden Hände immer und überall einsetzte. Vor allem auf den Hintern seiner weiblichen Bediensteten. Und so bediente sie jeden ersten Dienstag des Monats im Kaminzimmer des exklusiven Hotels nicht nur den smarten Leif, sondern auch fünf feine Herren, die stets in geschlossener Gesellschaft im Kaminzimmer dinierten, feinste Weine tranken und kubanische Zigarren pafften, die bestimmt ein Vermögen kosteten.

Natürlich bekam sie beim Bedienen der noblen Runde das eine oder andere vertrauliche Gespräch mit und hörte, dass es fast immer um lukrative Aufträge, Geld, Vermögen und Aktien ging. Mitunter schnappte sie die Begriffe Finanzamt, linke Geschäfte, Schließfach, Kofferträger oder Bruderschaft auf und wunderte sich manchmal, warum die fünf Snobs zu später Stunde den Raum verdunkelten, eine Kerze entzündeten, ein paar Minuten die Türe sperrten und ganz unter sich sein wollten.

Erst als sich die illustre Runde eines Nachts niedersoff und die grenzenlose Dummheit ihrer Landsteiner Mitbürger mit einem lauten Prosit hochleben ließ, stellte sie sich hinter die Tür und lauschte. Da war von alten Menschen die Rede, die man finanziell ausnehme wie Weihnachtsgänse, von Geschäftspartnern, die man mit gefälschten Gutachten über den Tisch ziehe, von unfähigen und blitzdummen Landsteiner Polizisten, von harmlosen Staatsanwälten und zahmen Richtern und von einem Rechtsanwalt, der mit ihnen unter einem Hut stecke. Dann vernahm sie Sätze über Gaunereien und regelrechte Plünderungen, geschickt vertauschten Biedermeiermöbeln, gestohlenen Waffensammlungen und antiken Kunstwerken, die seit dem Ende des letzten Weltkriegs in einem Landsteiner Bauernhof in Kisten gelagert und um eine enorme Summe verkauft worden waren. Auch sprachen die Männer von einem Schließfach in der Landsteiner Regionalbank, wo sie die gemeinsam ergaunerten Erlöse in Form von Goldbarren horteten. Und sie traute ihren Ohren nicht, als sie bei einem der nächsten Treffen aus dem Gesabber der stockbesoffenen Neureichen vernahm, dass einer aus dem sonderbaren Quintett gar einige Exponate aus der Musikaliensammlung des schrulligen Professors Reinprecht im Auktionshaus Köln versteigern habe lassen und dafür einen unglaublichen Erlös einstreift habe, der wiederum den gierigen Herren zugute gekommen sei.

Nun war ihr klar, dass sich diese fünf Geschäftsleute in Anzug und Krawatte wohl auch Großvaters Vermögen unter den Nagel gerissen hatten und die Erlöse in einem Schließfach der Regionalbank lagen. Dass die Bankdirektorin günstigerweise die Schwester eines dieser fünf kriminellen Herren war, erfuhr sie vom Metzgermeister Fredi Bucher, der am nächsten Abend an der Theke des Gasthofs Hirschen stand und ihr die Verwandtschaftsgrade und Querverbindungen der einflussreichen Landsteiner Oberschicht plausibel erläuterte. Fredi vermutete ohnehin in jedem Clan irgendwelche kriminellen Elemente und skizzierte auf der Rückseite der Kronenzeitung wirre Muster, wer mit wem unter einer Decke steckte. „Die Gläubiger, Banker, Kommunalpolitiker, Spekulanten, Immobilienhaie – alles eine Mafia“, jammerte der Fleischhauer, der mit dem Betrieb seines Vaters immer wieder zwischen Ausgleich und Konkurs balancierte. Und der im Vorjahr die Landsteiner Schützenkompanie in die nationalen Schlagzeilen gebracht hatte, weil er während der Herz-Jesu-Prozession mit seiner Büchse recht unglücklich hantiert und beim Ehrensalut seinem Vordermann eine Ladung Schwarzpulver in den Hintern gejagt hatte.

* * *

Diese Nacht hatte es in sich! Nachdem sich zu Fredi Bucher noch einige Saufkumpanen gesellten, die lautstark über die schwere Niederlage von Wacker Innsbruck gegen Sturm Graz diskutierten, heulten die Landsteiner Sirenen auf. Während die Trunkenbolde und der Wirt Severin in die Feuerwehrhalle eilten und sich in die Einsatzoveralls warfen, wusch sie die letzten Biergläser, trug frische Tischdecken auf, löschte das Licht und sperrte das Wirtshaus zu.

Sie entschloss sich zu einem kleinen Abendspaziergang durch Landstein und sah von Weitem in der Florianigasse einen riesigen Feuerschein. Aus allen Straßen strömten Schaulustige herbei und eilten zum Brandobjekt. Als sie näher kam, sah sie mit Entsetzen, dass das Wohnhaus ihres Großvaters in Vollbrand stand. Augenzeugen berichteten von einem lauten Knall und einem explosionsartigen Ausbreiten der Flammen!

Sie blieb am Postplatz stehen und sah zwischen hohen Flammen und dichtem Rauch verblichene Bilder ihrer Kindheit in lieblich gefertigten Kupferstichen, deren Motive einst Linie für Linie in das Metall geritzt worden waren und nun dahinschmolzen wie heiße Lava.

In den Rauchschwaden sah sie ihren Vater, der den Garten umstach, am Zaun saß ihre Mutter auf einer feuerroten Vespa, der Großvater eilte mit seinem Geigenkasten und einem Bündel Noten unter dem Arm aus dem Haus und die Nachbarskinder Kathrin und Wilhelm zogen einen selbstgebastelten Leiterwagen über die Schotterstraße. Oma stand mit ihrer Zopffrisur am Küchenfenster, am Arm eine Schüssel frischer Äpfel, aus denen sie früher immer köstlichen Strudel buk.

Im selben Moment krachten die ersten Balken des Dachstuhls ein, eine Funkenwolke stob zu den beiden Feuerwehrmännern hinauf, die im Drehleiterkorb standen und gegen die mächtigen Flammen kämpften. Als nach und nach das gesamte Gebälk einstürzte und die Mauern in sich zusammenfielen, kamen ihr die Tränen. Sie weinte wie ein kleines Kind und verdrückte sich beschämt in die dunkelste Ecke der Postveranda.

Von dort aus sah sie nicht nur die vielen Schaulustigen, die mit ihren Kameras das schreckliche Ereignis und die qualmenden Ruinen ihrer kindlichen Erinnerungen festhielten, sondern auch jene fünf feinen Herren, die regelmäßig im Hotel Arlberg ihre feuchtfröhlichen Treffen abhielten und sich das ergaunerte Vermögen ihrer Mitbürger teilten. Sie kramte ihr Handy aus der Handtasche und knipste zwischen den Neugierigen hindurch dezent und vorsichtig die Männer, die sich trotz des dramatischen Ereignisses bestens unterhielten, Witze erzählten und herzhaft lachten.

Brandruinen, lachende Männer. In diesen schweren Momenten brodelte es in ihr, und sie beschloss, dem kriminellen Treiben der gierigen Horde ein langsames, aber bestimmtes Ende zu setzen, sie zu vernichten. Was konnte sie noch verlieren in ihrem Leben?

Erste Ideen keimten in ihr auf, und sie beschloss, mit ihrem Alter Ego Taten zu setzen und diese von Zeit zu Zeit anzukündigen. Als kleine, nicht zu üppige Vorspeise schwebte ihr da eine lustige Aktion vor, die die Männer vorerst nur ein wenig erschrecken und beunruhigen sollte. Frei nach dem Motto: Seht her, ich weiß von euch! Ich kenne eure Machenschaften und eure illegalen Geschäfte.

Mehr nicht. Nur so zum Spaß, als kreative Andeutung, als ersten Akt eines Dramas in mehreren Bildern.

* * *

An dieser Stelle sei angemerkt, dass offensichtlich nicht nur der Großvater in seinen letzten Lebensjahren sozial vereinsamt, sondern auch die sonderbare Frau Penz keinem Landsteiner sonderlich abgegangen war. Die lag nämlich zu diesem Zeitpunkt mausetot unter den Trümmern der Brandruine, und ihre sterblichen Überreste fand man erst Wochen später, als Luis Kerschbaumer mit seinem Schaufelbagger anrückte und die letzten Reste der Brandruine niederriss. Er staunte nicht schlecht, als am späten Abend beim Ausbaggern des Kellers eine verkohlte Frauenleiche von der Baggerschaufel fiel. Die wurde von den herumstehenden Nachbarn aufgrund ihrer markanten Halskette und den Resten einer Armbanduhr als Frau Penz erkannt, und niemand stellte die Frage, was sie wohl in der Brandnacht in Großvaters Keller zu suchen gehabt hatte. Und unter welchen Umständen sie zu Tode gekommen war, interessierte wohl auch niemanden so recht. „Die neugierige Dame hatte sicher noch einen Schlüssel für das Haus des verstorbenen Professor Reinprecht. Sie war ja auch als geizig verschrien und kam mit einem Netz alter Semmeln zwei Wochen aus, die alte Fuchtel wird vermutlich im Keller des Musikus nach alten Marmeladen, Kompotten oder Likören gesucht haben", unterrichtete Inspektor Mariacher seinen Kommandanten, der folglich keine weiteren Schritte mehr unternahm und den tragischen Tod der alten Penz mit schwarzer Tinte in die Postenchronik eintrug.

Leider wurde kein Arzt oder gar ein Gerichtsmediziner zu Rate gezogen, denn der hätte bestimmt die Reste der verschmorten Kabelbinder und Fesselungsmerkmale an den Hand- und Fußgelenken entdeckt, die der alten Penz samt einem straffen Mundknebel verpasst worden waren, um sie ruhig zu stellen.

„Zeugen können wir leider keine brauchen", waren wohl die letzten Worte gewesen, die sie von jenen zwei vermummten Männern vernommen hatte, die sie gefesselt und geknebelt in den Keller gezerrt, mit Benzin aus Kanistern überschüttet und die Bude in Brand gesetzt hatten.

April 2011

Nach den schockierenden Bildern dieser Nacht lässt sie das Foto mit den fünf Männern vergrößern, schneidet die fünf Gesichter aus und klebt sie auf gleich große Kartons. Nachts knipst sie die Nachttischlampe an, legt sich ins Bett und mischt die fünf Karten unter ihrer Decke. Sie zieht die oberste Karte hervor, die anderen vier legt sie in die Schublade. Lange betrachtet sie das Foto, denkt über erste Rituale und Bestrafungen nach und freut sich über eine spontane Inspiration, um den schlitzohrigen Herren in ihren wirren Gedanken auf die Sprünge zu helfen.

* * *

Allerdings sitzt ihr noch immer der Wiener Bewährungshelfer im Nacken. Um die strengen Auflagen des Richters zu erfüllen und der restlichen Haftstrafe zu entgehen, trifft sie sich in Innsbruck mit einem grün angehauchten, ehrenamtlichen Psychotherapeuten, der mit inhaltsleeren Stehsätzen allen Ernstes versucht, sie wieder in die Gesellschaft zu integrieren. Dort ist die Entwurzelte bisher noch nie angekommen, und sie will es auch in Zukunft nicht. Die spießige Umgebung ist ihr fremd und kann ihr den Buckel hinunterrutschen.

Abends zieht sie noch durch ein paar Wirtshäuser der Innenstadt und ist ziemlich betrunken, als sie durch die Arkadengänge der Altstadt schlendert. Schon beim schrulligen Herrn Doktor und später an den verrauchten Theken der Pubs haben ihre Pläne konkrete Züge angenommen, nun will sie der elitären Landsteiner Herrenrunde ein Dessert servieren. Ein möglichst kostbares, das sind sie schließlich auch gewohnt!

Sie klettert hinter der Abdeckplane über das Baugerüst zum Goldenen Dachl hinauf und blickt mit mulmigem Gefühl durch einen kleinen Spalt auf den gepflasterten Vorplatz hinunter, auf dem anno 1536 der Prediger und Täufer Jakob Hutter öffentlich verbrannt worden war. Dann holt sie tief Luft, überwindet ihr Schwindelgefühl, nimmt ein Taschenmesser aus der Handtasche und bricht fünf feuervergoldete Kupferschindeln von den Dachlatten, steckt sie in ihren Rucksack und verschwindet rasch durch die Stiftgasse.

Im Nachtzug nach Landstein nimmt sie ein großes Kuvert aus dem Rucksack, adressiert es „An das Funkhaus des ORF Tirol", steckt eine Schindel hinein und kritzelt mit einem Plakatstift ein paar Zeilen auf die Rückseite: „Ihr Stümper, schwitzt die Tiroler Kripo schon? Und du, Frau Bürgermeisterin, wie viel Lösegeld machst du für die kostbaren Platten locker? Pass in Zukunft besser auf dein Wahrzeichen auf. Ich werde mir weiteres Gold holen, und niemand wird mich daran hindern."

Zurück in Landstein, streunt sie im Dunkeln durch die menschenleeren Gassen, wirft das Kuvert in einen Postkasten und platziert die restlichen fünf Goldschindeln diskret in den Hauseinfahrten der ehrenwerten Herren Burger, Krainer, Grüner, Höflinger und Gollner.

Als kleinen Fingerzeig, aber deutliche Botschaft: „Ich weiß, dass die Herren der Landsteiner Kanonenofen-Bruderschaft fremdes, ergaunertes Vermögen in Gold angelegt haben. Ich werde es finden und mein Erbe auf meine besondere Art einfordern. Ohne Polizei, ohne sündteure Anwälte, ohne Richter."

* * *

Kriminalinspektor Matteo Steininger von der Polizeiinspektion spazierte zeitig in der Früh in den Dienst und kaufte sich beim Bäckermeister August Stressler zwei Semmeln, als ihm ein Rudel Landsteiner Schulbuben zwei vergoldete Dachschindeln in die Hand drückten. „Matteo, die haben wir auf der Straße gefunden, die sind sicher sehr wertvoll, uns steht ein Finderlohn zu", stellte ein rothaariger Frechdachs mit Sommersprossen sofort klar, der vom Aussehen her ein Abkomme des Kaminkehrers sein könnte.

„Natürlich, den gebe ich euch gern", beruhigte sie Steininger. „Jeder von euch bekommt von mir ein paar Sticker für die Fußball-EM in Polen und der Ukraine. Einverstanden?" Er zückte die Geldtasche, kaufte den Buben die Aufkleber und sah mit Freude, dass die aufgeweckte Bubenschar schon beim Verlassen der Bäckerei ihren Tauschhandel mit den begehrten Aufklebern der europäischen Fußballstars begann. Wo er wohl seine Alben der WM 1974 und 1978 liegen hatte?

In der Inspektion herrschte beschauliche Ruhe, Steininger ließ sich einen Kaffee aus der Maschine. „Schau, ich hab' dir ein Rätsel mitgebracht, die Schindeln haben Buben auf der Straße gefunden", erzählte er seinem Kollegen Klaus Mariacher, legte ihm die zwei Goldplatten auf den Schreibtisch und verzog sich in seine Kanzlei, um in gemütlicher Atmosphäre die Brote mit Butter und Honig zu genießen.

„Eins und eins ist zwei!", sprudelte es aus dem sonst so trägen Inspektor Mariacher heraus. Er drehte seinen Bildschirm in Richtung Kaffeeraum, zeigte die Onlinemeldung der Kronenzeitung und lieferte damit wohl seinen ersten positiven Beitrag dieses Monats. Oder gar der letzten Jahre?

„Die sind vom Goldenen Dachl in Innsbruck, dort wurden gestern sechs historisch wertvolle Schindeln gestohlen. Die Innsbrucker Kripo vermutet ein paar Halbwüchsige, die während der Restaurationsarbeiten nachts das Baugerüst erklommen und die Schindeln geklaut haben. Von den Lausbuben fehlt aber bisher jede Spur, und es wird wie immer, wenn sie nichts wissen, in alle Richtungen ermittelt", steht da geschrieben.

„Sicher eine besoffene Aktion mitten in Innsbruck, aber nun liegt der Fall wohl eher bei dir in Landstein, wie ich annehme!", kicherte Mariacher hinter seinem Schreibtisch. „Und jetzt kann sich unser Herr Kommissar nach Wochen der Ruhe endlich wieder einmal auszeichnen und die Scherzbolde ausforschen, die das Wahrzeichen unserer Landeshauptstadt heimgesucht haben."

„Jedenfalls gibt's bald ein Heidentheater, wenn die Öffentlichkeit davon erfährt. Stell dir vor, ausgerechnet bei uns in Landstein tauchen die kostbaren Kulturgüter wieder auf, siebzig Kilometer vom Tatort entfernt, die können ja nicht gut hergeflogen sein", stellte Steininger klar und spielte den Ball seinem Kommandanten weiter, der soeben eine der Schindeln ausführlich begutachtete, nach allen Seiten drehte und wendete und damit wohl den letzten Rest einer Fingerspur vernichtete.

In solchen Fällen – der Tag noch nicht recht begonnen und durch einen blöden Fall schon ziemlich versaut – verließ Matteo fluchtartig die Amtsräume und spazierte zum Stadtrand hinaus. Dort setzte er sich auf eine Parkbank zu jenen amtsbekannten Pennern, die sich schon in aller Herrgottsfrüh ein paar Dosen Bier genehmigten und ihm einen kühlen Schluck anboten. Er konnte mit dem dümmlichen Geplapper dieser verkrachten Existenzen meist sehr wenig anfangen, schloss die Augen, ließ sich die Sonne ins Gesicht scheinen und öffnete seine privaten Kammern, in die nur er Zugang hatte.

Am liebsten verweilte er in der ersten Kammer, jener seiner Kindheit und unbeschwerten Jugend, als ihm Begriffe wie Probleme, Stress, Statistiken oder Erfolge noch völlig unbekannt waren. Als er die Jahre nicht in Monate, sondern nach jenen Anlässen einteilte, bei denen er von seinen Angehörigen etwas geschenkt bekam. Ostern, Geburtstag, Namenstag, Nikolaus und Weihnachten. Sonst nichts. In jener Zeit, als er die ersten Schwarzweißbilder im Fernsehen sah, hinter dem Sofa seiner Nachbarin kniete und gespannt die Apollo-11-Mission mitverfolgte. Er war damals sehr ergriffen, als die Astronauten Neil Armstrong, Edwin Aldrin und Michael Collins auf dem Mond landeten und Armstrong als erster Mensch den Fuß auf einen fremden Himmelskörper setzte. Einfach unvergesslich!

Dann die ersten Fußballländerspiele in Farbe und seine nächtlichen Chemieexperimente mit einem Nachbarsbuben in einem entsorgten, rostigen Postbus, der in der schwarzen Au jahrelang vor sich hingerostet war. Den wollten sie mit Böllern, Dünger und Puderzucker in die Luft jagen, wobei sie kläglich scheiterten – und als Ergebnis lediglich ein paar Büschel angesengter Haare zu Buche standen. Das alles in einer recht gemütlichen Zeit, als das Stehlen von Zwetschken oder Kirschen noch als lässliche Sünde galt und nicht gleich vor dem Jugendrichter endete.

Im selben Moment, als ihm ein angetrunkener Sandler Bier über die Hose schüttete, sich zehnmal entschuldigte und artig weitersoff, traf im ORF Landesstudio Tirol ein seltsames Postkuvert ein, das schon in der Einlaufstelle für einiges Aufsehen sorgte. Die Redakteure hatten ob des delikaten Inhalts Kirchtag und berichteten exklusiv vom Diebstahl der wertvollen Kunstschätze vom Goldenen Dachl. Sie nannten den Vorfall ein skandalöses Verbrechen, das sich mitten im Herzen Tirols ereignet hatte!

Der Landeshauptmann und die Innsbrucker Bürgermeisterin riefen unmittelbar nach den Nachrichten den Landespolizeikommandanten persönlich an, forderten Aufklärung und fragten lästigerweise auch noch nach, wie weit die Ermittlungen bereits fortgeschritten seien und wann mit der ersten Verhaftung gerechnet werden dürfe.

Nun, der Herr General wusste bisher nichts vom ganzen Schlamassel, erfuhr aber bald durch einen anonymen Anrufer aus Landstein, dass dort einige der gestohlenen Schindeln aufgetaucht seien. Angeblich! Man weiß aber nichts Genaues!

Nun war endgültig Feuer am Dach.

Der Polizeigeneral griff zum Hörer und rief flugs den Landsteiner Inspektionskommandanten Chefinspektor Knittel höchstpersönlich an, und der hatte wahrlich Erklärungsbedarf, nahm hinter seinem Schreibtisch die Habt-Acht-Stellung ein und stotterte untertänig ins Telefon, dass in der Früh tatsächlich zwei und im Lauf des Vormittags weitere drei Goldschindeln aufgefunden worden waren. Sie waren mitten im Stadtgebiet weit gestreut auf den Hauszufahrten ehrbarer und wohlhabender Bürger gelegen, die mit dem Gesetz noch nie in Konflikt gestanden waren.

„Da hat sich wohl jemand einen Spaß erlaubt", scherzte Knittel mit dem Herrn Landeskommandanten und erhielt den Befehl, sofort zum Rapport zu erscheinen und die wertvollen Kulturgüter unverzüglich nach Innsbruck zu bringen.

„Pronto! Zackzack! Avanti! Dalli, dalli! Und wenn es sein muss mit Blaulicht!“

Die Pressekonferenz in den heiligen Hallen des Landespolizeikommandos war bereits voll im Laufen, als Knittel über die Marmorstiege hinaufhetzte und in ein Blitzlichtgewitter der heimischen Presse geriet. Sofort wurden die Goldschindeln mediengerecht auf schwarzem Samt präsentiert, dahinter postierten sich einige hochdekorierte Offiziere, die mit dem Fall zwar nichts zu tun hatten, aber offensichtlich Gefallen am funkelnden Gold fanden und ob der raschen Auffindung der Kulturgüter gern in der medialen Sonne standen.

Knittel hatte in diesem Fall eher den Schwarzen Peter gezogen. Er holte zu einer kurzen Erklärung aus, beantwortete geduldig alle lästigen Fragen der Reporter, die sich bald wieder zufrieden in ihre Redaktionen zurückzogen.

Für den Landsteiner Kommandanten war die Sache leider noch nicht vom Tisch; vom General höchstpersönlich erfuhr er nämlich ein Donnerwetter, wie er es in seiner langjährigen Karriere noch nicht erlebt hatte.

„Der hat mich zusammengeputzt wie einen minderen Schulbuben“, jammerte Knittel nach seiner Rückkehr, warf die Dienstmütze zornig in die Ecke und nahm erstmals in seiner Ära das Wort Pension in den Mund.

Steininger hatte wegen Knittels Abwesenheit den Nachmittag eher gemütlich in seinem Massagestuhl verbracht, in einem Buch von Michael Köhlmeier gelesen und war immer wieder eingenickt. In den kurzen Wachphasen grübelte er darüber nach, warum die fünf Schindeln ausgerechnet in Landstein aufgetaucht waren. Warum nicht in Kufstein, Wattens oder Seefeld? Seltsam!

März 2012

Max Buchberger saß in der Falle. Er hatte Angst, es wurde eng für ihn. Im vergangenen Jahr hatte er eine junge Frau kennengelernt, eine natürliche Schönheit, aber keine einfache Madame. Eher kompliziert in ihrem Denken und Handeln und mit dem Vorleben einer gefallenen Lady im Handgepäck, das jedem erdenklichen Klischee zur Ehre gereichte. Geboren in Landstein, hatte sie ihre Kindheit in Wien bei ihrer wohlhabenden Mutter verbracht, deren führende Position in einem großen Verlagshaus und Sitz im Parlament bald ins familiäre Chaos führte. Die Mutter war nie daheim, und der Vater verbrachte seine Freizeit lieber in den Heurigenlokalen, als mit seiner Tochter Hausübungen zu machen. Dafür erhielt sie von der erfolgreichen Frau Mama schon von klein auf Geld zugesteckt, Kohle ohne Ende, das sie in ihrem multikulturellen Freundeskreis spielend verbrauchte. Als Mutters Geldflüsse allmählich versiegten und sie sich zu keiner rechten Arbeit aufraffen konnte, kam die Straße.

Später reichlich Alkohol, ein paar Wochen in einem Erziehungsheim, Drogen aller Art, dann einige Entziehungskuren und zuletzt nach einer Serie von Straftaten und nachdem sie mit einem Junkie einen Unterstandslosen brutal misshandelt und beraubt hatte, eine mehrjährige Haftstrafe. Mit Ach und Krach war das Opfer dem Totengräber von der Schaufel gesprungen und musste nach langer Rehabilitation fortan auf zwei Krücken weiterleben.

Bei letzterer Aktion war Max Buchberger als Polizist im Einsatz, der das junge Fräulein am Bahnhof festnahm und in die Justizanstalt verfrachtete. Abteilung Frauen,

4. Stock, Zelle 432. Im Dienstwagen sprachen sie angeregt über Gott und die Welt und fanden auf Anhieb einen guten Draht zueinander. Das gefiel ihr, endlich einer, der ihr zuhörte, auch wenn er diese verhasste Polizeiuniform trug.

Sie schrieb ihm Briefe aus der Haft, die von Woche zu Woche intensiver wurden. Er schrieb ihr zurück, zuerst sachlich und kühl, später vertrauter, inniger, intimer. Einmal begann sie einen Brief sogar mit der Anrede „An meinen Freund und Vater".

Dann die Haftentlassung, die ersten zaghaften Treffen in einem Innsbrucker Kaffeehaus. Er beschaffte ihr einen Gelegenheitsjob und ein kleines Zimmer mit zwei Schlüsseln, einen für sie, einen für ihn. Des Nachts blieb er manchmal bei ihr, berührte sie aber nicht. „Ich habe schon zu viel mitgemacht", meinte sie.

Er akzeptierte.

Sie lebte selbstständig dahin, verdiente sich ihr eigenes Geld als Kellnerin in einem Landsteiner Wirtshaus und träumte wie Max von der großen weiten Welt. Von Stränden an der Karibik, von Kanada oder Südamerika. Dabei dachte sie noch manches Mal an ihren Vater in Australien, von dem sie seit Jahren keine Nachricht mehr bekommen hatte. Lebte er überhaupt noch?

Eines Abends kam Max überraschend zu ihr, wirkte fahrig und gehetzt. Es war das letzte Mal, dass sie ihn lebend sah. „Ich habe Geld in der Tasche, sehr Bares! Nur für uns zwei, für unsere Zukunft, unsere gemeinsamen Träume", stammelte er aufgeregt, nahm sie an der Hand und zog sie hektisch über die Stiege zum Auto hinunter, das mit laufendem Motor vor dem Wohnblock stand.

„Wir müssen die Tasche in Sicherheit bringen, die sind alle hinter mir her. Und kein Wort darüber, versprich mir das", sprach er ängstlich, schaute sich ungeduldig um, legte den Gang ein und brauste durch die Stadt hinauf zu einem kleinen Bauernhof, der auf einem Hügel zwischen dem Inn und der Hauptstraße lag. In der kleinen Stube brannte noch Licht. Beim Ofen döste ein alter Mann, die Bäuerin saß am Tisch und häkelte.

Schnell verschwanden die beiden durch die offene Stadeltür und schlichen im Dunkeln durch den ekligen Stall. Max streifte an einem rostigen Mähbalken und riss sich den Anorak auf, kroch unter den Ladewagen, hob eine Falltür auf und stieg über eine knarrende Holzstiege in den gemauerten Keller hinunter, der den Bauersleuten früher als Brennerei gedient hatte.

Spinnennetze verrieten, dass dort seit Jahren keine Menschenseele mehr gewesen war. In der Brennerei öffnete er die Feuertür des Ofens und schob die schwere Sporttasche hinein. Er verriegelte die gusseiserne Tür, schob einen Korb voller Holz und Gerümpel davor und verließ mit ihr eilig den Hof. „Hier draußen am Stadtrand wird bestimmt keiner suchen, und sollten sie mich verhaften, weißt nur du, wo die Tasche versteckt ist. Ab heute bitte keinen Kontakt mehr, kein Anruf, kein Brief, nichts mehr. Bis ich mich wieder bei dir melde. Ist dir das klar, kann ich mich auf dich verlassen?", stammelte Max mit tränenerstickter Stimme auf der Rückfahrt, bei der er fast den Wagen des Streudiensts gerammt hätte.

Das war ihr letztes Treffen, gesehen hat sie ihn seither nie mehr.

Später erfuhr sie aus den Zeitungen von seiner Festnahme, seinem hartnäckigen Leugnen und der Verurteilung zu einer langjährigen Haftstrafe. Sie beobachtete die Geschehnisse aus sicherer Distanz, brach jeden Kontakt zu ihm ab, schrieb wie vereinbart keine Briefe in die Justizanstalt und ging auch nicht zur Verhandlung. Sie wollte nirgends auffallen oder gar jenen zivilen Schnüfflern der Polizei begegnen, die jeden Gerichtskiebitz genauestens unter die Lupe nahmen. Bei ihrem Vorstrafenregister wäre denen bestimmt ein Licht aufgegangen, immerhin fehlten noch immer der gesamte Schmuck aus einem kapitalen Kriminalfall, der damit weiterhin als ungelöst galt.

Die Monate vergingen.

Im Sommer des folgenden Jahres spazierte sie vom Schwarzsee nach Landstein hinunter und las auf einem Zeitungsständer vor der Bahnhofstrafik von seinem Freitod. „Ex-Polizist Max Buchberger hat sich nur wenige Monate nach dem Urteil erhängt – mit Suizid endete einer der spektakulärsten Kriminalfälle Tirols" stand in großen Lettern geschrieben.

Sie erinnerte sich seiner letzten Worte, als sie damals nach der nächtlichen Aktion aus seinem Wagen stieg und seine schmutzige Polizeiuniform zum Waschen aus dem Kofferraum nahm: „Einem von uns zwei wird die Tasche weiterhelfen! Wenn ich Glück habe, uns beiden, sonst halt nur dir. Bis dann, mach's gut, Mädchen!" Dann hatte er sie noch verzweifelt angesehen, nur ganz kurz, hatte die Tür zugeknallt und war in die dunkle Nacht davongefahren.

Mai 2011

Wie eine Puppe starrt das zarte Mädchen seit Stunden in die Leere. Ihr Gesicht, das lange, gewellte Haar, der opulente Blumenhut, das Rüschenkleid und die Schuhe sind mit Bronze gefärbt. Sie steht regungslos auf einem schmalen Sockel, trägt ein Zepter in den Händen und blinzelt apart, wenn Touristen ein paar Münzen in die Blechbüchse werfen, die vor ihr auf der gepflasterten Landsteiner Fußgängerzone steht und von einem Affenpinscher bewacht wird, der bellend gegen die lästigen Tauben zu Felde zieht, wenn sie auf der Suche nach Brotkrümeln seinem Frauchen zu nahe kommen.

Die junge Russin reißt erschrocken die Augen auf und sieht erstarrt in die Hauptstraße hinunter, wo sie von der obersten Etage des achtstöckigen Wohnhauses einen Menschen vom Balkon fallen sieht. Nur für einen kurzen Moment, vielleicht den Bruchteil einer Sekunde. Plumps, und fertig. Der dumpfe Aufprall geht im Geplapper einer asiatischen Reisegruppe unter, die soeben in die Landsteiner Altstadt einzieht. Die Sirenen des Notarztwagens nimmt sie erst wahr, nachdem sie ihre Utensilien zusammengeräumt hat und den Standplatz fluchtartig durch eine enge Seitengasse verlässt.

Nicht auszudenken, wenn die lästigen Bullen sie als mögliche Zeugin aufspüren oder gar ihre Dokumente verlangen. Sie will bei Gott nicht in eine Angelegenheit hineingezogen werden, die sie nichts angeht, will einfach ihre Ruhe haben, ungestört als Pantomimin arbeiten und ihre kostbare Zeit nicht in einer Wachstube oder gar bei Gericht verbringen. Womöglich hätte sie aussagen müssen, dass sie am Balkon die Silhouette einer zweiten Person gesehen habe. Einen Schatten, ein kurzes Etwas.

Juni 2013

Diesen sonnigen Tag ging Steininger besonders ruhig an. Das Thermometer zeigte beachtliche Temperaturen, und Matteo verzog sich in seine kühle Kanzlei, blätterte sich durch die Tageszeitung, genoss eine Tasse Kaffee und verabschiedete sich geistig in seine zweite Lebenskammer. Jene Kammer, die er sich behaglich eingerichtet hatte, nachdem er seine Jugendfreundin kennengelernt und Jahre später vor den Traualter geführt hatte. Und die durch die Geburt seiner beiden Töchter Tina und Verena die Erfüllung erhalten hatte. In dieser Kammer fühlte er sich besonders wohl und schöpfte Kraft für seinen schweren Dienst. In Musestunden dachte er zurück an den Kreißsaal, die ersten Babyschreie. Dann die ersten Gehversuche und jener Tag, als Tina mit ihrem Kindergartentäschchen unter dem Torbogen gestanden war. Später die Schule, die Erstkommunion, ihre Firmung und Verenas erster Freund, der an die Tür geklopft und Steiningers Familie um ein kleines Stück bereichert hatte.

In wundervollste Gedanken versunken, hörte Steininger plötzlich das Poltern seines Kommandanten, der sich mit Inspektor Mariacher wieder einmal ein heftiges Wortgefecht lieferte. Nachdem sich die Nebel verzogen hatten, klopfte Steininger an Knittels Bürotür und öffnete sie leise.

Der Kommandant saß zusammengesunken hinter seinem Schreibtisch, war leichenblass und starrte in die Leere. „Nun hat er sich also in der Haftanstalt aufgeknüpft“, jammerte der Kommandant, als er die Tageszeitung durchblätterte und im Chronikteil vermutlich zum letzten Mal das Bild seines Gefährten Max Buchberger sah, der wegen des Frauenmordes angeklagt war, bis zuletzt seine Unschuld beteuert hatte und letztlich zu einer langjährigen Haftstrafe verurteilt worden war. Jenes Polizeikollegen, der seinerzeit mit ihm in der Polizeischule Gesetze gebüffelt und sogar das Zimmer geteilt hatte.

Im Frühjahr des Vorjahrs war er verhaftet worden. Alle Zeitschriften hatten über den spektakulären Frauenmord berichtet. Den Meldungen zufolge soll er die leitende Angestellte eines Pharmakonzerns heimtückisch und grausam getötet und ihren gesamten Schmuck gestohlen haben. Er soll das Opfer in ihrem mondänen Ferienhaus betäubt, mit Benzin übergossen und das Anwesen in Brand gesetzt haben.

„Weißt du, der Max war eigentlich ein recht feiner Kerl, ein sehr fleißiger Kollege, immer korrekt gekleidet und sehr loyal. Ich versteh' das bis heute nicht! Dass er die fesche Dame tatsächlich ermordet haben soll, will einfach nicht in meine Birne", resümierte Knittel. „Und vergiss nicht, dem passierten in solchen Dingen ganz einfach keine Pannen, dafür war er viel zu gewissenhaft."

„Glaubst du eher an die Version mit dem fingierten Raubüberfall und seinem geplanten Neustart auf einer sonnigen Insel irgendwo in der Karibik?", hakte Steininger nach.

„Nein Matteo, das kann ich mir noch viel schwerer vorstellen, der kletterte doch in jeder freien Minute auf den Bergen herum. Max hatte doch mit dem Meer nichts am Hut. Obwohl, wenn ich näher darüber nachdenke, hat er bei unserem letzten Klassentreffen schon irgendetwas vom Aussteigen gefaselt. Aber nach ein paar Bier redet sich's immer leichter, und schon mancher von uns träumte an diesen alkoholschwangeren Abenden von der Südsee, dem Jakobsweg, einer Hütte in Alaska oder davon, irgendwann einmal per pedes zum Nordkap zu wandern. Wir haben ja alle schon ein paar Jahrzehnte Polizeidienst am Buckel, da tun solche Schwärmereien gut, sind was Schönes, eine Art Ventil für die Seele. Vielleicht auch eine gewisse Sehnsucht, ein Wunsch an unsere letzten Lebensjahre."

„Na ja, vielleicht war der Max in seiner tiefsten Empfindung doch eher ein Träumer, der im Alter vielleicht ein bisschen verrückt geworden ist. Dazu ein paar versteckte Depressionen, ein Burnout in den Startlöchern, du weißt schon, das Übliche halt in unseren Reihen", antwortete Steininger. „Aber ein Beutel voll Schmuck für ein Menschenleben?"

„Alles Schwachsinn", mischte sich Inspektor Mariacher erregt ein. „So blöd kann doch keiner von uns sein. So wie der werkelte, war das eher ein Dilettant. Zuerst bringt der Stümper eine Frau um, und dann ist auch noch die ganze Beute verschwunden. Und jetzt wird Max auch noch mit dem Mord an einem Innsbrucker Zuhälter von anno Schnee in Verbindung gebracht. Er soll damals enge Kontakte zu einer Nobelhure gehabt haben und ein heftiges Scharmützel mit deren verschmähtem Liebhaber. So ein Blödsinn."

Jetzt kam in den Amtsräumen Stimmung auf. Der abergläubische Inspektor Fuchs versuchte die traurige Geschichte gar anhand seiner gesammelten Horoskope zu erklären. Er zitierte aus dem Handbuch des deutschen Aberglaubens und erkannte sowohl am Tag der schlimmen Bluttat an der Pharma-Angestellten als auch am Tag seiner Selbsttötung in der Justizanstalt für seinen Polizeikollegen Max Buchberger eine äußerst ungünstige Konstellation der Gestirne. Fuchs hatte nebst den Horoskopen sämtliche Zeitungsartikel über den Frauenmord gesammelt und war zum klaren Ergebnis gekommen, dass Max schon aufgrund des damaligen Sternenbildes der Täter war.

„Eine solche Räubergeschichte brächte wohl kein Krimiautor besser zu Papier; und die absurden Vorwürfe kämen ausgerechnet jetzt daher, wo Max sich nicht mehr wehren kann. Eine bodenlose Frechheit", konterte Schulfreund Knittel. „Den Mord wollte ihm halt einer in die Schuhe schieben, dem er vielleicht irgendwann einmal den Schein gezupft hat. War ja nicht gerade beliebt bei den Autofahrern, unser Max. Und mit den Weibern hat er es auch gut verstanden, da gibt's genug gehörnte Ehemänner, denen die Alte davongelaufen ist."

„Kann aber auch leicht sein, dass der Mord mit den verschwundenen Schmuck an sich gar nichts zu tun hat, sozusagen eine Geschichte in der Geschichte. Gott sei Dank geht uns die Sache nichts an, ist ja im Außerfern passiert", schloss Steininger die Unterhaltung, schlug die Zeitung auf und widmete sich dem Kulturteil, wo eine Aufführung seiner Lieblingsoper La Bohème ausführlich rezensiert wurde.

Mit Mimi, Rodolfo und Musetta kehrte er zurück in das Leben, Leiden und Lieben gewöhnlicher Menschen. Der Ohrwurm „O soave fanciulla" schlich sich verzaubernd in seine Gehörgänge – mit irritierenden Gedanken, wie hoch wohl seine ganz persönliche Geldforderung für einen Auftragsmord läge, schlummerte er ein und kehrte seufzend in seine zweite Kammer zurück.

Mai 2011

Matteo schreckte jäh auf.

„Fahrt hinüber in die Hauptstraße, dort ist jemand vom Balkon gestürzt", rief Polizeikommandant Albert Knittel in die verdächtig stillen Amtsräume. Dort herrschte entspannte Ruhe; keiner der ruhenden Beamten fühlte sich richtig motiviert, der leidigen Sache näher auf den Grund zu gehen. Inspektor Mariacher blätterte in den aktuellen Sportberichten, und Kollege Fuchs war mit den Horoskopen beschäftigt, die ihm gerade für heute keinen guten Tag prophezeiten.

„Ich hab's befürchtet, faules Pack!", raunzte Steininger, nahm unwillig den Fotokoffer aus dem Kasten und kurvte mit dem übel gelaunten Richard hinüber in die Landsteiner Innenstadt. Dort war ein Riesenauflauf. Schaulustige Touristen aus aller Herren Länder standen im Kreis und fotografierten neugierig, während die Rettungsleute ein weißes Laken über einen männlichen Leichnam zogen, der bäuchlings in einer Blutlache am Gehsteig lag.

„Es ist der Künstler aus dem 8. Stock, der Lüftlmaler", flüsterte der Sanitäter Gerd Marksteiner den beiden Polizisten zu. „Hat seinerzeit das Familienwappen über die Tür unseres Herrenhauses gemalt. Das Wappen wurde aber lang nicht fertig, weil der Spinner schon damals psychische Probleme hatte. Er war dann immer wieder für längere Zeit in der Klapsmühle, weil er glaubte, er könnte fliegen. Nun hat der Verrückte wohl den Beweis erbringen wollen."

Nachdem Inspektor Mariacher verspätet nachgekommen und in seiner rauen Manier die Horde Neugieriger zurückgedrängt hatte, durchsuchte Richard Fuchs den

Bademantel des Toten und fand nebst Taschentüchern und zwei Lutschbonbons einen Schlüsselbund.

Während der Notarzt bereits zum nächsten Einsatzort unterwegs war, der Bestatter den Leichnam einsargte und die redselige Krämerin Ilse Margreiter mit einem Kübel heißem Wasser Blut und Fleischpartikel vom Gehsteig spülte, stiegen Steininger und Fuchs die Stockwerke hinauf zur Wohnung des Toten. Steininger keuchte heftig und hielt bei jeder Etage erschöpft inne.

Endlich oben, lugte ein junger Herr durch den Spalt der Nachbarstür. Er hatte nur ein Bein und stützte sich auf Krücken: „Der Narr dort drüben hat mit niemandem geredet, lebte völlig allein und zurückgezogen", raunzte der Invalide. „Der war irgendwie komisch drauf und hatte meist nur Männerbesuche; war sicher ein verklemmter Homo", deutete mit dem Zeigefinger mehrmals auf die Stirn und knallte die Wohnungstür wieder zu.

„Olala, der Typ ist aber auch nicht ganz sauber", flüsterte Steininger und sperrte die Wohnungstür des Lüftlmalers auf. Sie traten vorsichtig ein, blieben im Vorraum stehen und lauschten himmlischen Klängen. Offensichtlich hatte sich Gustav Burger, dieser Name stand zumindest auf der Wohnungstür, mit Mozarts Requiem und ein paar Gläsern Cherry in eine suizidale Stimmung versetzt, dann die Balkontür geöffnet und zu einem Sprung über die Brüstung angesetzt, der nach kurzer Flugzeit tragisch auf dem Asphalt endete.

Steininger roch feinste Tabake und setzte sich auf die Ledercouch, sog die angenehme Musik in sich auf und blätterte in einer Fotomappe, die auf einem Glasregal stand. Gustav Burger war ein Lüftlmaler gewesen, der mit seinem uralten Handwerk bis in die entlegensten Täler und tiefsten Provinzen gekommen war. Er hatte Häuser und Ortskerne mit klassischen Motiven, Bauernmalerei, Landschaften verziert und zudem recht meisterhaft die Illusionsmalerei beherrscht. Offensichtlich hatte er eine Vielzahl seiner Werke fotografiert; Steininger erfreute sich an spätgotischen Fenstern, bunten Säulenportalen, Jagdszenen, Landschaften, Friesen und Stukkaturen, wappenverzierten Erkern und religiösen Motiven, die Gustavs Lebenswerk eindrucksvoll dokumentierten. Auf einigen Bildern war der Meister selbst zu sehen; stets im weißen Arbeitsmantel und mit rauchender Tabakspfeife.

„Ein toller Handwerker und Maler, ein stiller, zurückgezogener Verehrer der schönen Kunst, ich bin begeistert", resümierte Steininger, als er die Mappe schloss und sich in der Wohnung ein wenig umsah. „Und Geld hatte der offensichtlich in Hülle und Fülle. Die riesige Wohnung ist vom Feinsten, überall Schmuck, historische Möbel und Gemälde alter Meister, Kunstgegenstände aller Stilrichtungen und teuerste Skulpturen."

„Geld hin, Geld her. Wir dürfen hier von einem hundsnormalen Selbstmord ausgehen", meinte Richard Fuchs. „Die Wohnung war ja versperrt, und der Sanitäter hat gemeint, dass Herr Burger psychisch krank war. Der klassische, krankheitsbedingte Abgang in das Nirwana also."

„Na ja, versperrt war die Tür nicht, nur verschlossen", korrigierte Steininger den Kollegen. „Die traurige Musik im CD-Player und die halbleere Flasche Cherry sprechen eher für einen Suizid. Der hat sich angesoffen und ist runtergesprungen", ergänzte Matteo, packte seine Utensilien zusammen, setzte sich in einen Lehnsessel, schloss die Augen und verließ die Wohnung des Meisters erst, als die letzten Akkorde aus Mozarts Totenmesse verklangen.

* * *

Kommandant Knittel hatte den Lüftlmaler gekannt und wusste zu berichten, Burger habe schon als junger Mann mit seinem Gemüt zu kämpfen gehabt. Bei der Renovierung der Benediktinerabtei Ende der Siebzigerjahre habe er als Lehrling in einer spektakulären Selbstmordaktion vom Turmgerüst springen wollen. Viele Schaulustige seien am Stadtplatz gestanden, und es habe beinahe Volksfeststimmung geherrscht. Weil die herbeigerufenen Psychologen nichts ausgerichtet hätten, sei Kapuzinerpater Gotthard auf das Gerüst gestiegen und habe fast eine Stunde lang auf den jungen Mann eingeredet, bis Gustav aufgegeben und mit seinem Vater in die Psychiatrie gefahren sei. Dort habe er über ein halbes Jahr verbracht, sei aber nie mehr ganz gesund geworden. Gustav sei zeitlebens ein seltsamer Kauz geblieben, der mit der Außenwelt sehr wenig Kontakt pflegte. „Und jetzt hat er eben Schluss gemacht, der arme Teufel", schloss Knittel und erwähnte ganz nebenbei, dass sich ja auch Gustavs direkte Vorfahren umgebracht hatten. „Gustav Burger I jagte sich im letzten Weltkrieg in einem finnischen Feldlazarett eine Kugel in den Kopf. Gustav Burger II sprang nach dem Krebstod seiner Frau von einer Eisenbahnbrücke. Die Sache liegt also sozusagen in der Familie, in den Genen. Und daher haken wir die Sache einfach ab. Aus, basta, Schwamm drüber, Aktendeckel zu", empfahl Knittel und lud seine Truppe wohlgelaunt auf einen Kaffee ein.

* * *

Ihr Hass steigert sich von Woche zu Woche, sie ekelt sich in der engen Gaststube vor den fünf Männern, empfindet sie als hässlich, dumm und verlogen. Sie will dem Fieberherd zu Leibe rücken und die triebgesteuerten Ferkel exemplarisch fertigmachen, vernichten, auslöschen – einen nach dem anderen. Schön langsam und wohlüberlegt. Deren Hände an allen nur möglichen Körperstellen erträgt sie nur mehr mit Widerwillen, sie redet kaum mehr mit ihnen und dreht halb durch, wenn ihr einer der widerlichen Neureichen an die Brüste fasst oder sie gar auf seinen Schoß ziehen will. Sie möchte keines dieser kriminellen Monster mehr an sich heranlassen, ekelt sich vor ihnen, hält sie fern von ihrem Körper.

Ein einziges Mal wird sie noch eine Ausnahme machen! Für den Schwerenöter Gustav, dem sie im noblen Hotel Arlberg nicht nur feinste Spirituosen kredenzt, sondern den sie seit Monaten auch anderweitig betreut und die leicht verdiente Kohle gern in ihre Kralle nimmt, wann immer sich die Gelegenheit bietet.

So nimmt sie eines späten Abends sein eindeutiges Angebot an und geht in seine Wohnung, wo sie mit ihm auf der Couch landet. Dass er ihr für die nur mäßig erquickenden Liebesdienste auch noch eine satte Summe zusteckt, kommt für sie zwar überraschend, aber durchaus gelegen. Einen derart hohen Geldbetrag hätte sie in ihrer kargen Zeit in Wien von jedem Freier wohl mit Begeisterung angenommen, als sie damals obdachlos gewesen, sternhagelvoll in den Straßen herumgelungert und mit jedem hinter den Gebüschen verschwunden war, bei dem sie Geld vermutet hatte. Damals für ein paar Münzen, heute für große Scheine.

Und so bedient sie ihren verklemmten Lüftlmaler auf einer Bank im Villenpark ebenso wie im stinkenden Bahnhofsklosett oder an etwas ausgefalleneren Orten, wie auf einer Wolldecke am Fuß der Burg Eckstein, am Flussufer oder in den Umkleidekabinen am Schwarzsee. Ganz, wie der feine Herr es wünscht.

Natürlich durfte der Rest des ominösen Quintetts nichts davon erfahren, das war seine Bedingung. Er hätte sich wohl bis in den Boden hinein geschämt, wäre bekannt geworden, dass es der reiche Gustav mit einer billigen, einfältigen Kellnerin treibt.

In seine auserlesene Wohnung lässt er sie eher selten, und selbst dann nur bis zur Ledercouch im Vorzimmer. Sein Schlafgemach scheint tabu, und das fidele Treiben dauert ohnehin nie länger als ein paar Minuten.

Dieses Mal ist alles ein bisschen anders. Nach dem hastigen, eher lustlosen Akt ist Gustav ziemlich erschöpft, wirft sich den Bademantel über die Schulter und stopft sich ein Genusspfeifchen.

„Sein letztes", denkt sie, und der verklemmte Kerl tut ihr fast ein wenig leid. Sie zieht sich an, gönnt sich eine Zigarette und geht hinter ihm auf den Balkon, um seine wertvollen Gemälde und Skulpturen nicht unnötig einzunebeln. Sie bleibt hinter Gustav stehen und bläst den Rauch in sein dichtes, wuscheliges Haar. Dann geht alles sehr schnell. Sie spickt den Zigarettenstummel in die Tiefe, schiebt ihm den Ellbogen ins Genick und drückt den Oberkörper des Leichtgewichts kraftvoll über die Brüstung. Gleichzeitig erfasst sie sein linkes Bein und zieht es nach oben. Und futsch – Gustav hebt zu seinem letzten Segelflug ab.

Nun darf ihr kein Fehler passieren. Sie setzt sich auf das Sofa, ordnet ihre Gedanken und lässt ein wenig Ruhe einkehren. Sie wartet ein paar Minuten, bis auf der Straße ein Tumult entsteht, in dessen Trubel sie unerkannt fliehen wird. Sie lässt die Balkontür offen, legt Mozarts Requiem in den CD-Player, drückt auf play, stellt ein Cherry-Glas samt Spirituose auf den Tisch, klaut eine Schmuckkassette aus dem Schlafzimmer, steckt den protzigen Goldring mit dem seltsamen Symbol eines Kanonenofens in ihre Rocktasche und verschwindet eilig aus der Wohnung. Derart still, dass sie nicht einmal der einbeinige Hausgenosse bemerkt, der am Ende des Flurs ein paar Kartons Einwegflaschen sortiert.

* * *

Die Beerdigung des Lüftlmalers ist kaum nennenswert. Der invalide Nachbar konnte sich bei Gott kein Taxi leisten, außer einem nach Chile ausgewanderten Großcousin waren keine Verwandten bekannt, und bis auf zwei neugierige Betschwestern, seinen Bankberater und einer Handvoll honoriger Herren war niemand am Landsteiner Friedhof zugegen, als die Urne in die Erde gesenkt wurde. Unter Ausschluss der Kirche, denn dort war er schon vor Jahren ausgetreten, als es mit der diözesanen Abrechnung einer aufwendig restaurierten Stiftskirche gehapert hatte.

Seine vier Kameraden betrauerten Gustav äußerst passend, kehrten im reservierten Separee des Hotels Arlberg ein und schütteten sich mit feinsten Weinen derart zu, dass alle nur mehr lallten. „Ein letztes Prosit auf unseren Gustav, wie damals in unseren härtesten Stunden beim Militär", blödelte Engelbert Krainer herum, als Albert Grüner das Ritual begann und eine Kerze am Tisch entzündete. Dann hielten sie ihre Ringe mit dem Symbol eines Kanonenofens über die Flamme und sprachen ihren geheimen Schwur, der sie seit Jahren zusammenschweißte.

Der Abend mündete in eine heillose Sauferei, alte Geschichten aus früheren Tagen wurden aufgewärmt, und immer wieder ließ man den Verstorbenen mit einem kräftigen Prosit hochleben. Demonstrativ lag dessen Tabakspfeife auf dem Tisch vor dem leeren, fünften Ledersessel, die zuletzt in einer feierlichen Zeremonie als Andenken in eine eigens gefertigte Glasvitrine gelegt wurde. Samt einem in Gold gerahmten Jugendfoto des sonderbaren Wuschelkopfs als bleibende Erinnerung an Gustav, ihren Freund.

* * *

Steininger juckte die Neugier. Er rief jene Bubenschar zusammen, die Tage zuvor die Goldschindeln gefunden hatte. Er versprach ihnen weitere Fußball-EM-Sticker, wenn sie ihm jene Stellen zeigten, wo sie das wertvolle Gold, so der Wortlaut der Bengel, gefunden hätten. Und siehe da, eine der Schindeln war ausgerechnet vor der Haustür des Lüftlmalers Gustav Burger gelegen, der heute vom Balkon gefallen war.

„Und die zweite?", hakte Steininger nach.

„Wissen wir nicht mehr genau, tschüss, wir müssen zum Fußballtraining", riefen die Buben und waren Hals über Kopf um die Ecke verschwunden.

Warum lag eine der gestohlenen Goldschindeln ausgerechnet vor jenem Wohnhaus, von dessen Balkon ein unbescholtener Mann in den Tod stürzte? Ein komischer Zufall, ein Fingerzeig? Eine symbolische Handlung? Hat der kuriose Fall nun mit einem toten Künstler zu tun oder mit Schindeln, Kunst, Geld oder Gold? Warum lagen die Schindeln nicht vor dem Pfarramt, Wirtshaus oder Probelokal der Musikkapelle? Wollte der Unbekannte ein Zeichen setzen und einen Hinweis geben, der noch zu enträtseln war?

Steininger spazierte in die Altstadt und machte es sich im Wintergarten eines Kaffeehauses bei einem kühlen Bier gemütlich. Er schaute durch die mittelalterliche Gasse zu jenem Balkon hinunter, von dem Gustav angeblich in den Tod gesprungen war. Matteo schätzte die ungestörte Ruhe und dachte darüber nach, warum der äußerst wohlhabende Herr Burger wohl samt seinem Schlüsselbund in den Tod gesprungen war. Und überhaupt: Wie oft hatte Matteo seinen Schlüsselbund im Bademantel? Und wozu? Wollte Gustav damit die Himmelstür aufsperren?

Auch wunderte er sich, warum Gustav keinen Abschiedsbrief hinterlassen hatte, war doch in dessen Wohnung alles wohlgeordnet und blitzsauber. War es nicht so, dass derartig pingelige Menschen besonders ihren Abgang von dieser Welt genauestens planten, oft seitenweise Abschiedsbriefe verfassten, ihre Geldtasche, Bankomatkarte und Schlüssel in Reih und Glied auf den Küchentisch legten und erst dann endgültig Schluss machten?

Dann schaute sich Steininger einige Fotos an, die er aus der Wohnung des Lüftlmalers mitgenommen hatte. Auf einem Porträt sah man im Detail Gustavs Hand, auf der vier Goldringe zu sehen waren. Auf den Tatortfotos waren allerdings nur drei zu sehen! Wohin war der vierte Ring verschwunden? Erkannte Steininger die stille Botschaft des Sonderlings nicht, das posthume Zeichen?

Erst als er zahlen wollte, nahm er die bronzefarbene Pantomime im üppigen Rüschenkleid wahr, die zwischen ihm und Gustavs Wohnblock stand und auf einem schmalen Sockel ihren starren und stummen Akt darbot. Und genau in Richtung Gustavs Balkon blickte. Wo war die Künstlerin gestern um diese Zeit gewesen?

Matteo ging auf die Dame zu und wurde von ihrem kleinen Schoßhündchen angekläfft, der neben ihr in einem Korb lag. Er hielt ihr seinen Dienstausweis vor die Nase und bemerkte ein nervöses Zucken in ihren Augen. Sie verstand sofort, räumte ihr Inventar in einen Trolley und folgte Steininger zu einem Wirtshaus, wo er sie in einer stillen Ecke zum Tisch bat. Sie sprach kaum Deutsch und erklärte mit russischem Akzent, dass sie bisher keine Probleme mit der Polizei gehabt hätte, allerdings auch kein Visum oder gar eine Arbeitserlaubnis vorweisen könne. Steininger übergab der Dame die Telefonnummer der Fremdenpolizei, sie möge sich dort melden und den nötigen Papierkram in Ordnung bringen. Er wolle ihr bestimmt keine Probleme bereiten. Dann bestellte er für beide eine warme Mahlzeit und sprach sie auf ihre üblichen Stehzeiten an.

Dann erzählte sie, dass sie gestern Nachmittag tatsächlich auf ihrem schmalen Sockel stand und beobachtete, wie ein Mann vom Balkon gefallen sei.

„Da war aber noch jemand am Balkon, ganz sicher", bezeugte sie, bat aber gleichzeitig, Steininger möge sie aus der Sache heraushalten. Sie wolle keine Probleme mit den Gerichten bekommen.

Damit war Steininger endgültig klar, dass Gustav Burger nicht aus eigenem Antrieb in den Tod gestürzt war, sondern möglicherweise jemand nachgeholfen hatte.

Zurück im Büro, fasste er das Ermittlungsergebnis in Sachen Lüftlmaler zusammen, gab die Unterlagen in eine Mappe und schob diese in das unterste Fach seines Schreibtischs. „Man kann ja nie wissen, vielleicht brauch' ich die irgendwann einmal wieder", warf sich den Wintermantel um die Schultern und begab sich in den Gasthof Hirschen zu seinem Wirt und Freund Severin Moser, um dem Tag doch noch etwas Positives abzugewinnen.

* * *

„Da hat sich das Landespolizeikommando wieder was Tolles ausgedacht", raunzte Chefinspektor Knittel, als er die Tagespost öffnete und die Briefe sortierte. „Die wollen uns allen Ernstes eine Postbeamtin aufs Aug' drücken. Aber nicht mit mir, so nicht, diese Thusnelda können sie gern in Innsbruck behalten. In Landstein brauchen wir keine Beamtin, die bisher nur Briefmarken pickte. Wir machen uns die Polizeiarbeit lieber selber."

Kaum ausgesprochen, stand eine Traube Polizisten um den Kommandanten herum und schaute gespannt auf den Personalbogen der Madame, den Knittel soeben durchblätterte und seinen Untergebenen den Namen Christine Feldhütter verkündete.

„Wenn sie unter dreißig, blond, knackig und noch zu haben ist, kann sie ruhig kommen. Ich nehm' sie gern unter meine Fittiche", erklärte Inspektor Mariacher.

„Da kann ich dir leider nicht dienen. Wie du auf dem Foto siehst, ist Christine schon ziemlich ergraut und steht angeblich kurz vor der Pensionierung. Die Dame kommt aus Hötting und ist sicher ein recht lustiges Geschöpf", ergänzte Knittel und dachte an seinen Cousin Edelbert, der jedes Jahr in der närrischen Zeit die „Höttinger Nudl" nach Landstein brachte. Eine von Sängern herausgegebene Faschingszeitung mit kuriosen Geschichten, Karikaturen und Witzen aus dem Innsbrucker Stadtleben, in der prominente Bürger aufs Korn genommen werden.

„Edelbert hat sich bei uns daheim oft auf den Stuhl gestellt und aus der Höttinger Nudl vorgetragen, bis wir uns vor Lachen die Bäuche gehalten haben. Wird sicher eine Gaudi werden mit dieser Dame, und lang wird die Alte ja nicht bei uns sein. Meinetwegen, soll sie halt noch ein paar Monate ausdienen – wird uns allen dabei zwar ordentlich auf den Keks gehen – und dann ab in die Rente mit ihr", amüsierte sich Knittel und erwähnte augenzwinkernd, dass er für sie schon ein paar passende Aufgaben finden würde, als da wären: abspülen, Schuhe putzen, Kaffee kochen und Staub saugen.

Der erste polizeiliche Einsatz für die Frau Postmeister ergab sich allerdings schon an ihrem ersten Arbeitstag, und Knittel hätte sich die Regie des Zufalls wohl kaum besser wünschen können. Am Sportplatz war ein Heimspiel des FC Landstein im Gange; die Heimischen führten klar mit 4:0, als sich ein Platzsturm der besonderen Art zutrug. Nicht etwa renitente Fans brausten auf das Spielfeld. Nein. Drei Kamele, sieben Lamas und gleich elf Alpakas trampelten auf den feinen Rasen, belagerten stur den Mittelkreis und grasten die Grünfläche Meter für Meter ab, während Kicker und Schiedsrichter ratlos an der Seitenlinie standen.

Die Tiere waren dem Zirkus Konradi ausgebüxt, der in der Nähe des Stadions seine Zelte aufgeschlagen hatte. Ein schwieriger Fall für die Frau Postmeister, die am Spielfeld mitten in der Herde herumfuchtelte und gemeinsam mit zwei herbeigeeilten Clowns versuchte, die Tiere vom Fußballplatz zu treiben.

Aber je mehr Ordner und Zuschauer zu Hilfe eilten, desto wilder sprangen die Kamele über das Spielfeld. Erst als der Jungbauernobmann Konrad Falkner, seines Zeichens Torwart der heimischen Kickertruppe, einen Handkarren voll Heu brachte, trotteten die Tiere brav hinter dem Futter her und kehrten in einer Karawane in ihre Gehege zurück.

* * *

Ein paar Wochen später ging im noblen Stübchen des Hotels Arlberg die Angst um, und keiner der vier Herren wollte mehr so recht an einen Selbstmord ihres Freundes Gustav glauben. Nun ja, der war zwar zeit seines Lebens recht sonderbar gewesen und weilte etliche Male in diversen psychiatrischen Krankenhäusern, aber dennoch erzählte der Restaurator Engelbert Krainer von einem Gerücht, das derzeit in Landstein die Runde machte. Inspektor Steininger höchstpersönlich recherchiere weiterhin an diesem Fall! Angeblich auf eigene Faust, obwohl sein Kommandant Knittel stur und steif von einem Selbstmord oder tragischen Unglück ausgehe.

„Damals hat Knittel ja tatsächlich die größten Koryphäen zum mysteriösen Balkonsturz hinübergeschickt! Den faulen Inspektor Mariacher, der sich lieber mit lästigen Schaulustigen prügelte, als wenigstens ein paar Augenzeugen zu befragen, und den alten Polizisten Fuchs, der mit seinen Gedanken längst in der Pension ist. Der war neulich schon bei einem kleinen Verkehrsunfall völlig überfordert und hat angeblich das falsche Auto abschleppen lassen. Na, wenigstens war der Steininger dabei gewesen, der sich vielleicht doch noch Gedanken darüber macht, was mit unserem armen Gustav tatsächlich passiert sein könnte."

„Wenn der Herr Kommissar nicht gerade seine Trinkphase hat und seine Tage beim Hirschenwirt absitzt", lästerte der Büchsenmacher Albert Grüner.

Juni 2011

Der Restaurator Engelbert Krainer stand am Gerüst unter der Empore der Abtei zu Landstein und setzte mit meisterhafter Hand die letzten Kunstgriffe am heiligen Magnus, der in lichter Höhe zwischen der Mutter Gottes und dem Erzengel Michael stand. Mit dem Pinsel aus Eichkätzchenhaaren putzte er den hartnäckigen Staub der Geschichte aus den Holzfalten, legte die letzten Goldblättchen über den Bischofsstab und verstrich sie mit graziösen Handbewegungen. Zuletzt nahm er ein Wattestäbchen aus der Tasche und betupfte die Oberlippe des Heiligen mit fuchsiger Farbe. Dann klopfte er dem heiligen Magnus kumpelhaft auf die Schulter, räumte die Gerätschaften zusammen und stieg vom Gerüst.

Zufrieden stand er mitten im Kirchenschiff und betrachtete seine Arbeit der letzten Wochen. Die beiden erneuerten Seitenaltäre, die renovierten Heiligenstatuen und den vergoldeten Tabernakel.

Erst als er die Abtei durch den Seiteneingang verlassen wollte und auf die bunte Tafel neben dem Beichtstuhl blickte, erschrak er. Von den siebzehn Fotos der heurigen Erstkommunikanten fehlten genau zwei: jene seiner Enkelin Laura und von Albert Grüners Nachzügler Elias.

„Da ist jemand hinter uns her, verfolgt uns, macht psychischen Terror. Was hat der kranke Typ mit den zwei Kinderfotos vor?“, ging es ihm wirr durch den Kopf und er griff nach dem Pfefferspray, den er seit Gustavs mysteriösem Balkonsturz in der Arbeitstasche mitführte. Man konnte ja nie wissen!

„Lass die Finger von meiner Kleinen“, murmelte er verbittert in das Kirchenschiff; ihm wurde endgültig klar, dass er und seine drei Freunde tatsächlich in größter Gefahr waren.

* * *

Seit Jahrzehnten hauchte er alten Möbeln neues Leben ein und restaurierte in seiner Werkstätte auch jene Bauernschränke und Truhen, an denen der Zahn der Zeit genagt hatte. Oft bekam er nur Teile geliefert, aus denen er erahnte, dass es in früheren Zeiten ein barocker Kasten gewesen sein könnte. Manchmal waren es auch verwitterte oder gar von Pilzen befallene Möbelstücke, die lange Zeit in feuchten Dachböden oder dunklen Kellern gelegen waren.

Schon sein Vater hatte nach dem Krieg in den umliegenden Bergbauernhöfen historische Möbel gesammelt, restauriert und auf Märkten verkauft. Damals stand der kleine Engelbert in Stoffwindeln in der Werkstätte zwischen Hobeln, Stemmeisen, Zwingen und Farbdosen und bewunderte seinen Papa, der die Kästen mit übel riechenden Chemikalien reinigte, das morsche Holz ausfräste, kleinste Holzstücke für Tabernakel und antike Kommoden zuschnitt und in die Fugen leimte, Konturen nachschnitzte, Furniere abschliff, mit ruhiger Hand Strich für Strich bunte Ornamente aufmalte und mit Öl und Bienenwachs polierte.

Das stille Gemüt hatte er vom Vater geerbt; aus der Ruhe bringen konnte Engelbert rein gar nichts. Oder fast gar nichts. Bis heute, als ihm ein Farbtopf aus den zitternden Händen geglitten, auf die Lehne eines prächtigen Tiroler Barockbettes gefallen und der Lack über das Monogramm geronnen war. Da setzte er sich nieder, begann zu weinen, nahm seinen Kopf zwischen die Hände und ließ die Farbe einfach Farbe sein. Er war auch nicht mehr in der Lage, das sündteure Möbelstück des Innsbrucker Bankiers zu retten, das er in den nächsten Tagen in das Auktionshaus bringen sollte.

* * *

Nach den Schindeln vom Goldenen Dachl als auserlesene Vorspeise ist es an der Zeit, für die feinen Herren ein warmes Süppchen anzurichten. Für sie eine eher leichte Aufgabe! Sie lässt die letzten Rosenkranzbeter aus der Kirche gehen, kniet sich in die letzte Bankreihe und wartet, bis es allmählich ruhig wird. Während Pater Benedikt den Beichtstuhl verlässt, die Osterkerze ausbläst und in die Sakristei schlurft, blickt sie auf die niedlichen Gesichter jener beiden unschuldigen Erstkommunionkinder, deren Anverwandte sich hemmungslos am Vermögen ihres Großvaters und anderer betagter Landsteiner bedient hatten.

Die entzückenden Bilder sind mit bunten Zeichnungen verziert, mit Sonnenblumen, Weinranken und Bibelsprüchen. Sie nimmt zwei Fotos von der Tafel, schiebt sie unter ihre Jacke, zündet eine Kerze für die Verstorbenen an und verlässt die Kirche. Nicht ohne sich mit Weihwasser zu bekreuzigen und Gottes Segen zu erbitten. Für ein gutes Gelingen und alles Weitere, was den feinen Herren bevorsteht.

* * *

Der Herr Restaurator war nicht erst seit Gustav Burgers mysteriösem Todessturz sehr beunruhigt und mied die Öffentlichkeit, so gut es nur ging. Meist verließ er Landstein schon zeitig am Morgen und kehrte erst spät in der Nacht wieder heim. Als Gutachter mangelte es nicht an Aufträgen; für heute stand ein Termin bei Frau Baronin von Heidenstein auf dem Programm, die in der Nähe von Innsbruck wohnte. So stand Engelbert schon am frühen Vormittag im Erker ihrer schmucken Villa und hielt eine etwa hundertjährige Jugendstilvase in seinen Händen, die er derart vorsichtig begutachtete, als hielte er einen verletzten Schmetterling. Die alte Madame mit blauem Blut hatte ihn schon öfter als Sachverständigen konsultiert und war offensichtlich nun damit beschäftigt, ihre Schätze zu veräußern, bevor die greise Adelige das Zeitliche segnete.

Als Engelbert mit ihr bedächtig durch die hohen Räume schritt und sich ihr Gelaber anhörte, atmete er den Duft des Vergänglichen ein und glaubte in diesem Moment, dass die Vorfahren der Frau Baronin irgendwann in der Zwischenkriegszeit zu einem Spaziergang aufgebrochen und nie wieder heimgekehrt waren. Gerade so, als wandle er durch einen uralten Schwarzweißfilm; und als die alte Schachtel noch eine Schellackplatte der Comedian Harmonists auf den Teller legte und die A-cappella-Vokalgruppe „Veronika, der Lenz ist da" trällerte, schien das historische Ambiente mehr als perfekt.

Nur gut, dass sich die Aristokratin auf ihre Terrasse verzog, wo sie in der prallen Sonne in einem Liegestuhl versank, eine Zigarre nach der anderen paffte und ein ganzes Fläschchen Prosecco schlürfte!

Währenddessen arbeitete sich Engelbert stundenlang durch die akribisch gesammelten Kunstwerke und begutachtete dutzende Exponate aller Stilrichtungen. Porzellane der bekanntesten Manufakturen, historische Möbel, Skulpturen und Bilder von unschätzbarem Wert, in den

Schubladen und Kommoden Stapel von Münzsammlungen und Schatullen voll barocker Schmuckstücke!

Engelbert gingen die Augen über – und es mag wohl als glückliche Fügung gesehen werden, dass sich während Engelberts fachlicher Begutachtung der Gesundheitszustand der alten Lady drastisch verschlechterte und zuletzt ihr Vertrauensarzt Dr. Reinberger anrücken musste, der sie sofort in seine Privatklinik einwies. Auch gut, dass ihr der Herr Primarius eine Kur auf der Insel Korfu empfahl, wo sie leider verblich und in einer Urne nach Landstein heimkehrte.

Klar, dass in der Zwischenzeit gute Arbeit geleistet wurde, und wohl zu schön, dass ihm die Frau Baronin blind vertraute und vor ihrer Abreise auf die Mittelmeerinsel mangels ehrbarer Verwandter doch tatsächlich die Schlüssel ihrer Villa überlassen hatte.

Ein im Geheimfach ihres Sekretärs neben Schreibfedern, Tintenfass und einem Stapel Pergamentpapier verstecktes Testament, das den Schweizer Tierschutzverein als Haupterben vorsah, ließ Engelbert vorsorglich verschwinden und räumte das Refugium nach und nach halb leer, wobei er nur an den kostbaren Dingen interessiert war und Kitsch und Krempel gern zurückließ.

* * *

Nach Einbruch der Dunkelheit spazierte Engelbert zum Büchsenmacher Albert Grüner in die Waldstraße hinaus, um mit ihm über die mehr als unerfreulichen Entwicklungen zu reden. Er berichtete ihm aufgeregt von den beiden fehlenden Erstkommunionbildern in der Abtei und seiner Befürchtung, ihr gemeinsamer Freund Gustav könnte vielleicht doch von fremder Hand über die Brüstung gestoßen worden sein.

„Kommandant Knittels Gattin war gestern beim Friseur und hat in aller Öffentlichkeit bestätigt, dass es Selbstmord war. Und die wird es wohl wissen!", beruhigte ihn Albert und gab zu bedenken, dass damals halt nur biedere Inspektoren am Tatort herumgewerkelt hatten. „Alles keine Glanzlichter und nicht nur naiv, sondern auch faul und schlampig. Denen ist jede Arbeit zu viel, das weiß wohl jeder hier in Landstein."

„Es war ja kein großes Problem, ihn hinunterzustoßen. Ein Schwergewicht war er ja nicht, unser lieber Gustav, eher ein Hungerhaken", äußerte sich der Büchsenmacher und ergänzte in seiner gelassenen Art, dass die Schindeln des Goldenen Dachls wohl auch nicht ganz zufällig in ihren fünf Hauszufahrten lagen.

„Und warum fehlen in der Abtei ausgerechnet die Erstkommunionfotos meiner Enkelin Laura und deines Nachzüglers Elias? Da geht doch jemand ziemlich planmäßig vor. Offensichtlich kennt uns der Typ, weiß, wo wir wohnen und was wir treiben. Vermutlich hat er auch unsere gemeinsame Vergangenheit im Auge, das Lebenswerk unserer Bruderschaft", ergänzte Engelbert, der in der Werkstätte unruhig hin- und hertrippelte.

„Das mag schon sein, aber wir können ja nicht gut um Polizeischutz ansuchen, dann fliegt unsere Sache wohl endgültig auf", brummte der Büchsenmacher. „Wir müssen uns schon selber helfen."

„Man kann auch nie ausschließen, dass ein Irrtum vorliegt und Gustav ein reines Zufallsopfer war. In den Zeitungen liest man ja immer wieder, dass Schuldeneintreiber oder Rollkommandos im falschen Stockwerk aus dem Lift steigen und in eine beliebige Wohnung eindringen. Dann hat derjenige eben Pech gehabt, so wie unser armer Gustav."

Dann schritt Albert gemächlich in das Kabinett, sperrte einen schweren Standtresor auf und entnahm eine Blechdose, die er vor Engelbert auf die Theke legte. „Na, alter Soldatenkamerad, kannst du nach so vielen Jahren noch mit einer Pistole umgehen? Hier, für meinen speziellen Freund Engelbert eine Luger 08, Baujahr 1943, mit zwei Schachteln Munition. Das wird wohl für die nächste Zeit reichen. Ich würde dir aber dringend empfehlen, ein paar Schießübungen zu machen, bevor du in deiner puren Angst planlos auf Unschuldige losballerst! Ich habe die Pistole seinerzeit dem alten Reinstadler abgeluchst, bevor er gestorben ist. Die ist nirgends registriert, aber zeig sie trotzdem niemandem. Man kann ja nie wissen."

Engelbert versuchte erste Zielübungen auf ein Bild, das über dem Büchsenmacher an der Wand hing, magazinierte dann auf und steckte die Pistole samt Munition in seine lederne Umhängetasche.

Dann kredenzte Albert feinsten Cherry und führte die letzten Feinarbeiten am Schaft eines Ferlacher Stutzens aus, während der verängstigte Engelbert wie ein Wasserfall weiterplauderte, alte Geschichten aus der gemeinsamen Militärzeit auffrischte und wohl zum hundertsten Mal altbekannte Anekdoten von ihrem seinerzeitigen Erzieher im Lehrlingsheim erzählte, der sich allabendlich zukiffte, bis er in seiner Schlafkammer ruhig und selig wegschlummerte.

Beim letzten Glas schwärmte er leicht beschwipst von einem gemeinsamen Kinobesuch mit ihren ersten Liebschaften. „Du mit der Elke, ich mit der Klara, und dazu ‚Ein Käfig voller Narren' mit dem homosexuellen Paar Renato und Albin. Da konnte im Kinosaal keine rechte

Stimmung aufkommen, und die Mädels haben wir dann auch kein zweites Mal mehr gesehen. Vielleicht nahmen sie bei diesem Schmarren an, wir beide wären auch verkehrt gestrickt", lallte Engelbert, der Albert, der unentwegt an der zarten Gravur herumfeilte, mit den alten Geschichten ziemlich auf die Nerven ging.

Der Büchsenmacher konnte zu diesem Zeitpunkt nicht wissen, dass es sein letztes Glas Cherry mit Engelbert war. Sonst hätte er ihn gegen Mitternacht vielleicht nicht derart rüde aus seiner Werkstatt hinausgeworfen, um die letzten Feinschliffe an der sündteuren Jagdwaffe zu vollenden.

* * *

Eins, zwei, drei, der Säufer hat's schon bald vorbei.

Zur selben Nachtzeit steht sie dunkel gekleidet auf der anderen Straßenseite vor der Stadtapotheke im Dunkel des Gewölbes. Sie beobachtet Engelbert, kennt seine Gewohnheiten und weiß, dass er jede Nacht pünktlich eine halbe Stunde nach Mitternacht mit seinem Hund eine Runde Gassi geht und exakt beim Ein-Uhr-Glockenschlag der Turmuhr wieder zu Hause ist. „Genau und präzise wie ein Schweizer Uhrwerk", wie er unter Freunden gerne prahlt.

So auch heute. Er ruft seinen alten, von Übergewicht und Nierenschwäche geplagten afghanischen Windhund aus dem Haus, nimmt einen Hundesnack aus seiner Umhängetasche, schaut kurz auf die Uhr, blickt sich achtsam um und spaziert erst los, nachdem er sich durch einen Griff in die Tasche des Pfeffersprays und der geladenen Pistole versichert hat. Er geht wie immer die gleiche Runde über die Florianigasse hinunter zum Innradweg. Dort schnüffelt Arko im Gebüsch herum, und Engelbert steht in Gedanken versunken an der hohen Böschung. Vermutlich vom vielen Cherry ist ihm leicht übel, und er denkt an seinen Freund und Büchsenmacher Albert, dessen rüder Umgangston ihm bisher völlig fremd gewesen war.

Und wieder geht alles sehr schnell.

Sie zieht sich die Mütze tief in das Gesicht, beschleunigt das zuvor gestohlene Fahrrad und fährt mit hohem Tempo fast lautlos auf die Innböschung zu. Ein kräftiger Tritt in Engelberts breiten Hintern, das Schwergewicht torkelt und fällt wie von einem Ross getreten mit einem dumpfen Plumps über die steile, mit riesigen Steinblöcken gesicherte Uferböschung.

Dann ist es still.

Sie fährt ein paar Meter weiter, lässt das Rad ausrollen und stellt es ab. Dann verscheucht sie den kläffenden Köter mit einem heftigen Fußtritt und schaut über die Böschung hinunter. Sie ist zufrieden. „Blut, überall Blut. Und völlige Ruhe! Gut so", geht es ihr durch den Kopf.

Dann fährt sie mit dem Rad bis zur nächsten Brücke und wirft es im hohen Bogen in die Fluten. Ein kurzes Glucksen beendet die gespenstische Szene am Landsteiner Radweg. Über einen Feldweg schleicht sie zurück in ihr einfaches Dachzimmer. Dort stopft sie die Kleidung und ihre Schuhe in einen Sack und trägt ihn hinunter in die Mülltonne. Sie nimmt einen Stift aus dem Nachtkästchen und zeichnet ein dickes Kreuz über das zweite Foto ihrer morbiden Mission. Darunter kritzelt sie das Tagesdatum als denkbaren Sterbetag. Vielleicht. Oder auch nicht. Man wird ja hören, was die Bevölkerung morgen zu erzählen hat. Dann klebt sie das Foto in ihr Tagebuch ein.

* * *

Der Ehefrau, jetzt eigentlich Witwe, Ilse Krainer fiel die Abwesenheit ihres Göttergatten bis zum späten Vormittag erst gar nicht auf, war der Hallodri doch schon öfter mehrere Nächte nicht nach Hause gekommen und hatte sich mit diversen Flittchen amüsiert, deren es in Landstein zur Genüge gibt. Fidele Weibsbilder, bei denen Engelbert seine schwarz kassierten Geldscheinchen bequem losbrachte. Eigentlich bereitete ihr eher der Umstand Kopfzerbrechen, dass ihr Hund Arko nirgends zu finden war.

Der war die ganze Nacht durch die Landsteiner Gassen geirrt und hatte bei Tagesanbruch Aufnahme bei der Frühaufsteherin und passionierten Tierschützerin Amalia Sölderer gefunden, die an diesem Tag allein und zurückgezogen ihren 89. Geburtstag feierte und schon deshalb zu einer guten Tat neigte. Sie genoss die Gesellschaft des zugelaufenen Tieres, briet ihm zum Frühstück eine feine Kalbsleber und servierte sie auf einem piekfeinen Meißner Porzellanteller, fein garniert mit Blättern der Petersilie und des Salbei. Kein Wunder, dass der alte Köter auf sein Herrchen und Frauchen vorerst ganz vergaß und erst spätabends vollgefressen nach Hause trottete.

* * *

Just als die ausrangierte Postbeamtin und angehende Hilfspolizistin Christine Feldhütter mit Inspektor Mariacher lautstark ihr erstes Scharmützel austrug, platzte Kommandant Knittel in Steiningers Kanzlei und berichtete, dass ihm soeben ein tragischer Unfall gemeldet worden sei. Der Restaurator Engelbert Krainer sei vermutlich in der vergangenen Nacht draußen beim Fluss in der Nähe des Innstegs über die Böschung gefallen. „Wie es aussieht, dürfte er tot sein. Die Bestatter haben angerufen und warten draußen an der Unfallstelle auf euch. Die Totenvögel haben es heute besonders eilig, die sollten nachher noch eine tödlich verunglückte Motorradlenkerin nach Kiew überführen, also tummelt euch", stresste Knittel herum und widmete sich sogleich wieder den Turbulenzen in seiner Dienststelle, genauer gesagt jenen in Kanzlei Nummer vier.

Dort schrie Inspektor Mariacher derart laut mit der Frau Postmeister, dass die Wände wackelten. „Lass meinen Schreibtisch in Ruhe, scheiß Höttingerweib! Auf dich haben wir gerade noch gewartet, du dumme Kuh! Schleich dich aus meiner Kanzlei und geh wieder Briefmarken schlecken!"

Während Knittel väterlich zu schlichten versuchte, zog Matteo die Tür hinter sich zu, holte tief Luft und fuhr lieber allein zum Innufer hinaus. Derart aufgewühlte Staatsdiener nützten ihm wenig!

Er war mehr als erstaunt, als er den toten Restaurator im offenen Transportsarg liegen sah, der bereits auf der Ladefläche des Leichenwagens stand. Daneben stand Pater Benedikt, der die letzte Ölung spendete und ein stilles Gebet murmelte.

Offensichtlich hatten es die beiden Jenseitsspediteure tatsächlich sehr eilig und erzählten Steininger, dass Engelbert Krainer unten am Fuß der steinigen Innböschung gelegen sei. Sie hätten deutlich seine Fahne riechen können, vermutlich sei er letzte Nacht nach einer seiner üblichen Zechtouren am Heimweg im Suff hinuntergekugelt und habe sich die Birne zerschlagen.

„Der Kopf ist ziemlich demoliert, ein paar Hirnpartikel lagen zwischen den Steinblöcken, da waren schon die Krähen drauf, und das restliche Schlamassel haben halt wir noch zusammengeklaubt", erzählte der jüngere

Totenvogel und schickte sich an, die Wagentür zu schließen. Steininger bat die beiden Helfer, auf ihrer Odyssee in die Ukraine in Innsbruck Halt zu machen und Engelberts Leichnam in die Gerichtsmedizin zu bringen. Zuletzt übergab der Bestatter Matteo einen Siegelring, den der Tote getragen hatte. „Schau dir nur dieses schwere Schmuckstück an, das ist sicher ein Vermögen wert. Und als Symbol ist kein Wappen zu sehen, sondern ein kunstvoll geschwungener Kanonenofen! Ist das nicht sonderbar? Ein Kanonenofen!"

Matteo ließ sich noch zu einem Schluck Magenwärmer überreden, den Pater Benedikt aus seinem Flachmann in ein kleines Stamperl goss, bevor der Geistliche sich verabschiedete und mit dem Brevier unter dem Arm in die Abtei zurückstapfte.

Dann stieg Matteo über die abschüssige Steinböschung hinunter zum Inn und fotografierte den ovalen Blutfleck, der am Rand des Bachbetts zu sehen war. Im sandigen Blut lagen noch vereinzelte, kleine Knochensplitter und zwei Schneidezähne, die sich Engelbert vermutlich beim Sturz ausgeschlagen hatte. Dann entdeckte Matteo zwischen den großen Steinblöcken einen schmalen Lederriemen und zog eine Umhängetasche aus dem Spalt.

Dass es jene von Engelbert war, verriet dessen Bankomatkarte, die im Seitenfach steckte. Der Pfefferspray und die geladene Pistole verwunderten Steininger aber doch ein wenig.

„Was machte unser ehrenwerter Herr Restaurator mitten in der Nacht draußen beim Innradweg? Und warum war er bewaffnet?"

Steininger fuhr zurück in die Polizeiinspektion und berichtete seinem Kommandanten von den tragischen Ereignissen. Knittel hörte gereizt zu, tendierte wie immer zur Unfallversion und war verärgert, als Matteo die Obduktion erwähnte, die abends in der Innsbrucker Gerichtsmedizin stattfinden würde.

„Du hast mich schon wieder übergangen und deine Kompetenzen überschritten. Wofür eine Autopsie, Steininger, wofür? Das sind doch nur leere Kilometer. Jeder hier in Landstein weiß, dass der verstorbene Engelbert ein nasser Bruder war und oft genug auf der Straße oder einer Parkbank schlummerte, wenn er wieder einmal knüppeldicht war, in seinem Rausch sein eheliches Bett nicht fand oder von seinem Hausdrachen ausgesperrt wurde. Und diesmal ist er beim Brunzen halt über die Böschung gefallen. Pech für ihn, großes Pech. Mehr möchte ich dazu nicht sagen."

Steininger erwähnte in dieser verkorksten Atmosphäre die beiden Waffen wohl besser nicht und schob Engelberts Tasche diskret in die unterste Lade seines Schreibtischs. „Den Pfefferspray kann man auch in Monaten noch irgendwie verwenden, und die Pistole ist offensichtlich ein Überbleibsel der Deutschen Wehrmacht. Noch dazu bestimmt in keinem Waffenregister zu finden", dachte er, während er sich nichts sehnlicher wünschte als eine heiße Tasse Kaffee.

Im Aufenthaltsraum saß die Frau Postmeister und löste ein Kreuzworträtsel. Sie grüßte ihren neuen Kollegen Matteo Steininger recht freundlich und erzählte ihm aus ihrem kunterbunten Leben. Früher habe sie in einer Privatbank gearbeitet, die mehrmals überfallen worden und letztlich Pleite gegangen sei. Dann habe sie sich als Reiseführerin über Wasser gehalten und Touristen aller Herren Länder durch Innsbruck gelotst, ehe sie im sicheren Hafen der Post angelegt habe. Sie beherrsche einige Fremdsprachen und stehe ihm, wenn sie der Herr Inspektor als

Dolmetsch brauche, jederzeit und gern zur Verfügung. Außerdem wandere sie gern auf den Tiroler Bergen herum, fahre im Winter Schi und interessiere sich für Kultur in all ihren Facetten. Sie lese viel und besuche Konzerte und Ausstellungen. Und selbstverständlich gehe sie regelmäßig ins Theater.

„Ein Theater kannst du gern haben, aber eine ländliche Tragödie in drei Akten", schmunzelte Steininger und bat Christine, ihn heute Abend zu begleiten. Ein wenig verlegen gab sie zu bedenken, dass sie derzeit zwar Single sei, aber doch zwei erwachsene Kinder habe, nämlich einen Sohn und eine Tochter. Dazu noch eine liebe Enkelin, mit der sie viel Freizeit verbringe. Was würde die Kleine wohl dazu sagen? Noch dazu kenne man sich doch erst seit ein paar Minuten, ergänzte sie mit leicht geröteten Wangen.

Als ihr Steininger erklärte, dass das Drama heute ausnahmsweise nicht in den Innsbrucker Kammerspielen, sondern in der Gerichtsmedizin stattfinde, wurde Christine leichenblass. „Nun, da ich bei der Obduktion Fotos machen muss, habe ich keine Hand zum Schreiben frei. Und wer, wenn nicht du, könnte mir dabei besser assistieren und alles notieren, was von Bedeutung ist?", ergänzte Matteo, stellte seine Kaffeetasse in den Spüler und kehrte mit innerer Schadenfreude in seine Kanzlei zurück.

Zurück blieb eine verdatterte Kollegin, die sich ihren Start in das Leben einer Kriminalistin wohl ein wenig gemütlicher vorgestellt hatte.

* * *

„Klaus, wo genau sind die drei weiteren Schindeln des Goldenen Dachls damals gefunden worden, und wer hat sie eigentlich bei uns abgegeben?", rief Steininger in Mariachers Kanzlei hinüber.

„Keine Ahnung, wer das war, ich habe die zwei Männer leider nicht gekannt, und gefragt hab' ich sie auch nicht. Ich bin nicht so neugierig veranlagt wie du", antwortete er genervt, zumal er den Sportteil der Tageszeitung noch nicht fertig gelesen hatte. Und bei diesem Dilemma war man gut beraten, den rauen Kollegen Mariacher weder anzusprechen noch um einen kleinen Gefallen zu bitten.

„Könnte einer der beiden Finder vielleicht Engelbert, unser Restaurator, gewesen sein?", hakte Matteo nach, indem er Klaus ein Foto von der Leiche am Display der Digitalkamera zeigte.

„Schon möglich, kann durchaus sein, aber so genau habe ich mir die Herren nicht angeschaut. Es war gerade viel los, da kann ich beim besten Willen nicht von jedem ehrlichen Finder einen Ausweis verlangen", beendete Klaus das Gespräch und verzog sich mit der Zeitung genervt auf die Toilette.

Abends fuhr Steininger mit der Postmeisterin Christine Feldhütter in die Gerichtsmedizin. Auf der Autobahn legte Matteo eine CD mit Bachs Liedern aus dem zweiten Notenbuch der Anna Magdalena Bach in den Player und stimmte sich mental auf die bevorstehende Leichenbeschau ein. Trotz der fantastischen Musik plapperte seine neue Kollegin wie ein Buch, outete sich als großer Fan von Kriminalromanen und wusste über die Fernsehkommissare vieler Länder bestens Bescheid. Vom sizilianischen Commissario Salvo Montalbano bis zum Venezianer Guido Brunetti, von den skandinavischen Ermittlern Barbarotti, Hauptkommissar Van Veteren und Kurt Wallander bis hin zum Wiener Major Adolf Kottan. Alle kannte sie. Nur der grantige und schweigsame Inspektor Matteo

Steininger war ihr noch ziemlich fremd; mit dem konnte sie noch recht wenig anfangen. Das konnte nur mehr besser werden.

Im Vorraum der Gerichtsmedizin erwartete sie ein etwas strenger Geruch, als sie an den riesigen Glasvitrinen vorbeigingen, in denen in Reih und Glied Skelette standen. Zur Schau gestellte Gebeine von Erwachsenen, jungen Menschen und Säuglingen. Missgebildet, ermordet oder auf natürliche Weise verstorben, einst präpariert wie Wildschädel. Wurden die Gebeine von Fliegenmaden vom Fleisch befreit? Oder in der Sonne gebleicht? Der Frau Postmeister gingen beim Anblick der Skelette allerlei morbide Gedanken durch den Kopf.

Vermutlich auf Vorrat holte sie vor der Schleuse noch einmal tief Luft und betrat die kühlen Hallen der Prosektur, wo die beiden Landsteiner Ermittler von Matteos Jugendfreundin Dr. Rita Haidinger und deren Assistenten Klaus Vogler empfangen wurden. Der sah die Postmeisterin zum ersten Mal und erhoffte sich im Handumdrehen in ihr ein willkommenes Opfer für einen makabren Abend. Aber die grausige Prozedur an Engelberts fettem Leichnam, der bleich und nackt am spiegelblanken Seziertisch lag, setzte ihr nicht im Geringsten zu. Ganz im Gegenteil: Je genüsslicher die Gerichtsmedizinerin mit dem scharfen Skalpell die Brusthöhle öffnete, der Assistent mit einem Lächeln in seinen verschmitzten Augen die Kopfhaut des Toten über den Schädel zog und die Gehirnschale vom Schädel sägte, je tiefer Rita in den Eingeweiden herumwühlte, die Innereien aufschnitt und den übel riechenden Magenbrei über den blanken Metalltisch rinnen ließ, desto größer wurde Christines Interesse.

„Das habe ich doch schon unzählige Male in Kriminalfilmen gesehen, aber bisher leider noch nie so genau. Eine spannende Sache, ein interessantes Gemetzel, wenn die Frau Doktor die Organe in feinste Scheibchen schneidet", erklärte sie Steininger, während sie mit ihrer angeborenen Neugier den übel riechenden Gedärmen und scharfen Skalpellen gefährlich nahe kam.

„Besonderheiten sind an diesem grausigen Fettwanst keine zu erkennen, außer den schweren Kopfverletzungen mit dem teilweisen Austritt des Gehirns, was ja selbst ein Blinder sehen kann. Der Schädelbruch ist durchaus mit dem Sturzgeschehen in Einklang zu bringen", diagnostizierte Dr. Haidinger, als ihr Assistent begann, den Brustkorb mit Zwirn und Nadel wieder zu vernähen.

„Einzig ein kleiner Bluterguss auf seinem breiten Hintern gibt mir zu denken, der Form nach eher rund, hinten leicht kantig. Stammt sicher nicht von einem spitzen Stein, eher von einem Schuh oder Huf. Kann durchaus ein kräftiger Tritt gewesen sein, aber Pferde werden um diese Tageszeit in Landstein ja eher keine herumgaloppieren", schloss Rita ihre Ausführungen und verwies auf ihren vorläufigen Obduktionsbericht, der Steininger in den nächsten Tagen auf den Schreibtisch flattern werde.

„Und tschüss", verabschiedete sich die Frau Gerichtsmedizinern äußerst knapp, warf die Einweghandschuhe in den Müllsack, hängte ihren Arbeitskittel auf die Garderobe und verschwand durch eine Glastür, hinter der weitere Särge standen.

Auf der Heimfahrt erzählte Matteo der Frau Postmeister nicht nur von seiner jugendlichen Liaison mit der zickigen Frau Doktor, sondern auch von den mehr als missglückten Ermittlungen des heutigen Vormittags. Er jammerte über die äußerst späte Verständigung, die beiden eiligen Bestatter und erwähnte Engelberts Tasche mit dem Hundefutter, die er zwischen den Steinblöcken gefunden hatte. Die beiden Waffen verschwieg er.

„Matteo, das klingt alles so spannend. Bitte fahr mit mir zur Unfallstelle, ich hab' eine Taschenlampe im Auto und möchte mir die genaue Stelle an der Innböschung gern selber anschauen", bat ihn die Frau Postmeister und stieß ihm dabei den Ellbogen kumpelhaft in die Rippen.

„Meinetwegen, wenn du meinst", murmelte Steininger mit der Befürchtung, dass ihm damit vermutlich wieder ein geselliger Abend bei seinem Wirt Severin durch die Lappen gehen würde, den er sich für heute vorgenommen hatte. Am Innradweg warteten sie, bis sich ein schmusendes Liebespaar in dicken Wintermänteln und mit bunt gestrickten Mützen von der Parkbank verzog und engumschlungen über die Brücke verschwand.

„Learning by doing. Stell dich einfach an den Wegrand, und ich verpass dir einen saftigen Tritt in den Hintern. Dann sehen wir ja, was passiert", schlug die Postmeisterin vor. Matteo zeigte ihr den Vogel, wählte die sanfte Variante, nahm ihr die Taschenlampe aus der Hand und suchte mit Christine abermals die Böschung und das Bachbett ab.

„Nach dem Gesetz der Schwerkraft ist es wohl irgendwie logisch, dass der Tote da unten zu liegen kam", rief Christine zu Matteo hinunter. „Aber abgespielt hat sich's eher hier heroben, ziemlich genau an dieser Stelle! Meinst du nicht auch?"

Dann leuchteten sie den holprigen Radweg aus, der in dieser kalten Jahreszeit kaum befahren oder begangen wird. „Hier sieht man noch die Radspuren des Bestattungswagens", deutete Steininger auf den matschigen Boden, „und da in Richtung Stoppelfeld die riesigen Treter von Pater Benedikt, der hat bekanntlich Schuhgröße 47."

„Und die feinen Radspuren, die man hier stellenweise sieht? Unser Pater war sicher nicht mit dem Fahrrad da“, hakte die Postmeisterin nach und ging mit Matteo der schmalen Furche nach, die sich, wenn auch immer wieder kurz unterbrochen, im gefrorenen Morast bis zur Brücke hin nachverfolgen ließ.

„Hinter der Brücke ist Sense, das ist im Dreck keine noch so kleine Spur mehr zu sehen“, ergänzte Steininger, „also ist das Rad getragen oder in den Inn geworfen worden.“

„Wie in einem echten Fernsehkrimi! Wie im Tatort! Wow! Spannend! Da werden wir doch glatt unsere Polizeitaucher nach Landstein bemühen müssen“, antwortete Christine und amüsierte sich am kriminalistischen Ratespiel, das sie soeben begonnen hatten.

„Alle Achtung, die Dame hat nicht nur Humor, sondern auch einen kerngesunden Hausverstand“, dachte sich Kriminalinspektor Matteo Steininger, als er nach einem anstrengenden Tag doch noch einen Umweg in Kauf nahm und zu Fuß zum Gasthof „Hirschen“ pilgerte, wo ihn Wolfspitz „Apofik“ bellend begrüßte – den der Wirt Severin deswegen so nannte, weil er zu gleichen Teilen vom Hund des Apothekers und jenem des Trafikanten abstammte.

* * *

Kommandant Knittel erschrak, als es am nächsten Vormittag an der Postentür läutete und ein Froschmann mit Taucherbrille vor der Inspektion stand. Seine Untergebenen waren noch nicht in den Dienst gekommen, und er vermochte mit der seltsamen Gestalt vor dem Amtsgebäude nur wenig anzufangen.

„Ich bin von der Cobra und soll draußen beim Inn nach einem Fahrrad tauchen, angeblich ist dort ein Mann ermordet worden", nuschelte der Froschmann und ging über die Stufen hinunter zu einem VW-Bus, in dem seine Taucherausrüstung verstaut war. Der Froschmann stieg ein, gab ordentlich Gas und kurvte Richtung Inn hinunter.

Matteo und die Frau Postmeister trafen kurze Zeit später ein und ernteten vom Kommandanten einen Anschiss erster Güteklasse. „Steininger, hör endlich auf mit diesen Faxen. Geh zum Psychiater, du leidest ja unter einem akuten Verfolgungswahn, siehst immer und überall nur Mörder! Bei uns in Landstein gibt es keine Verbrecher, die hinter den Stauden hocken und gierig auf ihre armen Opfer warten. Nicht hier bei uns, verstanden! Man darf heutzutage wohl noch von einem Balkon oder beim Brunzen ins Wasser fallen, ohne dass die Polizei sofort herumschnüffelt. Das ist doch nicht verboten, oder?"

Der übel gelaunte Herr Inspektionskommandant schüttelte ungläubig den Kopf, warf auch der Frau Postmeister einen bösen Blick zu und verschwand wütend in seiner Kanzlei.

Derweilen watete draußen am Inn der Polizeitaucher langsam in das milchig trübe Wasser. Matteo und die Frau Postmeister standen mit einigen Schaulustigen auf der Brücke und beobachteten die spektakuläre Aktion. Schon nach kurzer Zeit barg der Cobramann nicht nur das vermutete Herrenfahrrad, sondern zwei Handkassen, ein Autokennzeichen, einen Dreiradler und eine leere Schmuckschatulle aus dem trüben Wasser.

* * *

Die Zuordnung des hochwertigen und sündteuren Fahrrads war selbst für die Frau Postmeister keine allzu schwere Übung, war doch der Name des Besitzers Alexander König im Rahmen eingraviert. Sie schoben das Rad über einen schmalen Feldweg zum nahe gelegenen Anwesen von Matteos seinerzeitigem Schulkollegen, der nach seinen Lehrjahren in der Sparkasse Landstein als Investmentbanker in den USA ein Vermögen verdient hatte und sich trotz seines mittleren Alters mehr oder weniger im Vorruhestand befand, den er nur mehr ungern unterbrach. „Ein Innenhof wie im Märchenland", zeigte sich die Frau Postmeister von der elitären Villa begeistert, als Matteo am Kettenzug einer mechanischen Gussglocke bimmelte.

Der charmante Alexander bat die beiden durchfrorenen Polizisten in sein Haus und legte Gustav Mahlers vierte Sinfonie in den CD-Player. Dann schenkte er ihnen einen köstlichen Bourbon-Whiskey ein und bedankte sich für die Rückgabe des Rennrads. „Das Karbonrad wurde mir irgendwann in den letzten drei Monaten gestohlen, es stand draußen hinter meinem Pavillon", scherzte Alexander, „es zählt wohl zu einem meiner fünf hochwertigsten Räder!"

„Könnte sich der Diebstahl auch erst in den letzten Tagen ereignet haben?", hakte Matteo nach und erfuhr von Alexander, dass er dies nicht genau sagen könne, weil er erst vorgestern Abend von einer mehrwöchigen Nepal-Expedition nach Hause gekommen sei.

Dann erzählte er in einem Redeschwall einige Anekdoten aus seinem elitären Lebensstil. Von seiner Villa, die er ausschließlich mit alten Materialien renovierte, und von einem Trend, die restlichen Tage seines Lebens im lärmfreien Ambiente seines Refugiums zu verbringen, möglichst oft Yoga zu praktizieren und dadurch Mut zur Rückkehr zum wahren Sinn des Lebens zu schöpfen.

Dann entzündete er ein paar Räucherstäbchen und griff auf den warmen Kachelofen, der von einem florentinischen Weingut stammte und wohl schon ein paar hundert Jahre auf dem Buckel hatte. Den habe er in Italien Fliese für Fliese abbauen und nach Landstein bringen lassen. Alexander schwärmte von seinen Gemälden und Antiquitäten, die Stück für Stück ein Vermögen wert seien. Dann erzählte er von seinen Abenteuern als Segelflieger, von Affären seiner stinkreichen Freunde im Golfclub und erläuterte technische Details seines Bugatti, Mercedes und Bentley. Natürlich kam dabei auch die Jammerei über seine unzähligen Strafmandate nicht zu kurz, die ihm die amtlichen Wegelagerer verpassten.

Matteo und die Frau Postmeister kamen nur selten zu Wort, und als ihnen Alexander in seiner Großspurigkeit zu guter Letzt sogar noch das Karbonrad schenken wollte, weil er es nach dem unappetitlichen Vorfall ohnehin nicht mehr besteigen werde, eilten die beiden nach einer knappen Verabschiedung genervt davon.

* * *

„Blicken wir kurz zurück“, philosophierte Matteo auf dem Rückweg, „was ist deiner Meinung nach in dieser Nacht draußen am Inn tatsächlich geschehen?“

Die Frau Postmeister verschränkte ihre Arme, legte ihren rechten Zeigefinger auf den Mund und dachte einen kurzen Moment angeregt nach. „Es wird wohl so gewesen sein, dass der betrunkene Restaurator mit seinem Hund Gassi war. Das Futter in der Tasche und die Hundespuren im Morast deuten jedenfalls darauf hin. Und dann ist er vermutlich draußen am Inn gestanden, hat in der Gegend herumgeschaut, vielleicht Enten beobachtet oder in die Sterne geguckt. Was weiß ich?"

„Und dann fällt er einfach so hinunter?", bohrte Steininger nach.

„Nein, das möchte ich nicht behaupten. Aber nehmen wir an, jemand beobachtete ihn ab und zu und kannte seine Gewohnheit, jede Nacht exakt zur selben Zeit mit seinem Hund zu gehen. Dieser Jemand klaut sich das Rad des großkotzigen Bankers, fährt hinaus zum Inn und hilft dem Schicksal ein wenig nach. Der Herr Irgendwer wartet auf einen günstigen Moment, radelt drauflos, fährt möglichst rasant und knapp an den Restaurator heran, rempelt den betrunkenen Spaziergänger oder versetzt ihm aus voller Fahrt einen Tritt in den Hintern; das wäre doch durchaus denkbar!"

„Das erinnert mich irgendwie an eine englische Krimiserie, die ich noch im Schwarzweiß-Fernsehen in den Siebzigerjahren gesehen habe. Da ging es bei einer Folge ähnlich simpel zu. Da genügte dem Mörder ein kleiner Schupfer, das Opfer fiel kopfüber in die Themse und ertrank hilflos."

„So kann es durchaus passiert sein, aber sag bitte dem Alten nichts, sonst gibt's wieder dicke Luft in der Inspektion", schloss Matteo das Gespräch, als er den Wagen im dichten Nebel über den holprigen Radweg lenkte.

* * *

Nach der Vorspeise und dem leckeren Süppchen folgt die Hauptspeise und was liegt näher, als die letzten drei Überlebenden der geldgierigen Horde mit nächtlichen Anrufen zu beunruhigen. Einfach anrufen, atmen, auflegen. Anrufen, atmen, auflegen. Anrufen, atmen, auflegen. Immer wieder. Zu jeder Stunde, zu jeder Tageszeit.

Sie besorgt sich in Bregenz mehrere Wertkartenhandys mit anonymen Rufnummern. Dann verwendet sie alle paar Tage ein anderes Mobiltelefon, das vorherige zertrümmert sie mit einem Hammer und entsorgt es in öffentlichen Mülltonnen. Für eine üppige und sättigende Hauptspeise scheint ihr dieser Akt noch zu mickrig, denn die Herren sind ganz andere Menüs gewohnt. Feiner, delikater, raffinierter.

Sie besinnt sich ihrer früheren meisterhaften Fertigkeiten, radelt zum Schießstand hinaus und knackt mit einem Kunstgriff den noblen Mercedes des Büchsenmachers Albert Grüner.

Sie stiehlt dessen Dokumente aus dem Handschuhfach und löst in ihrem Dachzimmer mit Wasserdampf und Rasierklinge das Foto aus seinem Führerschein. Dann setzt sie eine Todesanzeige auf, adressiert den Brief an die Tiroler Tageszeitung, legt einen außergewöhnlich hohen Geldbetrag samt Trinkgeld für das Bürofräulein in das frankierte Kuvert und wirft ihn in einen Innsbrucker Postkasten. Diesen Spaß lässt sie sich einiges kosten!

* * *

Zwei Tage später war der Wirbel perfekt. Schon am frühen Vormittag brachte der Briefträger Bertl Zeilinger die Tageszeitung in die Gaststube des Hirschenwirts und berichtete, dass der Landsteiner Büchsenmacher völlig überraschend gestorben sei. Allerdings war sich Bertl nicht mehr ganz sicher, ob er den nicht gerade eben vor der Apotheke gesehen habe. Oder war das gestern gewesen? Oder letzte Woche? Er bedauerte jedenfalls den frühen Tod des sympathischen Albert, der ihm immer ein großzügiges Trinkgeld gab oder feinste Schnäpse anbot, wenn er größere Postpakete in die Werkstätte lieferte.

Herr Albert saß an diesem Tag allerdings quicklebendig in seiner Werkstätte und feilte zerknirscht an seinen Waffen herum. Die Tür war abgesperrt, und er wünschte an diesem Tag absolut keine Störung. In seinem Schaufenster hing die vergrößerte Kopie seiner Todesanzeige, den Text hatte er mit roter Farbe quer durchgestrichen, daneben hing ein Plakat in selbiger Größe mit dem Aufdruck: „Wie ihr alle sehen könnt – mir geht es gut, ich lebe noch."

Demonstrativ saß er hinter dem Schaufenster, sodass ihn jeder Passant, der durch die Gasse schlenderte, gut sehen konnte. Und das waren an diesem Tag nicht wenige!

Am selben Abend kam es zu einem heimlichen Treffen der drei letzten Verbliebenen in der Kaminstube des Hotels Arlberg. Sie kredenzte ihnen eine Flasche Luis Cañas Crianza 2010 Select, dazu eine Schachtel kubanische Partagas Zigarren und freute sich, dass sich die auserlesene Herrenrunde ganz offensichtlich in Auflösung befand. Aus fünf waren drei geworden. Einfach so. Ohne viel trara, mit wenig Aufwand. Simpel eben! Und diese Jammerlappen gaben ein erbärmliches Bild ab, diskutierten mit verschwitzten Hemden und hektischen Bewegungen über Selbstjustiz, die Einschaltung der Kriminalpolizei oder regten verdeckte Ermittlungen durch einen bekannten Privatdetektiv aus Graz an, der bestimmt Licht in das Dunkel bringen werde. Sie tranken Glas um Glas und berieten noch stundenlang über ihre geheimen Pläne, die in ihren Ohren gut angekommen waren.

Juli 2011

Einige Wochen waren vergangen, die Frau Postmeister genoss ihren Urlaub, gurkte auf einer Sprachreise irgendwo zwischen Assisi und Rom herum und schickte von jedem noch so kleinen italienischen Kaff eine Ansichtskarte mit geistlosen Sprüchen an ihre schuftenden Polizeikollegen im sommerlichen Landstein, während der Büchsenmacher Albert Grüner mit seinen Gesellen seit Wochen am selben Stutzen herumwerkelte. Der Meister persönlich vollführte die finalen Veredelungen, raspelte mit feinstem Schmirgelpapier am kaukasischen Nussholzschaft herum, fuhr mit dem Zeigefinger zärtlich über die kunstvollen Gravuren, besetzte das Unikat mit feinen Goldblättchen und edelsten Diamanten, die ihm ein belgischer Unterhändler neulich diskret und ohne viel Tamtam in die Werkstätte gebracht hatte. Nicht einmal eine Quittung hatte die sonderbare Gestalt verlangt, die es eilig hatte und nur kurz in seiner Werkstätte verweilt war.

Dann schnappte sich Albert das kostbare Gewehr, legte es behutsam in eine gepolsterte Tasche und fuhr hinaus zum Landsteiner Schießstand, um die Waffe zu testen. Morgen würde ein Mittelsmann das Meisterwerk abholen, ihm ein dickes Bündel Banknoten in die Hand drücken und rasch verschwinden. Und niemand würde je erfahren, wer der neue Besitzer der kostbaren Waffe sein würde.

* * *

Oft denkt sie an ihren verstorbenen Großvater zurück, in dessen Leben nicht irgendwelche todbringenden Waffen die Hauptrolle gespielt hatten, sondern die Musik in ihren vielfältigsten Formen und Nuancen. Gern hätte Opa seine musische Begabung an seine Nachkommen weitergegeben, aber seinem Sohnemann sind klassische Klänge schon als Kind heillos auf die Nerven gegangen und als Jugendlicher hatte er sich lieber an Pink Floyd oder Santana gehalten als an Tschaikowsky oder Mozart. Auch bei seiner Enkelin Katharina ist dieses Talent im Verborgenen geblieben; außer ein paar erfolglosen Versuchen auf der Blockflöte waren keine Ambitionen vorhanden.

Mit Wehmut denkt sie an die vielen wertvollen Instrumente zurück, die Großvater in seinem riesigen Haus gesammelt, immer wieder in die Hände genommen und sorgsam gepflegt hat. Kein Abend, an dem er nicht irgendwelche neue Saiten aufgezogen, an den Stimmwirbeln seiner Klaviere herumgedreht oder in irgendwelche exotischen Blasinstrumente hineingeblasen hat, die er auf Flohmärkten oder Auktionen um zumeist teures Geld erstanden hatte.

Ihre Verbitterung nimmt zu, wenn sie an all die verschwundenen Kostbarkeiten denkt. Auch deshalb spürt sie von Tag zu Tag, wie sie immer mehr Spaß an der Jagd bekommt. Ihre privaten Pläne werden konkreter. Was hat sie schon zu verlieren?

Am helllichten Vormittag klaut sie am Stadtplatz das Waffenrad der rothaarigen Apothekergattin Reinhilde von Hornauer, die sich die nächsten Stunden bei ihrer Kosmetikerin die Klauen reinigen lässt. Sie radelt über Umwege hinaus in die Waldstraße und beobachtet für eine Weile das Haus des Büchsenmachers. Sie sieht, wie er in Richtung Bergheim davonfährt.

Dann zieht sie sich die Kappe tief ins Gesicht, fährt zum Wohnhaus des Meisters und wirft ein Kuvert in den Postkasten. Mit einer klaren Botschaft und dem Grundriss eines morbiden Plans, der in ihren Gedanken längst konkrete Formen angenommen hat.

* * *

Als der Meister zurückkehrte, zog er neben der Zeitung und ein paar Werbeprospekten ein Kuvert aus seinem Postkasten, das ihn sofort beunruhigte. Auf dem Umschlag klebte keine Briefmarke, daher war auch kein Poststempel zu sehen, und die Anschrift „An den Büchsenmacher Grüner – drittletzter Hochgeborener von und zu Kanonenofen – Waldstraße, Landstein am Inn" war offensichtlich recht altmodisch mit einer hundsnormalen, mechanischen Schreibmaschine auf das Kuvert getippt worden. „Die Botschaft muss erst vor kurzer Zeit in den Postkasten geworfen worden sein, sie lag auf der heutigen Tageszeitung", ging es ihm durch den Kopf. Er verschwand eilig in der Werkstätte, sperrte die Tür zu und verschanzte sich ängstlich in seinem Refugium.

Als er das Kuvert öffnete und zwei Kinderfotos herauszog, wurde ihm übel. Es waren jene Bilder seines Sohnes Elias und Engelberts Enkelin Laura, die ein paar Tage vor der Erstkommunionfeier aus der Abtei gestohlen worden waren. Auf die Stirn der Enkelin seines Jugendfreundes, der neulich unter höchst mysteriösen Umständen zu Tode gestürzt war, war ein schwarzes Kreuz gezeichnet. Die feinen blonden Härchen auf Alberts Unterarmen stellten sich auf. Er hatte Angst, große Angst, er wusste, dass irgendwo da draußen ein Verrückter wartete, der brandgefährlich war und keinesfalls unterschätzt werden durfte. Ein Unbekannter, der ihn und seine Freunde jagte wie ein Stück Wild. Der zwei seiner besten Kameraden auf fast schon geniale Art und Weise ermordet hatte und dabei derart raffiniert vorgegangen war, dass Inspektionskommandant Knittel und seine biedere Polizeitruppe nicht den geringsten Zweifel daran hatten, dass ein schicksalhafter Fenstersturz und ein tragischer Unfall eines betrunkenen Spaziergängers vorlagen. Nein, diese gefährlichen Entwicklungen musste er im Auge behalten und seinen persönlichen Schutz selbst in die Hand nehmen. Hastig sperrte er den kostbaren Stutzen in den Tresor, nahm einen Revolver aus dem obersten Fach, schob sechs Schuss Munition in die Trommel und steckte ihn in einen Lederholster, den er sich unter seinem Sakko um die Schulter hängte.

* * *

Eins, zwei, drei, bald ist dein Werkeln auch vorbei. Und für einen Dreckskerl, der ein Leben lang an Waffen herumbastelte, braucht sie bestimmt keine scharfe Munition. Zwei kleine Gummikeile genügen. Die holt sie abends aus dem Werkraum, den der Seniorwirt einst im ehemaligen Weinkeller eingerichtet hatte. Sie legt die Keile, ihre blonde Perücke, eine Badehaube und Sonnenbrille in die Sporttasche und geht über einen Feldweg hinaus zum Wellnesshotel Oase. Dort war sie mit einer ähnlichen Maskerade schon vor einigen Tagen zu Gast, genoss ein paar Aufgüsse in der Sauna, probte den Ernstfall und zwickte mit einem Seitenschneider vorsorglich die Kabel des Notrufknopfs durch. Sie kauft ein günstiges Abendticket und verschwindet rasch in den Umkleideräumen.

* * *

Des Büchsenmachers Gattin war letzten Monat samt Sohnemann ausgezogen und hatte die Scheidung eingereicht; was blieb ihm übrig, als sich in den Suff und die Arbeit zu stürzen? Er war nervlich ziemlich am Ende, und obwohl er auch an diesem Abend schlapp und hundemüde war, durfte er seine Gewohnheit nicht vernachlässigen, sich jede Woche mindestens einen Saunaabend zu gönnen. Genau genommen jeden Donnerstag, seit Mai 1977. Heute erstmals mit einem geladenen Revolver, den er in das Seitenfach seiner Sporttasche steckte. Wahrlich eine Premiere!

Mit Kräuteraufgüssen, Dampfbädern und Massagen wurde es ein recht angenehmer Abend, wenn auch sein letzter. Er hatte sich wunderbar entspannt und war in der wohligen Hitze eingenickt. Als er aufschreckte, war es im Wellnessbereich verdächtig ruhig, und er sah eine sonderbare Gestalt im Bademantel an der Glastür stehen.

Na ja, eigentlich keine ganze Person, sondern nur den breiten Rücken einer blonden Dame, die an der Tür lehnte. Zuerst dachte er an einen Scherz. Als er aber zwei kleine Gummikeile zwischen der Tür und dem Boden entdeckte, die von den Fersen der Dame fixiert wurden, erkannte er bald den Ernst der Lage. Er begann laut zu schreien und stemmte sich mehrmals kraftvoll gegen die Glastür, merkte aber, dass diese keinen Millimeter nachgab. Verzweifelt drückte er die Notruftaste; als er zuletzt den leeren Saunaeimer, das Thermometer und die Sanduhr mit hoher Wucht gegen die Türe warf und mit der Holzkelle wie von Sinnen gegen das Glas hämmerte, ließen seine Kräfte langsam nach.

* * *

Sie dreht sich um und lächelt ihm ins Gesicht. Seine Kräfte schwinden, der nackte Widerling geht langsam in die Knie, schlägt mit den Fäusten verzweifelt gegen das Glas und fleht sie mit panischen Augen an, ehe seine Handflächen auf dem beschlagenen Glas nach und nach zu Boden gleiten. Dann zuckt er am Bretterboden krampfhaft zusammen, bäumt sich noch einmal kurz auf, klopft nur mehr leise gegen das Glas, bittet und bettelt, findet langsam zur Ruhe. Stille kehrt ein, sie wartet. Zehn Minuten, siebzehn, einundzwanzig, fünfundzwanzig. Dann zieht sie die Keile heraus, packt ihre Sachen zusammen und verlässt das Hotel rasch durch den Notausgang.

* * *

Inspektor Claudia Bodner war von ihrer Fortbildung aus Wien zurück, streckte sich genüsslich auf ihrem Bürosessel und gähnte, als sie vom Kommandanten höchstpersönlich einen dicken Stoß neuer Akten empfing. „Du bist nach den Seminaren bestens ausgeruht, unsere müde Polizeitruppe braucht frische, agile Kräfte“, rief Knittel durch die Kanzlei und knallte den Stapel Papier just in jenem Augenblick auf ihren Schreibtisch, als Claudia einen Notruf entgegennahm.

„Was heißt hier Sauna, ein Toter. Wo genau, und mit wem spreche ich denn überhaupt?“, erwiderte Inspektorin Bodner, während sie sich aufrichtete und einen Notizblock samt Kugelschreiber aus der Lade holte. „Ach so, draußen im Oase-Spa-Hotel, im Park, wo früher die Villa stand. Und was soll dort passiert sein, sprechen Sie bitte möglichst langsam und deutlich.“

„Hier Dragica, bitte schnell komme, unten bei Keller liegt tote Mann, viel blass in Gesicht! Bitte, bitte, schnell, du müssen nackertes Mannsbild wegtun, Dragica muss schnell noch viel putze machen, auch Sauna, dann kochen für Familie, weißt du, Kinder kommen früh von Schule, muss dann alles fixfertig sein – die Nudel, Sugo, Limo und so", stammelte die Reinigungskraft und legte plötzlich auf.

„Wir fahren zu der aufgeregten Dame", entschied die Frau Inspektorin, zupfte ihren trägen Kameraden Klaus Mariacher von der uniformierten Zunft am Ärmel und ließ sich von ihm in die Wellnessoase chauffieren, wo sie von der Rezeptionistin Edelgard Wallner höflich empfangen und in den Keller begleitet wurden.

„Einfach schrecklich! Furchtbar! Gestern Abend haben wir dort unten nicht mehr aufgeräumt, der Chef persönlich hat wie immer gegen 22 Uhr den Strom im Saunabereich abgedreht. Er hatte seine Jagdfreunde in der Zirbenstube zu Gast und ließ die übliche Kontrollrunde vermutlich sausen, weil im Keller in all den Jahren noch nie etwas passiert ist", schilderte Edelgard und bat die Beamten, möglichst diskret zu ermitteln. Schließlich stehe der gute Ruf des Hotels auf dem Spiel!

Dragica reinigte soeben den Boden des Dampfbads und ließ ihren Wischer augenblicklich fallen, als sie Inspektor Mariacher erblickte. Den putzte sie ordentlich herunter, hatte er doch ihren jüngsten Sohn neulich bei der Fahrradprüfung durchsausen lassen, nur weil der Bengel nicht kapieren wollte, dass man bei einer Stopptafel mitunter auch stehen bleiben sollte. Dann gab sie den beiden Ermittlern zu verstehen, dass sie sich beeilen mögen.

„Bitte, Kinder viel Hunger, wissen, du mit Frau schnell machen mit diese tote Mann da, bitte wegräumen von Sauna, sonst ich nix kochen zu Hause und Kinder immer mit Mama viel Schimpfe machen, auch meine Mann Drasko böse, wenn nix steht auf Tisch." Dann nahm sie ihren Wischer zur Hand, lehnte sich auf den Stiel und beobachtete interessiert die Arbeit der beiden Polizisten.

Den nackten und mausetoten Mann hinter der offenen Saunatür erkannte Klaus Mariacher sofort als Büchsenmacher Albert Grüner, der ihm einst die uralten Stutzen seines Großvaters abgeluchst hatte, als der alte Herr nach einem Herzkasper im Hochgebirge direkt in den ewigen Jagdhimmel aufgefahren war.

Die weiteren Umstände von Alberts letztem Saunagang schienen dem anwesenden Kollegium eher unbedenklich. Der herbeigerufene Arzt kannte seinen persönlichen Freund und langjährigen Patienten bestens und stellte eindeutig einen Herzinfarkt fest. „Tod aus innerer Ursache, ein Sekundenherztod, wenn ihr so wollt. Da hat sich der gute Albert gestern Abend wohl ein bisserl überanstrengt", diagnostizierte der Herr Doktor, als er seine Utensilien wieder in den Arztkoffer zurücklegte. „Vielleicht waren ein paar attraktive Damen zugegen, die sein Blut in Wallung brachten, und dann hat sein lädiertes Herzchen halt nicht mehr mitgespielt. Mein Gott, welch schöner Abgang. Packt ihn zusammen, den alten Genussspecht."

Frau Inspektor Bodner weilte geistig wohl noch im Wiener Paragrafendschungel, sonst hätten ihr die vielen kleinen Glasscherben des Thermometers am Boden der Sauna auffallen müssen, die weit verstreut lagen.

Mariacher brachte indes den Gemeindearzt, dessen rosa Schein wegen ein paar lächerlicher Edelbrände wieder einmal für längere Zeit in der Führerscheinstelle lag, in seine Ordination zurück, und Frau Inspektor Bodner gönnte sich nach der hellen Aufregung ein paar weiße Spritzer an der Hotelbar.

Natürlich war der Tote in der Sauna mittlerweile Tagesgespräch unter den Hausgästen; und eine in die Jahre gekommene Dame, die sich als pensionierte Hamburger Geschäftsfrau und Witwe vorstellte, erzählte der neugierigen Thekenrunde, dass sie den überaus attraktiven Mann wohl als Letzte lebend gesehen habe. Der blonde, fesche Herr sei mit ihr in der Sauna gesessen und habe ihr von seinem Beruf als Büchsenmacher erzählt. Sie habe sich sogar vorgenommen, den feinen Stenz in den nächsten Tagen in seiner Werkstätte zu besuchen, so anregend habe er von seiner Arbeit erzählt. Und ja, der Charmeur habe seine bevorstehende Scheidung erwähnt, sie feinfühlig mit Honig einmassiert und sich noch einen speziellen Aufguss bereitet. Leider sei er dann, anstatt mit ihr weiter zu flirten, einfach eingenickt.

„Wie schrecklich, Gott hab' ihn selig! Tatsächlich dürfte er einen Herzkasper erlitten haben, als sein Kopf nach vorn auf die behaarte Brust kippte, und ich konnte ihm nicht mehr helfen, dem armen, hübschen Mannsbild", ergänzte die Norddeutsche schluchzend und erwähnte noch beiläufig, dass sie nach dem Aufguss noch durch das Kneippbecken gewatet sei und dabei eine unbekannte Frau bemerkte, die im Ruheraum lag und ein Buch las. Die kuriose Dame habe „Das Zingulum" gelesen! An den Buchtitel kann sie sich deshalb erinnern, weil ihre Schwägerin im Seniorenheim Wuppertal diesen Tiroler Kriminalroman auf ihrem Nachtkästchen liegen hatte, als sie ihre Augen für immer schloss.

„Die Frau trug eine Badehaube und eine Sonnenbrille, sie hatte lange blonde Haare, könnte aber auch eine Perücke getragen haben", bemerkte die Hamburgerin, „und das im Wellnessbereich! Was mir schon ein wenig sonderbar vorkam!"

„Das kommt nicht nur dir sehr eigenartig vor, du alte, reiche Schachtel", dachte sich Frau Inspektor Bodner im Stillen, als sie zum Drüberstreuen ein Glas Campari-Orange bestellte und das morbide Tagesthema damit als ausreichend besprochen erachtete.

* * *

Niedlich sehen sie aus, die beiden letzten Überlebenden, aber ziemlich blass. Sie sitzen auf zwei Ledersesseln im Hotel Arlberg und starren die längste Zeit in die Luft. Wortlos. Bedrückt. Sie fragt die feinen Herrn, welchen Wein sie heute wohl servieren dürfe, und sie entscheiden sich für einen toskanischen Novecento, den sie ihnen mit einer Packung kubanischer Zigarillos kredenzt. Eigentlich will sie von den Stümpern kein Wort mehr hören, ekelt sich vor ihnen und ihrem widerlichen Geschwätz, will die beiden Jammerlappen einfach in Ruhe lassen und ihnen einen letzten irdischen Hochgenuss gönnen, bevor es Richtung Jenseits geht.

In ihrem bescheidenen Zimmer im Dachgeschoß des Hirschenwirts liegen zu diesem Zeitpunkt fünf Buketts, die ihr ein bayerischer Gärtner angefertigt hatte. Als Dessert, als delikater Nachtisch für die letzten beiden Herren. Kranzförmig gebunden, besetzt mit feinen Mohnblumen und in einer außergewöhnlichen Farbe. Das Ganze bestückt mit weißen Rosen, der Farbe der Ehrlichkeit und Unschuld.

Den Blumenschmuck wird sie noch heute Nacht auf fünf ausgewählte Gräber des Landsteiner Friedhofs legen. Was sie an und für sich keine große Überwindung kostet. Düsternis, Gruften, Stille und die gellenden Schreie von Käuzen sind ihr vertraut, seit sie als junge Frau obdachlos war und oft wochenlang in den kühlen Nischen der Wiener Friedhöfe dahinvegetierte.

Jänner 2012

Wer jemals in Landstein entlang der Benediktinerabtei und dann in steilem Winkel durch die schmale Eibengasse spaziert war, sollte eigentlich den Adolf Höflinger kennen und ihm schon aus reiner Neugier einen kleinen Besuch abstatten. Die schmucken, bunten Stoffe im Schaufenster und der nostalgische Laden mit der urigen Werkstätte laden nämlich auf eine fabelhafte Reise in längst vergangene Tage ein. Herr Adolf, wie der Posamentiermeister von seinen Kunden genannt wird, werkelte an diesem Abend an einem historischen Sessel im barocken Louis-Quatorze-Stil herum, als ihn ein heftiger Migräneanfall an den morgendlichen Besuch am Grab seiner Gemahlin Eleonore erinnerte.

Dort lag in aller Früh ein eigenartiges Bukett auf der Marmorplatte. Es waren gewiss nicht irgendwelche Blumen, nein, es waren weiße Rosen und Mohnblumen. An und für sich eine recht schöne und gefällige Kombination – wenn die gleichen Gestecke nicht auch auf den Gräbern seiner jüngst verstorbenen Freunde Gustav Burger, Engelbert Krainer und Albert Grüner gelegen wären. Was ihn natürlich noch mehr aus der Fassung brachte.

„Mohn gilt allgemein als Symbol für die Vergesslichkeit", ging es ihm durch den Kopf, als er später hinter seiner doppelt versperrten Werkstatttür feinste Goldfäden aus einem Regal nahm, in dem hunderte schillernde Fäden und Garne lagen. Und während er den feinen Zwirn in eine bunte Quaste drehte, dachte er an das tragische und kuriose Hinscheiden seiner Kameraden.

Nein, er glaubte längst nicht mehr an irgendwelche Unglücksfälle und war sich seit dem heutigen Grabbesuch im Klaren, dass auch die Blumengestecke auf den Gräbern nicht zufällig dort lagen. Selbst der Anruf bei der Stadtgärtnerei hatte kein Licht ins Dunkel gebracht, der Gärtnermeister hatte ihm versichert, noch nie derartige Blumenkreationen angefertigt zu haben.

„Jemand ist hinter uns her, verfolgt uns, schickt geheime Botschaften! Und ich bin vermutlich sein nächstes Opfer“, dachte er, als er die letzten Kunstgriffe vollführte, mit seinen vornehmen Fingern liebevoll über die Quaste fuhr und sie zuletzt auf die Lehne des Stuhls knüpfte, der demnächst wieder auf der Bühne der Wiener Staatsoper stehen würde. „Wie viele Opernstars sind wohl schon auf diesem Unikat gesessen“, überlegte Herr Adolf ein wenig stolz und dachte an Anna Netrebko, Luciano Pavarotti, Placido Domingo, Montserrat Caballé, Mirella Freni oder Rolando Villazon, während eine Träne über seine Wange rann und im Radio die letzten Takte von Daniel Speers Bänkelsängerlieder verklangen.

In der folgenden Nacht war an Schlaf nicht zu denken, und als er am nächsten Morgen gähnend aus dem Schlafzimmerfenster sah, las er an der gegenüberliegenden Straßenseite auf dem Schaufenster eines längst stillgelegten Krämerladens den Schriftzug „Adolf, du Drecksau“. Aufgesprüht mit tiefschwarzer Farbe. Daneben ein Kreuz und ein Totenkopf!

Als er kurze Zeit später mit seiner Digitalkamera zum Fenster ging, um das Geschmiere zu fotografieren, sah er Inspektor Klaus Mariacher vor der Auslage stehen, der die Schmierereien begutachtete und in ein lautstarkes Streitgespräch mit dem braun angehauchten Kriegsveteranen Luis Kölderer verwickelt war. Der alte Frontkämpfer erkannte den nächtlichen Vorfall sofort als Schandtat der kleinen, aber agilen städtischen Kommunisten und nannte dem Inspektor prompt einige Verdächtige, die für den Frevel verantwortlich wären. „Ruhm und Ehre, die linken Saubären sollen unseren hochverehrten Adolf in Ruhe lassen", brüllte Luis derart laut durch die Gasse, dass einige Anwohner die Fenster aufrissen und neugierig hinuntergafften.

Inspektor Mariacher schüttelte über den Ewiggestrigen nur den Kopf, schulterte den Fotoapparat und ging wieder seines Weges.

Was der Herr Inspektor leider übersah, war ein kleiner Brandsatz, der auf der untersten Stufe vor der Werkstätte des Posamentiermeisters lag und die Holzschalung deutlich angesengt hatte. Und den der völlig verstörte Posamentiermeister Adolf Höflinger der Einfachheit halber in den Müll warf, um kein weiteres Aufsehen zu erregen.

„Hätte die Holzfassade tatsächlich gebrannt, wäre wohl mein Haus samt Laden und kostbarem Inventar abgefackelt! Und ich ebenfalls!", ging es Adolf Höflinger durch den Kopf, als er zum Telefonhörer griff um seinem letzten lebenden Kameraden die neuesten Entwicklungen zu berichten.

* * *

Friedrich Gollner saß allein in seiner Werkstätte und strich verzückt über den Boden der Stainergeige, die seit Jahren in seinem Tresor lag. Er war entsetzt, als er vom Posamentiermeister von den besorgniserregenden Ereignissen der vergangenen Nacht erfuhr. Der verzweifelte Adolf schwafelte von Mohnblumen auf den fünf Familiengräbern, Schmierereien auf der Hausfassade in der Eibengasse und vom hinterfotzigen Brandanschlag auf seinen Laden, bei dem er nach seiner lebhaften Schilderung nur knapp dem Tod entronnen war. Der Geigenbaumeister hörte geduldig zu, drehte an den Wirbeln und klopfte begeistert auf die Decke seines kostbaren Instruments, das er vor etlichen Jahren ergaunert hatte. Zuletzt wünschte er seinem Kameraden viel Glück für die Zukunft, bat ihn nicht mehr anzurufen und legte abrupt den Hörer auf.

„Wieder so ein Angsthase ohne Kampfgeist und Rückgrat“, ging es Friedrich durch den Kopf; er erfreute sich lieber am Klang jenes Instruments, das der Absamer Barockgeigenbauer Jacob Stainer anno 1659 in seiner Werkstätte aus heimatlichem Fichtenholz gefertigt hatte. „Wenn ich die Viola bei einer Auktion verkaufe, ist eine Viertelmillion Euro leicht drinnen,“, dachte sich der Meister, als er das Instrument samt Bogen wieder in den Geigenkasten legte, dessen zerschlissenen Stoff und barocke Einfassungen der Jammerlappen Adolf aus der Eibengasse vor einiger Zeit ausgebessert hatte.

Auch das Gutachten aus Frankfurt, das die höhere Wölbung und die weit und bogig geschweiften Schnecken der Viola hervorhob und somit die eindeutige Herkunft untermauerte, legte er zum Instrument in den Kasten und trug ihn behutsam zum Safe zurück.

„Der kann mich gern haben mit seiner Angst, selbst wenn er als Nächster an der Reihe ist und von diesem Wahnsinnigen umgebracht wird!“, ätzte Friedrich Gollner und zog ein Flugticket aus dem Kuvert, das neben einem gefälschten, Schweizer Reisepass lag.

„Ich bin dann mal weg! Buenos Aires, Argentinien! Für eine lange Zeit, vielleicht auch für immer. Mich bekommst du nicht! Am Sonntag bin ich dahin, reise als Jakob Steiner, Schweizer Staatsbürger!“

Der Geigenbaumeister hatte diesen klingenden Namen nicht ganz zufällig für sich gewählt. Er hatte sich zeit seines Lebens mit dem genialen Jacobus Stainer befasst, dem hochgebildeten Sohn eines einfachen Tiroler Bergknappen, Sängerknabe im königlichen Damenstift zu Hall, der zuerst eine Tischlerlehre machte, um später als Geigenmacherlehrling aufgenommen zu werden, da er bekanntlich kein Sohn eines Meisters war.

Klein Fritzchen aus Landstein hatte es ein paar Jahrhunderte später schon etwas leichter. Als einziger Sohn des begüterten Hofrats Maximilian Gollner und einer ebenso reichen Claudia Gollner, adelig geborene von Bauernfeind, war er schon als Kind in einer goldenen Wiege gelegen, wurde Meister des Geigenbaus und vermehrte das Familienvermögen stetig – auch nach dem tragischen Tod seiner Eltern, die 1989 bei einem Erdbeben in der Nähe der Fidschi-Inseln starben.

Sein ausgeprägtes musisches Talent und sein handwerkliches Geschick befähigten den Geigenfritz, wie ihn die Fachwelt im reiferen Alter nannte, nicht nur zur Restaurierung von hochwertigen Stainer-Geigen, die einst von der Hofkapelle des Fürsten von Tirol gestrichen wurden. Nein, auch Stradivaris und Amatis wurden gelegentlich diskret und heimlich in sein Refugium gebracht.

Aber die Viola des Jacob Stainer hatte einen etwas anderen Weg in seine Werkstätte gefunden und war schon vor Jahren eher durch Zufall in seinen Besitz gekommen. Natürlich unter Mithilfe seiner vier Freunde, die jede noch so kleine Gelegenheit nützten, um zu Geld und Vermögen zu kommen.

Eines Abends hatte ihn der Posamentiermeister Adolf Höflinger angerufen und ihm erzählt, ein interessantes Instrument hereinbekommen zu haben, dessen Koffer auszubessern sei. Die Viola sei alt, sehr alt und durch die

Schalllöcher sehe man am Boden ein Etikett mit der Aufschrift „Jacobus Stainer in Absam".

„Achtung, Goldalarm", hatte er damals begeistert in den Hörer gerufen und als der Geigenbaumeister wenig später das gute Stück in die Hände genommen hatte und seine Begutachtung in pure Begeisterung gemündet war, hatte der Weg direkt zum Besitzer Professor Leonhard Reinprecht geführt. Der alte Herr war bis zu seiner Pensionierung Musiklehrer am Gymnasium gewesen, hatte viele Jahre Privatunterricht in seinem Haus am Stadtrand von Landstein gegeben und seine Schüler in einem kleinen, von ihm umsichtig geleiteten Salonorchester versammelt.

Professor Reinprecht erkannte den Geigenbaumeister nicht mehr, als dieser an seine Tür klopfte. Der alleinstehende, alte Mann trug nach einer Augenerkrankung Brillen dick wie Aschenbecher. Der Alte bot ihm eine Tasse Tee an und erzählte aus seiner langen Karriere als Musiker und Pädagoge, schwärmte von Konzertaufführungen seines bescheidenen Jugendensembles und bedauerte von Herzen, dass er nach einer missglückten Augenoperation kaum mehr sehen könne. „Vor die Tür gehe ich nicht mehr, dafür habe ich einen neuen Untermieter, den ehrenwerten Herrn Parkinson in mein musisches Refugium aufgenommen, damit ich nicht ganz allein bin", ergänzte der angesehene Musikus mit Galgenhumor.

„Mein einziger Sohn ist in Australien gestorben, eine tragische Geschichte, die ich nicht gern erzähle. Zur Schwiegertochter pflege ich längst keinen Kontakt mehr, und meiner Enkelin in Wien möchte ich einmal, wenn mich der Schöpfer in seine himmlischen Engelschöre aufnimmt, ein geordnetes Erbe hinterlassen", seufzte Professor Reinprecht und goss Tee nach.

Am Klappern der Teetassen war unschwer zu erkennen, dass der Herr Professor fortgeschritten an der Schüttelkrankheit litt. „Ein Musiker, der nichts mehr sieht und dessen Parkinson von Tag zu Tag fortschreitet, hat keine Chance und auch keine Lust mehr, seiner künstlerischen Berufung oder seinem Hobby nachzugehen", jammerte der alte Herr und erzählte dem Geigenbaumeister, dass sich sein Jugendorchester längst aufgelöst und er seine Stainer-Geige zum Posamentiermeister gebracht habe, der ihm den Kasten flicken werde.

Entzückt ging er mit dem alten Herrn durch dessen enge, düstere Räume, die vollgepfercht waren mit Cembali, Harfen, Kontrabässen, Tuben, Posaunen und unzähligen Notenständern aus edlen Hölzern. Auf den rustikalen Bänken und Holztischen lagen allerlei Fachbücher, dazwischen standen barocke Kerzenständer, Gitarren, Zithern, Flöten, historische Instrumente, und quer über die Holzdecke hing sogar ein Schweizer Alphorn, dessen Ende bis ins Bad hineinreichte. Gehen konnte man in diesen Räumen kaum, man musste nämlich über Bücherstapel, alte Zeitungen und massenhaft Notenblättern balancieren, um irgendwie ins nächste Zimmer zu gelangen.

„Ein Kulturmessi", dachte sich der Geigenbauer, der die Werte der historisch bedeutsamen Instrumente natürlich sofort erkannte. „Hier gehört dringend aufgeräumt, bevor die Erbin aus Wien antanzt."

Und so entstand eine tiefe Freundschaft zwischen dem schwer kranken Herrn Professor und dem agilen Geigenbaumeister. Der versorgte ihn regelmäßig mit den nötigsten Arzneien und den unentbehrlichen Dingen des täglichen Lebens. Denn der alte Herr lebte durchaus bescheiden und hörte den ganzen Tag über klassische Musik. Dabei saß er in einem Ohrensessel, hatte den Kopfhörer auf, legte sich ein paar Notenblätter auf den Schoß, nahm den Taktstock zur Hand und dirigierte stundenlang Kammermusik, Sinfonien und Opern.

Die kostbare Stainergeige und der originale Kasten kehrten leider nicht mehr zu Professor Leonhard Reinprecht zurück. Wohl aber ein ähnliches Instrument. Was soll's? Der alte Herr erkannte aufgrund seiner Sehschwäche den Schwindel nicht mehr, und mit seinen zittrigen Händen war er auch nicht mehr in der Lage, selbst die einfachsten Etüden zu spielen. Sonst hätte er wohl am Klang erkannt, dass ihm anstatt seiner geliebten Violine ein geigenförmiger Gegenstand, von der Qualität her bestenfalls für einen Musikschüler geeignet, untergejubelt worden war.

In dieser Zeit verließ der Geigenbaumeister nach seinen regelmäßigen Hausbesuchen das Refugium des Messi nur selten, ohne dem Alten ein historisches, wertvolles Musikinstrument abgeluchst oder geklaut zu haben. Der sah ja fast nichts mehr! Da war eine Bassblockflöte, datiert mit 1535, eine kunstvoll gebaute Harfe, ein außergewöhnliches Cello mit einem originellen und ausdrucksvollen Löwenkopf, barocke Lauten und Waldhörner, einige Violinen und Schalmeien, eine Tanzmeistergeige, ein Fagott, eine Zinke und ein Koffer voller Flöten aller Gattungen, Kontrabässe, ein prachtvoll gebautes Cembalo aus erzbischöflichem Besitz, ein um 1772 gebautes Tafelklavier und ein Hammerflügel.

Nach und nach fielen die letzten Hemmungen, und der Geigenbaumeister fuhr zuletzt frech mit einem Lieferwagen vor, um die sperrigen Instrumente abzuholen. Natürlich standen ihm damals seine vier Kameraden hilfreich zur Seite und schleppten mit vereinten Kräften das restliche Inventar aus der Wohnung, nachdem ein befreundeter Arzt den alten Herrn für mehrere Wochen ins Krankenhaus eingewiesen hatte.

Zum Mitbewohner des alten Professors, Herrn Parkinson, hatte sich längst Monsieur Alzheimer gesellt, und nach einer längeren Reha erkannte der alte Herr Professor bei seiner Rückkehr weder sein Wohnhaus, seine Freunde noch die Frau Penz wieder. Er übersiedelte bald ins Seniorenwohnheim Landstein, wo er nach wenigen Wochen sanft entschlief.

* * *

Der Posamentiermeister war seit Tagen verschwunden, das Geschäft versperrt; an der Tür hing ein Schild mit der Aufschrift „Komme gleich“. Natürlich machten sich die Nachbarn schon nach wenigen Tagen ernsthafte Gedanken über den sonst recht verlässlichen und pünktlichen Herrn Höflinger. Trotzdem dauerte es fast elf Tage, bis die geschwätzige Frau Wolfauer eben in dieser Sache bei Inspektor Matteo Steininger vorsprach.

Sie schilderte ihm die Ereignisse der letzten Tage und vergaß auch nicht, die Schmiererei am Schaufenster und die feuerversengte Holzschalung am Geschäftseingang zu erwähnen. „Da ist sicher etwas Schlimmes passiert, der Adolf blieb noch nie länger als ein paar Tage weg. Und da war er meistens in seinem Ferienhaus droben am Schwarzsee“, jammerte Frau Wolfauer und steckte sich ein Bonbon in den Mund.

Steininger nahm den nötigen Papierkram auf und erfuhr von der mitteilsamen Dame, dass Adolf seit Jahren Witwer war und keine Kinder hatte.

Natürlich hielt der Herr Inspektor noch am selben Tag mit der Frau Postmeister Nachschau in Adolfs Wohnhaus, fand aber weder dessen Leiche, noch deuteten irgendwelche verdächtigen Umstände auf ein Verbrechen hin. Auch in der tief verschneiten Winterlandschaft am Schwarzsee war Herr Höflinger nirgends zu finden. Sein Ferienhaus war versperrt, und bis auf ein paar Tierspuren im Schnee war nichts zu sehen. Herr Höflinger blieb bis auf Weiteres verschwunden. Wie viele andere Personen auch!

Matteo spazierte mit Christine noch eine Runde um den Schwarzsee und genoss die winterliche Stille. Die Frau Postmeister redete wie eine Sprechpuppe auf Dauerbetrieb, erzählte andauernd Witze und lachte herzhaft. „Lachen ist gesund, Matteo, mach nicht immer so ein bedrücktes, ernstes Gesicht, als wäre dir eine Laus über die Leber gelaufen", ermunterte sie den grübelnden Inspektor.

Der schritt mit stoischer Ruhe weiter, genoss die Stille der Natur und dachte über die ersten Monate mit seiner neuen Kollegin Christine nach, die recht gut in seinem Ermittlungsteam angekommen war. Sie tappte zwar noch ab und zu in das eine oder andere Fettnäpfchen, war aber trotzdem eine große Hilfe und nahm Steininger jene Arbeiten ab, die ihm ohnehin lästig waren.

„Aber manchmal gehst du mir furchtbar auf den Geist", zischte er sie an, „halt einfach einmal deine Klappe, hör den Vögeln zu und denk darüber nach, was in den letzten Monaten bei uns in Landstein so alles Merkwürdige geschehen ist! Unsere mäßigen Ergebnisse stimmen doch alle nicht zusammen und sind nicht unbedingt schlüssig! Da stirbt ein gestandener Bürger nach dem anderen, alle gelten als sehr wohlhabend und haben einen einwandfreien Leumund! Und wir Provinzler haben nicht die leisteste Ahnung, was da vor sich geht und wer dahinterstecken könnte. Also, sei jetzt still und denk einfach darüber nach."

* * *

Frau Postmeister nahm sich Matteos Mahnung sehr zu Herzen, verließ Landstein und verbrachte mit ihrem Anhang ein Wochenende in Florenz. Gut erholt, plagte sie die müde Polizeitruppe schon am Montagmorgen mit ein paar Brocken Italienisch, die sie wohl in einer Trattoria irgendwo zwischen Pizza und Pasta aufgegabelt hatte. In solchen Momenten wünschte sich Steininger einen schweigsamen Zeitgenossen in seine Kanzlei, der vor allem zu Wochenbeginn seine Klappe hielt, sich hinter der Zeitung verschanzte und die Amtstage möglichst leise und beschaulich begann – ohne derart widerliches Geplapper, wie es die Frau Postmeister von sich gab. Schlimm – einfach nicht zum Aushalten!

Als könnte sie Gedanken lesen, begann sie diesen Tag ungewöhnlich ruhig und gelassen und legte ein paar Bücher auf ihren Aktenstapel. Die Frau Postmeister war wohl die einzige Beamtin Österreichs, deren Schreibtisch ein Leinentuch schmückte, noch dazu eines mit bunt bestickten Rändern. Dass sie jeden Tag daran herumzupfte und den Stoff vor dem Hinsetzen mit beiden Handflächen liebevoll glattstreifte, nervte Steininger.

„Einen Tick hat die Frau, und was für einen", deutete Inspektor Mariacher stumm an, indem er mit dem Zeigefinger mehrmals an die Stirn tippte.

Steininger schielte dezent über den Schreibtisch und erkannte Schriftsteller wie Francois Mauriac, Peter Handke, Heinrich Böll und Friedrich Dürrenmatt. Welch schwere Literatur die las! Nun gut, von Böll kannte Steininger lediglich die Anekdote zur Senkung der Arbeitsmoral und vom Schweizer Dürrenmatt war ihm immerhin die Kriminalgeschichte mit Dr. Matthäi von der Zürcher Kantonspolizei geläufig, in der dieser mit Spitzfindigkeit den Mord an der kleinen Gritli Moser klärt.

Dann holte sich die Frau Postmeister eine Tasse Kaffee, studierte in aller Ruhe die Tageszeitung, gab zwischendurch eine Anekdote von ihrem Italientrip zum Besten und packte zuletzt ein paar gerahmte Bilder aus, die sie angeblich auf einem florentinischen Markt ertstanden hatte. Miserabel gemalte Kitschbilder mit Meeresstrand, untergehender Sonne, Segelbooten, Fischern, die ihre Netze knüpfen und natürlich mit einer feuerroten Vespa, die wie zufällig vor einem Steg herumsteht. Purer Kitsch! Schrecklich anzusehen!

Dann nahm sie einen Hammer und Nägel aus der Handtasche und begann die Bilder aufzuhängen. Zuerst zu tief, dann wieder zu hoch. Dann zu weit rechts, dann zu weit links. Als die grobe Richtung passte, schlug sie sich derart heftig auf die Finger, dass sie aufschrie, Bild und Werkzeug zu Boden fallen ließ und damit Inspektor Mariacher von seiner Morgenlektüre aufschreckte.

„Gib den Hammer her, du klopfst uns ja noch den ganzen Putz herunter", herrschte er die Postmeisterin an. „Das sind ja überhaupt die falschen Stifte, da musst du schon Stahlnägel nehmen", ächzte Mariacher und kam zur Erkenntnis, dass die Briefmarkenschleckerin schon beim Aufpumpen eines Fahrradschlauchs überfordert sein dürfte. „Die möchte ich einmal an einer Tankstelle sehen, beim Öl Wechseln oder Reifendruck Messen!", lästerte Mariacher.

Nun war der Samariter aber ganz in seinem Element, nahm ihr den Hammer aus der Hand und schlug für die

Frau Postmeister die Nägel in die Wand. Dann hängte er die schrecklichen Ölbilder auf und bekam von ihr prompt ein Glas Oliven geschenkt, das sie einem hübschen Korb entnahm.

Sogar Kommandant Knittel eilte zu Hilfe und brachte der Verwundeten ein Pflaster. Ihm gefiel der italienische Ramsch außerordentlich gut, und er begann spontan ein paar Takte der Capri-Fischer zu summen. „Die Motive bringen Ruhe in unser hektisches Berufsbild", frohlockte er und liebäugelte mit den Büchern der Frau Postmeister, die er sich demnächst bei ihr ausleihen wolle.

Die war allerdings ziemlich deprimiert, hielt ihren maroden Daumen in die Höhe und bekam vom Kommandanten zur Aufmunterung einen dicken Akt überreicht, den er schwungvoll auf ihren Schreibtisch schleuderte. „Ein paar Landsteiner Mädchen sind sexuell belästigt worden, der Widerling hat mit den jungen Dingern über Facebook Kontakt aufgenommen und mit ihnen abartige Dinge getrieben. Dann hat er gedroht, die Nacktfotos an die Schule zu schicken, und damit die Mädchen erpresst. Sie haben den Typ eh schon geschnappt, du musst nur noch die frühreifen Gören vernehmen", befahl Knittel und verließ wohlgelaunt Steiningers Ruhezone.

Steininger lehnte sich in seinem gemütlichen Bürosessel zurück, las ein paar Seiten eines spannenden Krimis, wurde müde und kehrte bald in jene Kammer zurück, in der seine verstorbenen Verwandten schliefen. Er setzte sich zu ihnen und plauderte. Offensichtlich ging es ihnen in ihrer neuen Welt allen recht gut. Das beruhigte ihn. Nun gut, ein wenig Streit und Zwist war zwischen ihnen noch immer zu bemerken, aber das war ja nichts Neues. Schon zu Lebzeiten waren zwischen ihnen mitunter die Funken geflogen. Nun saßen sie vereint an der himmlischen Tafel, Großvater teilte die Spielkarten aus und begann die Partie, während Onkel Ludwig mit seinen groben Maurerhänden auf der Zither spielte.

Vermutlich hatte Matteo im Halbschlaf die Melodie des Dritten Mann gesummt, als er von der Frau Postmeister geweckt wurde, die soeben mit zwei Mädchen in die Kanzlei kam, um sie als Opfer zu befragen.

* * *

Die durchaus geglückte Aktion in der Sauna beschert ihr eine große Zufriedenheit. Glücklich liegt sie in ihrem Dachzimmer und genießt das Ergebnis ihrer bisherigen Sanktionen. Sie, die Gedemütigte, die Geschlagene, die seit ihrer Kindheit keinen so glücklichen Moment mehr erlebt hatte wie jenen, als sie durch die beschlagene Saunatür den Büchsenmacher zu Boden sinken sah. Dabei hatte sie eine eigenartige Lust verspürt, eine große Freude und Genugtuung, auch das dritte Miststück erlegt zu haben. Mit wenig Aufwand, raffiniert, fast lautlos. Ohne Schusswaffe, Messer oder Hacke. Mit zwei einfachen Keilen!

In ihren Gedanken steigt jene Nacht hoch, in der das Haus ihres Großvaters bis auf die Grundmauern niederbrannte. Bestimmt war es die schlimmste Nacht ihres Lebens, bei der auch die letzten Erinnerungen an ihre Landsteiner Kindheit vernichtet wurden. Die unvergesslichen Tiroler Sommer, wenn sie mit den Knirpsen der Nachbarschaft auf den staubigen Straßen Murmel spielte oder in den Blumenwiesen auf ihrem bunt bemalten Schaukelpferd saß, wenn aus dem Haus des Großvaters Etüden seiner Musikschüler klangen und sie von Großmama in einem Zinkbottich gebadet wurde. Auf ihren Puppenwagen war sie besonders stolz, den sie von ihrer

Patin geschenkt bekommen hatte, die in der Schweiz lebte. Die Puppe verschwand immer im Spätherbst und saß dann, frisch gekleidet, wieder unter dem Christbaum zu Hause in Wien. Mit neuen Kleidern, die Oma gestrickt oder genäht hatte. In Gedanken sieht sie den kleinen Leopold in seiner Lodenjacke und Lederhose, der einmal mit seinem Dreiradler über die Waldstraße hinunterbrauste und die Kindergärtnerin über den Haufen fuhr. Oder seine Freundin Lilli, die immer bunte Schürzen trug und ihren Leiterwagen durch die Gassen zog, auf dem ihre Puppen, Kasperlen und Teddybären saßen. Ihr letzter Gedanke an den Schlitten des Urgroßvaters, mit dem sie fast jedes Rodelrennen gewann, geht in einem Schluchzen unter, das aus ihrem Innersten kommt. Schon die kleinste Erinnerung, das einfachste Souvenir hätte ihr in diesen Augenblicken Trost gespendet, wie die Kaffeetasse ihres Großvaters, die hübsche Nähschatulle ihrer Oma oder ihre Keramikpuppe Klara, die bei ihrem allerletzten Besuch noch in ihrem Kinderbettchen zwischen den Polstern gesessen war.

Nun war alles weg, restlos verbrannt. Sie ist verbittert, enttäuscht vom Leben. Aber der nächste Tag würde ihr bestimmt ein kleines Stück der ersehnten Zufriedenheit zurückbringen.

Eins, zwei, drei, und vier, Herr Meister, nie entkommst du mir.

Ihr entgeht nichts. Sie beobachtet ihn seit Tagen und sieht, wie er mitten in der Nacht mit einem großen Rucksack am Buckel sein Geschäftshaus durch den Hinterausgang verlässt und sich durch die Landsteiner Gassen davonschleicht. Er dreht sich immer wieder ängstlich um, trägt eine schwarze Pelzkappe, einen dicken Schal, einen militärgrünen Parka und hohe Pelzstiefel. Sie weiß, wohin sich der Feigling verdrücken wird, und verschwindet flink in die Gegenrichtung, steigt auf ein geklautes Bike und radelt in eisiger Kälte über die Bahnhofstraße hinauf zum Schwarzsee. Dort versteckt sie sich hinter einer mächtigen Lärche und beobachtet, wie der Herr Posamentiermeister eine Stunde später erschöpft durch den hohen Schnee watet und vor der Tür den Schlüssel für sein Ferienhaus sucht. Er stellt den Rucksack auf den Boden, wühlt darin herum und blickt immer wieder achtsam in die Gegend. Als er den Schlüssel findet und die Türe öffnet, bewegt sie sich blitzschnell und gewandt aus dem Gestrüpp, genießt den kurzen Augenblick seines Schauderns und zieht ihm wuchtig einen Holzprügel über die Rübe. Er geht zu Boden, sinkt benommen zusammen. Dann schlägt sie immer wieder heftig auf seinen Kopf ein, bis Blut aus den tiefen Wunden blubbert und im Schnee versickert.

Sie zündet sich eine Zigarette an, sperrt das Haus wieder ab und starrt auf den regungslosen Körper des Meisters. Sie schultert seinen Rucksack, erfasst ihn an den Füßen und zieht ihn über eine vereiste Rinne zum Schwarzsee hinunter. Dort hebt sie den Leichnam in das kleine Boot, schiebt ein paar Eisschollen zur Seite, rudert hinaus in die Mitte des Sees und kippt das leblose Bündel ins glasklare Wasser. Der Posamentiermeister verabschiedet sich mit einem glucksenden Plumps und sinkt hinab auf den tiefen Grund des Schwarzsees. Dann beginnt es zu schneien und in die idyllische Winterlandschaft kehrt Ruhe ein.

* * *

Eine ungewöhnliche Kältewelle legte sich Anfang Jänner über Landstein und verwandelte die Landschaft in eine frostige Märchenkulisse. Der vermisste Herr Höflinger blieb verschwunden – bis zu jenem klirrend kalten Wintertag, an dem ein Frühsportler am Schwarzsee eine im dicken Eis festgefrorene Leiche fand und aufgeregt die Feuerwehr verständigte.

Matteo Steininger erfuhr vom Leichenfund durch seinen Stammtischkameraden und Feuerwehrkommandanten Karlheinz Ebner, der ihn just in jenem Augenblick anrief, als er in seinem Badezimmer zur Rasur ansetzte und sich im Augenblick der morgendlichen Störung wegen des penetranten Klingeltons saftig ins Kinn schnitt. „Ich komme gleich rauf", murmelte Matteo in sein Handy und suchte verzweifelt nach einem Pflaster.

Karlheinz, auf dessen rötlichem Wikinger-Vollbart frische Schneeflocken und Eiskristalle funkelten, stand mit einer kleinen Gruppe von Feuerwehrleuten am Seeufer im Halbkreis um die Leiche herum. Nachdem Steininger einige Fotos gemacht hatte, befreiten die Feuerwehrmänner mit ihren Pickeln den bizarren Klumpen aus dem Eis. Natürlich stellte sich Magnus Knapp, der als Trunkenbold bekannt war und schon vor der Bergung mehrmals aus seinen Flachmann genuckelt hatte, recht ungeschickt an und traf in seinem Eifer mehrmals den Schädel des Eismanns. Natürlich gingen Steininger einige Gedanken durch den Kopf, als er am Ringfinger der rechten, zu einem Eisklumpen gefrorenen Hand des ehrenwerten Herrn Posamentiermeisters einen Siegelring sah, den das Symbol eines Kanonenofens zierte.

„Langsam bekommt die Sache Konturen", murmelte er vor sich hin, während er dem ungeschickten und angesoffenen Magnus den Eispickel aus der Hand riss.

Dann zogen sie den tiefgekühlten Leichnam über die Böschung hinauf zur Uferstraße, wo wenig später der Gemeindearzt samt Chefinspektor Albert Knittel eintraf. Hinter ihnen ein Wagen des lokalen Fernsehens, dessen Reporter zum Kommandanten eilte und diesen vor der malerischen Kulisse des pompösen Ferienhauses zum Interview bat.

„Leider ein sehr, sehr tragischer Unfall unseres hochgeschätzten Posamentiermeisters Adolf Höflinger, der ja schon seit geraumer Zeit abgängig war. Ich kannte Adolf persönlich recht gut, er war sehr gern in der Natur, zog sich oft mehrere Tage in sein alpines Ferienhaus zurück und dürfte einen Spaziergang über den gefrorenen See unternommen haben, von dem er leider nicht mehr wiederkehrte. Vielleicht hatte er einen Schwächeanfall, er war ja nicht mehr der Jüngste. Über die Todesursache kann ich derzeit nur spekulieren, möglicherweise ist er im Eis eingebrochen und dabei ertrunken. Oder erfroren, oder … jedenfalls deutet die tiefe Fleischwunde am Hinterkopf darauf hin, dass er rücklings auf die Eisfläche krachte und im Eis einbrach. Wie auch immer, tot ist tot!", stammelte Knittel unschlüssig.

Die Nachschau in Adolfs Werkstätte und Wohnung verlief mehr als turbulent. Der Witwer hatte recht aufwendig gelebt, die protzigen Räume wirkten allerdings nicht stilvoll, sondern völlig überladen. Eine deftige Überraschung gab es bei der Öffnung des Tresors, denn in dem Augenblick, in dem der Schlossermeister den Safe öffnete, machte es einen heftigen Tusch, und das gute Stück explodierte. Dem Schlossermeister riss es die Brille von der Stirn, und er taumelte benommen in das Freie. Offensichtlich hatte sich beim Hantieren mit der Flex Schwarzpulver entzündet, das verpuffte. Im Tresor an sich war nichts Verdächtiges zu finden, und nach der ergebnislosen Durchsuchung saß der Schlossermeister noch immer am Balkon und reinigte seine oberflächlichen Gesichtswunden mit Schnaps.

Matteo hatte ganz andere Sorgen und suchte verzweifelt nach Zusammenhängen zwischen den vier toten Landsteiner Männern. Oder waren es tatsächlich nur Zufälle, an die Kommandant Knittel noch immer glaubte?

Gibt es überhaupt Zufälle? Episoden der übersinnlichen Art, die kaum jemand plausibel erklären kann? Wie das willkürliche Zusammentreffen jener zwei Toten, die vorigen Monat nach einem tödlichen Verkehrsunfall gemeinsam im Straßengraben gelandet und im Leichenwagen Seite an Seite in die Gerichtsmedizin gefahren worden waren? Der eine Lenker aus Italien, der andere aus Norwegen! Auch die hatten einander nicht gekannt, und trotzdem waren sie durch eine tragische Fügung zusammengetroffen! Gab es solche Zufälle öfters? Wenn ja, warum nicht auch in Landstein?

* * *

Eins, zwei, drei, vier, fünfe, schmutzig sind der Mutter Strümpfe. Sie summt das Kinderlied leise vor sich hin, nimmt einen gestrickten Socken aus der Handtasche, lässt einen Stein hineinfallen und schlägt damit ein kleines Fenster an der Rückseite der Geigenwerkstätte ein. Dann stülpt sie Seidenstrümpfe über ihre Schuhe, zieht Handschuhe an, hängt sich eine Taschenlampe um das Handgelenk und lässt ihren schlanken Körper in den Keller hinuntergleiten. Dort nimmt sie einen Holzschemel und richtet sich zwischen Kartons und alten Matratzen eine Sitzecke ein mit Sicht auf die Kellertür. Auch für längere Zeit, wenn es sein muss. Im Dunkel zwischen den alten Instrumentenkästen, großen Trommeln, Harfen und Stehbässen geht sie ihren fünften und letzten Plan noch einmal in allen Einzelheiten durch. Sie plant jedes Detail und möchte nichts dem Zufall überlassen.

Sie wird sich in den nächsten Stunden durch lautes Poltern bemerkbar machen, der Instrumentenbauer wird bald darauf im Keller Nachschau halten. Dann folgt ein frontaler Angriff mit dem Betäubungsspray, der edle Herr wird zu Boden gehen, und sie wird ihn mit Kabelbindern fesseln. Dann sperrt sie Wohnung und Werkstätte ab und hängt einen Karton mit dem Hinweis an die Haustür, dass der tüchtige Herr für eine Weile auf Geschäftsreise sei.

In den kühlen Gewölben wird der alte Meister bald wieder zu sich kommen und ihr wohl oder übel für ein Interview zur Verfügung stehen, dessen Dauer einzig von ihrem Wohlwollen abhängt – und nur von ihrem. Dabei würde sie alles Wichtige erfahren, um die Machenschaften der dubiosen Herren restlos aufzuklären. Sie würde aus berufenem Mund erfahren, wo sich der Schlüssel für das Schließfach befindet und weshalb sie auch ihren Großvater als Opfer auserwählt hatten.

Sie stellt die Spraydose auf den Boden, legt vier Kabelbinder dazu, ebenso den Notizzettel mit den wichtigsten Fragen. Sie will kein Detail vergessen und auch nichts Wesentliches übersehen, bevor sie den Letzten aus dem Quintett in die Hölle schickt. Neben eine Kastenzither legt sie eine Holzhacke, die sie zuvor mit einem Wetzstein schärft. Ihr Ziel ist klar: Fällt die Audienz zufriedenstellend aus, bekommt er ein paar kräftige Hiebe auf den Kopf, die er nicht überleben wird. Gibt er auf die Fragen keine oder nur unzureichende Antworten, schleift sie ihn hinüber zur Tiefkühltruhe, wirft ihn hinein und sperrt ab. Wohl die einzige Möglichkeit, den alten Fettsack ohne verräterischen Leichengeruch langfristig zu entsorgen!

In diesem Fall könnten die Landsteiner Polizisten wohl kaum mehr von einem Unfall oder gar Selbstmord ausgehen, wie sie es bisher gern praktizierten!

Sie wartet lange, wohl einige Stunden, und lässt sich ein paar weitere, erfolgversprechende Varianten durch den Kopf gehen. Klopft immer wieder mit einem Tambourstab gegen eine Eisentonne, lässt sogar eine Tschinelle auf den Fliesenboden fallen, was einen erheblichen Lärm verursacht. Aber es rührt sich nichts. Absolut nichts. Ruhe. Stille. Im Haus sind keine Schritte zu hören, nichts bewegt sich.

Lange nach Mitternacht schleicht sie vorsichtig in die Werkstätte hinauf, horcht und schaut sich im Halbdunkel um. Im Haus bleibt es still, nur von der Straße her hört sie ein Moped vorbeifahren, und durch die Gardinen hindurch sieht sie einen Betrunkenen, der Selbstgespräche führt und gegen das Schaufenster pinkelt. Er winkt ihr kurz zu. Sonst nichts. Das letzte Vögelchen ist leider ausgeflogen, ist wohl nicht mehr da. Verschwunden. Dahin.

Achtsam durchsucht sie die Räume des Wohnhauses, stöbert nach Dokumenten, Papieren, Kontoauszügen, Bankquittungen und irgendwelchen Verträgen oder Bestätigungen. Sie findet ein paar delikate Fotos und den Schlüssel für das Schließfach Nr. 1981 mit einem Anhänger der Regionalbank Landstein. Dann lässt sie Ruhe einkehren.

Ihre Zeit wird kommen!

Februar 2012

Friedrich Gollner hat sich seinen vorübergehenden Abschied aus seiner Heimatstadt Landstein lang und reiflich überlegt. Seit seine vier Freunde von der Bruderschaft zum Kanonenofen in recht kurzen Abständen und unter durchaus mysteriösen Umständen ums Leben gekommen waren, war ihm klar, dass er wohl das nächste und vermutlich auch letzte Opfer dieses Verrückten sein würde. Er musste für einige Zeit untertauchen, bis der Irre gefasst sein würde. Vorsorglich hatte er nach und nach einige der kostbaren Instrumente verkauft, zuletzt war die Geige des Jacobus Stainer bei Sotheby's zu einem wahren Rekordpreis als eine der teuersten Geigen der Welt versteigert worden. „Das 1659 in Absam gebaute Barockinstrument war zuletzt im Besitz eines anonymen Sammlers. Es handelt sich dabei um ein bestens erhaltenes Instrument mit dem Beinamen Maximilian", hatten renommierte Zeitschriften getitelt. Die Violine hatte in Fachkreisen für großes Aufsehen gesorgt und war letztlich an einen Musiker aus der Szene der Alten Musik verkauft worden – anonym natürlich, über einen Mittelsmann. Und niemand würde je dahinterkommen, dass das gute Stück einige Jahre in einer biederen Landsteiner Musikalienwerkstätte gelegen hatte.

Friedrich saß an diesem Abend vor dem Fernseher, genoss ein gutes Glas Wein und sah sich eine Operngala mit Anna Netrebko als Leonora und Placido Domingo als Graf Luna an, freute sich auf die Schlussszene einer gelungenen Inszenierung von Verdis „Il Trovatore" und wunderte sich darüber, wie grausam es in den meisten Bühnenwerken zugeht. Da werden Säuglinge ins Feuer geworfen, Männer bekämpfen sich mit Stiletts, und in den Opernhäusern der Welt wird gemordet, gemordet, gemordet. Erstochen, erdrosselt, vergiftet. Oft des Geldes wegen, meistens aber wegen eines hübschen Weibsbilds.

Dann legte er eine CD mit Johann Sebastian Bachs geistlichem Werk „Komm, süßer Tod" in den Player, nahm einen Bogen Briefpapier aus der Kommode und verfasste einen Abschiedsbrief. Kurz und bündig. Einzig mit dem kurzen Hinweis, er habe sein Leben endgültig satt und werde seinen Freitod in den hohen Fluten des Inn suchen. Friedrich steckte das Schreiben in ein Kuvert, klebte eine Briefmarke drauf, adressierte es an Chefinspektor Albert Knittel und packte die notwendigsten Sachen in eine Sporttasche.

Nach Mitternacht schlich er aus dem Haus, warf den Abschiedsbrief in einen Briefkasten, legte ein Bündel Kleider und Turnschuhe neben die Innbrücke und stieg vom Dunkel der Innauen hinauf auf das Kaiserjoch, vorbei an der Schlossbergkapelle, wo seit Jahren ein Eremit lebte. Bruder Augustin hatte sein Leben Gott verschrieben und betete wohl Tag und Nacht. Denn Friedrich sah schon gegen vier Uhr früh in der kleinen Kapelle durch die Butzenscheiben hindurch den Lichtschein einer einzigen Kerze, Augustin kniete davor und hielt Andacht.

In der Stille und Einsamkeit der Einsiedelei hielt Friedrich noch einmal inne, setzte sich im Dunkel der Nacht auf die Pilgerbank unter dem Ahornbaum und dachte an die letzten Jahre zurück, die ihm heftig an die Substanz gegangen waren. Mord und Totschlag in Landstein und ein Irrer, der ihn offensichtlich als letztes Opfer verfolgte! Was nützten ihm all die Reichtümer, die er mit seinen vier Freunden angehäuft hatte? Hatte er sich sein Leben tatsächlich so turbulent vorgestellt? Sollte er sich an diesem schlichten Pater ein Beispiel nehmen, der ein einfaches und bescheidenes Leben führte? Wozu das ganze Geld und Vermögen? Lebte er dadurch glücklicher als dieser Mönch, dem Materielles völlig fremd war und der durch Mediation zu seiner inneren Ruhe fand?

Dann wanderte er in die Nachbargemeinde Bergheim hinunter und stieg dort am frühen Morgen in den Expresszug nach Zürich, von wo er abends mit der Air-France mit Zwischenstopp in Lissabon nach Argentinien abflog. Dort stellte sich am Flughafen Buenos Aires ein gewisser Jakob Steiner zur Einreise, Schweizer Staatsbürger, Instrumentenbauer und Experte für hochwertige Streichinstrumente.

* * *

Es vergingen fast zwei Wochen, ehe der Polizeikommandant den mysteriösen Abschiedsbrief des Instrumentenbauers öffnete. Knittel war erst am Vorabend von einer Pilgerfahrt aus Lourdes zurückgekehrt und hatte jedem seiner Untertanen ein Fläschchen Weihwasser mitgebracht, das er in aller Herrgottsfrüh verteilte. „Das soll euch Gottes Segen bringen bei eurer harten, gefährlichen Polizeiarbeit", predigte der Chefinspektor segensreich in die Runde, während er am Kaffeetisch die letzten Worte aus Friedrich Gollners Abschiedsbrief verlas.

Nun gut, das Bündel Kleider und die Sportschuhe draußen bei der Innbrücke waren lediglich dem Straßenkehrer aufgefallen, der die Fetzen entsorgt und die Turnschuhe in seinen Spind gesperrt hatte. Noch dazu genau seine Schuhgröße, die taten für die beschwerliche Arbeit auf der Straße noch lange ihren Dienst!

„Steininger, ruf den Schlüsseldienst an, wir lassen die Tür zur Werkstätte gewaltsam öffnen", kommandierte er in frischer Laune und drückte Matteo den Abschiedsbrief samt Kuvert in die Hände.

Der Laden bot tatsächlich einen verlassenen Eindruck. Die Fensterläden waren geschlossen, die Tageszeitungen lagen gestapelt vor der Wohnungstür, der Postkasten quoll über. Die beiden Polizisten durchsuchten das Wohnhaus vom Keller bis ins Dachgeschoß, vom Instrumentenbauer war weit und breit keine Spur zu finden. Im Gegenteil: Sein Schlüsselbund lag am Küchentisch, ebenso die Geldtasche samt Bankomatkarte und Führerschein, zwei Sparbüchern, einem Bausparvertrag und einem weiteren, identen Briefkuvert, adressiert an seinen Neffen John Gollner in New Jersey.

„Da hat einer ja ordentlich aufgeräumt mit seinem Scheißleben“, kommentierte Klaus Mariacher die Situation, wobei er den Instrumentenbauer zwar als edlen, aber äußerst geizigen Klemmer beschrieb, der meist derart vornehm und grußlos durch Landstein stolzierte, dass es ihm in die Nasenlöcher regnete. „Ein Arschloch halt, aber ein präpotentes“, schloss Mariacher seine charakteristische Kurzexpertise, bevor der Schlossermeister die Haustür wieder notdürftig versperrte.

* * *

Dass Steininger auf dem Rückweg zur Inspektion im Postamt zukehrte, aus seiner Tasche eine Sondermarke spendierte und damit den Brief an Gollners Neffen John verschickte, kann im Nachhinein zwar als noble Geste, aber auch als schwerer Fehler bezeichnet werden. Obwohl sich der Enkel angeblich noch nie nach Landstein bequemt hatte, kontaktierte der komische Kauz von der fernen englischen Insel aus sämtliche Esoteriker, Pendler und Hellseher, die zum spektakulären Verschwinden und möglichen Aufenthaltsort seines geliebten und vor allem steinreichen österreichischen Onkels beitragen könnten.

Unzählige Hinweise esoterischer Hobbydetektive blockierten in den nächsten Wochen die Ermittlungen; bald war sogar ein Verdächtiger gefunden, als der pensionierte Radiotechniker Klemens Otto Kleinlercher aus dem Alpbachtal mit seinen feinen Radiowellen eine technische Verbindung ins Jenseits herstellte und dem verblichenen Onkel die Information abluchste, dass es ihm gutgehe. Er sei nicht durch die eigene Hand gestorben, sondern von einem bulgarischen Kaminkehrer, der auffallend stottere und ein Muttermal hinter dem linken Ohr habe, erschlagen und in einen Stausee geworfen worden.

Diese Sensation streute der Neffe per Internet geschickt aus, die Presse übernahm die Meldung in allen Facetten und berichtete nun fast täglich über das mysteriöse Verschwinden des Landsteiner Instrumentenfachmanns, das nun durch die neuen Erkenntnisse des okkulten Radiotechnikers plötzlich vom Vermisstenfall zu einem klassischen Mordfall mutiert war.

„Rätselhafter Tod im Stausee – endlich einmal was los in diesem Kaff", jubelte die Frau Postmeister. Und da die wackeren Inspektoren zu Landstein ohnehin an einem Punkt angelangt waren, wo nichts mehr ging, der Druck der Öffentlichkeit immer größer wurde und sich die wenigen, mickrigen Spuren allesamt in Luft aufgelöst hatten, übernahm Chefinspektor Knittel höchstpersönlich die Ermittlungen in der medienintensiven Causa. Gemeinsam mit der Briefmarkenfee vernahm er den esoterischen Radiotechniker, wobei die Befragung des übersinnlichen Gurus in eine spirituelle Sitzung mündete, die mit seriöser Ermittlung bei Gott nicht mehr in Einklang zu bringen war. Mitten in einem unüberschaubaren Berg von Kabeln baute der Technikfreak in Knittels Kanzlei seine Gerätschaften auf, richtete die Antennen nach verschiedenen Himmelsrichtungen aus und vernahm bald ein krächzendes, undefinierbares Rauschen aus dem All, das er anhand eines dicken Geräuschkatalogs in eine verständliche, weltliche Sprache übersetzte. Die Ergebnisse erwiesen sich als substanzlose, parapsychologische Spekulationen, die es nicht wert waren, notiert zu werden. Die beiden Beamten beendeten die Session rasch, aber herzlich, verwöhnten den verrückten Sonderling mit einem Stück Nusstorte und verabschiedeten ihn höflich.

Jedenfalls war Landstein seither in aller Munde. Schon am nächsten Morgen las Kommandant Knittel auf einem Heustadel ein Plakat, wonach am kommenden Sonntag ein Seher aus Mazedonien erwartet werde, der am Fuß der Burg Eckstein eine Marienerscheinung prophezeie. Der 74-jährige Apostol Velo hatte in seiner Heimat am Balkan schon mehrfach Botschaften der heiligen Mutter Gottes empfangen und erkannte vermutlich an der Farbe seines Urins, dass es diesen Sonntag in Landstein zu einer wundersamen Begegnung mit der Mutter Jesu kommen würde.

Kommandant Knittel entsandte die Frau Postmeister zur Beobachtung des Schauspiels. Die war allerdings verblüfft, als hunderte Gläubige in Reisebussen herangekarrt wurden und unterhalb des Schlosses einen großen, esoterischen Kreis bildeten. Dann erschien der Prophet in der Person des alten Mazedoniers, der sich mitten in der Wiese vor eine Marienstatue kniete, die Hände in die Lüfte hob und seltsame Gebete sprach. Die Gläubigen lauschten den Worten des Sehers, knieten ebenfalls nieder, zündeten Kerzen an, sangen Psalmen und murmelten die Gebete nach. Es gab berührende Szenen, und wildfremde Christen umarmten einander innig. Nach einer Viertelstunde erhob sich der Mazedonier, um mit Freude die soeben empfangene Friedensbotschaft der Madonna zu verkünden. Die verstand zwar keiner, trotzdem legte sich eine friedvolle Stimmung über die Menschenmenge. Spontane Lobpreisungen wurden angestimmt, viele Pilger näherten sich kniend der Statue, bekreuzigten sich und ließen sich ekstatisch auf den Boden fallen. Zuletzt verkaufte der Seher mit seinen Helfern Heilwasser, Kruzifixe und kitschige Goldengel, und die Frau Postmeister sah mit Staunen, dass sich ein heftiges Gerangel um die Andachtsgegenstände anbahnte.

Den Weg zu Kommandant Knittel hätte sich der Seher sparen können. Offensichtlich vom Neffen aus New Jersey animiert, betrat er samt Gefolge die Inspektion, spendete den diensthabenden Polizisten seinen Segen und bot sich an, den Aufenthalt des vermissten Geigenbauers auf spirituellem Weg zu ergründen. Voll motiviert breitete er einen Atlas aus, legte ein Kruzifix auf den afrikanischen Kontinent und begann leise zu beten. Dann hob er die Hände, drehte das Kreuz mehrmals im Kreis und fuhr zuletzt mit dem rechten Zeigefinger auf den Atlas. Blind! Mit geschlossenen Augen! Seine esoterische Wahl fiel auf das russische Dorf Ojmjakon in Nordostsibirien, den absoluten Kältepol der Erde, wo im Winter bis zu minus 70 Grad herrschen, die Wäsche auf der Leine gefriert und Milch in Eisblöcken geliefert wird.

„Dort müsst ihr suchen", sprach der Seher in slawischem Akzent und begann, seine mitgebrachten Devotionalien auf Knittels Schreibtisch auszubreiten. Er versicherte ihm hohe Rabatte bei Abnahme von mindestens zehn Rosenkränzen, worauf Knittel die Lichtgestalt aus

Mazedonien am Kragen packte und ihn samt seinen protestierenden Jüngern zur Tür hinauswarf.

Dann besann er sich wieder bodenständiger Ermittlungsmethoden, startete seinen Computer und ließ europaweit nach Friedrich Gollner fahnden. Er ordnete eine Suche mit Diensthunden entlang des Inn an und zweifelte immer mehr an der Selbstmordtheorie des Instrumentenbauers, zumal er von einem befreundeten Ehepaar erfuhr, dass Friedrich nicht nur ein hervorragender Schwimmer war, sondern in jungen Jahren in Kroatien sogar die Taucherprüfung abgelegt hatte. Daher spekulierte Knittel ganz offen, dass Friedrich seinen Selbstmord nur inszeniert hatte, eventuell noch am Leben war und vielleicht eine längst erträumte Weltreise unternommen habe.

Inspektor Steininger machte sich hingegen ernsthafte Gedanken über den auf dem Schotterweg über das Kaiserjoch nach Bergheim gefundenen uralten Opel Kadett. Berufsjäger Ferdl Weber hatte Matteo angerufen, dass dort seit einigen Wochen ein herrenloses Wrack stehe, und so fuhren sie mit dem Hundeführer Inspektor Engelbert Stadler hinauf zur Fundstelle. Der rostige Opel stand gut versteckt und ohne Kennzeichen hinter einem Buschwerk, der Schlüssel steckte; im Wagen lagen Dokumente einer Griechin, die ihren Wohnsitz in Portugal hatte.

Kein einfacher Fall also, da war guter Rat teuer.

Von der Lenkerin fehlte jede Spur; selbst Engelberts Diensthund Odie von der Wolfskralle schnupperte nur ein paar Meter in den Wald hinein, ehe er sich lustlos in das Moos legte. Am Fußboden der Beifahrerseite lagen aufgeschnittene Kabelbinder, und Matteo meinte in seiner wohl grenzenlosen Phantasie, dass der Herr Instrumentenbauer gar mit dieser Rostlaube entführt worden sein könnte und er den Abschiedsbrief unter dem Druck seiner Kidnapper verfasst habe. Kommandant Knittel sah die Sache allerdings wesentlich einfacher, schickte den Abschleppdienst in das unwegsame Gelände hinauf, ließ das Wrack kurzerhand abschleppen und ohne viel Schriftverkehr verschrotten. Was an und für sich ein schwerer Fehler war! Hätte der Kommandant das rostige Automobil auch nur oberflächlich untersuchen lassen, wäre hinter der Türverkleidung der Führerschein seines früheren Polizeikollegen Max Buchberger gefunden worden. Und hätten die Spurensicherer gar noch die Mittelkonsole entfernt, wer weiß, welche Wertsachen in den dortigen Hohlräumen noch zu finden gewesen wären? Ein Beutel Schmuck? Bündel von Banknoten? Oder gar der britische Reisepass eines gewissen John Gollner, Lebenskünstler und Taugenichts aus New Jersey, der die Nähe seines vermögenden Erbonkels Friedrich in Landstein suchte?

Knapp drei Wochen später erfuhr die Akte eine überraschende Wende, als in der Karibik ein Airbus 330 auf dem Flug von München nach Punta Cana von den Radarschirmen verschwand und sämtliche Fahrgäste seither als verschollen galten. Laut Passagierliste war auch der Österreicher Friedrich Gollner als Fluggast Nr. 31 an Bord des Todesflugs, weshalb noch am selben Tag ein Ersuchen des Außenministeriums mit der Bitte um Verständigung der Angehörigen in Landstein einlangte. Damit begann ein großes Rätselraten in den Amtsräumen, denn Angehörige waren bis auf den Neffen in New Jersey keine bekannt, und Friedrich Gollner sollte laut vorliegenden Akten eigentlich schon zuvor durch Selbstmord gestorben sein, wie er dem Inspektionskommandanten schriftlich kundgetan hatte. „Ist ja völlig egal, ob Friedrich im Inn ersoffen oder bei einem Flugzeugabsturz in der Karibik ums Leben gekommen ist, tot ist eben tot, aus und vorbei“, schloss Knittel die Diskussion mit seinen Beamten und formulierte seinen Bericht an den Herrn Ministerialrat nach Wien höchstpersönlich, drückte auf senden und schloss damit hochoffiziell den Deckel zum Akt Friedrich Gollner. Und da weder das Flugzeugwrack noch Friedrichs Leichnam je gefunden wurden, endete das Ereignis mit einem Eintrag in die Landsteiner Stadtchronik, in der alle tragisch verstorbenen Bürger in der Rubrik „In der Ferne verstorben“ ihre letzte Erwähnung fanden.

* * *

Steininger saß im Gastgarten des Hirschenwirts, genehmigte sich ein kühles Blondes und ordnete am Biertisch die bisherigen Ermittlungsakten, die er aus seiner speckigen Ledertasche zog, die ein Erbstück seines Onkels Isidor war und deren Nähte sich nach und nach auflösten. Die Tasche hielt er in Ehren, wenngleich er sie bisweilen in der Schenke vergaß, wenn er zu tief ins Glas geschaut hatte oder von einem Affen nach Hause begleitet wurde.

Er blätterte die offenen Akten durch, machte sich hin und wieder Notizen und suchte nach jenen Details, die er womöglich übersehen hatte. Er forschte nach Übereinstimmungen und möglichen Verbindungen zwischen den fünf Männern, die bisher nicht zu erkennen waren.

Zuletzt bestellte sich Matteo ein weiteres Bier und ging seine Notizen nochmals Zeile für Zeile durch. Zuerst fällt der Lüftlmaler vom Balkon. Ein psychisch angeschlagener Kerl, der kaum Feinde hatte und in der Kunstbranche hohes Ansehen genoss. Dann kippt der Restaurator über die Innböschung, haut sich den Schädel auf und stirbt. In der Nähe des Toten liegt eine Umhängetasche samt Pfefferspray und Schusswaffe. Wovor hatte er Angst? Und warum trug er Waffen mit sich? Wurde er bedroht? Wenn ja, von wem? Dann stirbt der Büchsenmacher in der Sauna. Der Landsteiner Medizinmann geht zwar von einem Herzinfarkt aus, gegen diese Version spricht allerdings das zerbrochene Thermometer, das ja nicht von selbst kaputt gegangen war. Eher lag wohl eine Paniksituation vor, in der sich der Bedauernswerte befand, ehe er in der finnischen Hitze verdunstete. Dann stirbt mitten im Winter der Posamentiermeister droben am Schwarzsee, mutterseelenallein, ohne Rucksack oder Gepäck, dafür mit einer tiefen Fleischwunde im Schädel. Vermutlich hingefallen und erfroren, steht im Protokoll des Leichenbeschauers. Warum war er vorher nicht in seinem Landhaus? Warum war dort nicht eingeheizt? Welcher vernünftige Mensch würde wohl zuerst auf einem teilweise zugefrorenen Bergsee in bitterer Kälte eine Runde spazierte, ehe er sich die Hütte gemütlich beheizt? Und zuletzt verschwindet noch der Instrumentenbauer spurlos, hat angeblich Selbstmord verübt und schrieb davor noch schnell einen Abschiedsbrief an Kommandant Knittel. Ist er tatsächlich im Inn ertrunken? Als guter Schwimmer und geprüfter Sporttaucher? Oder ist er vielleicht doch beim Flugzeugabsturz in der Karibik ums Leben gekommen? War er untergetaucht, ausgestiegen, um einen dicken Schlussstrich unter sein bisheriges Leben zu ziehen?

Steininger kam sich vor wie bei einem Fernsehquiz, bei dem sich der Kandidat aus mehreren Möglichkeiten nur eine passende Antwort aussuchen darf.

Fragen über Fragen, die Steininger durch den Kopf gingen. Parallelen zwischen den Männern erkannte er am ehesten an ihrem gemeinsamen Geburtsjahr und in ihren Berufen, waren sie doch alle weitum bekannte und geschickte Kunsthandwerker, die es zu Wohlstand gebracht hatten. Steininger lehnte sich auf der Bierbank zurück, fütterte ein Eichkätzchen, schloss die Augen und begab sich mental in seine vierte Kammer. Dort lagen seine beruflichen Memoiren verborgen, die er in sentimentalen Momenten hin und wieder hervorkramte. Die Erinnerungen an seine glückliche Schulzeit, die ihm zwar keine guten Noten beschert, ihn aber viel für sein späteres Leben gelehrt hatte. Seine ersten Romanzen mit Mädchen aus den höheren Schulstufen, der abrupte Abbruch seiner glanzlosen schulischen Karriere und seine damalige Berufung zur österreichischen Bundesgendarmerie. Seinen Mentor fand er damals in der Person seines längst verstorbenen Onkels Isidor, der ihn eines Sonntags zur Brust nahm und ihm von Mann zu Mann erklärte, dass die Schule wohl nicht das Richtige für ihn sei. Und so schlitterte Matteo in einen Wachkörper, dem er mittlerweile schon über drei Jahrzehnte diente.

Als eine Kompanie betrunkener Abrüster grölend in den Gastgarten einzog, raffte er die Akten in seine Ledertasche und beschloss, der Frau Postmeisterin einen Besuch abzustatten, die neulich steinkrank von einem verlängerten Wochenende zurückgekehrt war. Irgendein Virus hatte sie ins Bett geworfen, das sie seit zwei Tagen nicht mehr verlassen hatte. Die Ärztin hatte ihr strikte Bettruhe verordnet, und Steininger hielt es für angebracht, seiner Bürofee einen Strauß Blumen zu besorgen und in die Waldstraße zu spazieren, wo Christine in einer Postwohnung lebte.

Nach längerem Läuten öffnete sie die Wohnungstür und war von Matteos Besuch sichtlich überrascht. Sie trug einen Bademantel, darüber einen dicken Wollschal, brachte kaum ein Wort heraus und hustete ununterbrochen.

„Ich kann mich nicht erinnern, jemals so mies beisammen gewesen zu sein“, krächzte sie mit schmerzverzerrtem Gesicht, nahm einen Schluck Salbeitee und schob sich ein Hustenbonbon in den Mund.

Steininger setzte sich an ihr Bett und erzählte ihr wie ein Märchenonkel die Geschichte von fünf sonderbaren Männern, die alle innerhalb eines Jahres auf seltsame Art und Weise dahinschieden oder spurlos von der Bildfläche verschwanden. Spannend schilderte er dieses und jenes Detail, garnierte die Fabel mit Vergleichen aus der Welt der Fantasie, brachte Feen und Trolle ins Spiel, die den fliegenden Lüftlmaler auf seinem Flug in die Tiefe nicht mehr auffangen konnten, und referierte bildhaft über galoppierende Raubritter, die mit Kampfpferden in den Auen ritten und den königlichen Haus- und Hofrestaurator mit einem kräftigen Tritt in den Hintern in die Hölle stießen. Jede Einzelheit, die er sich im Wirtshaus notiert hatte, verpackte er in ein Märchen oder in eine Sage und erzählte sie derart glaubhaft, dass sich Christine mitunter aus ihrem Kopfpolster erhob und nachschaute, ob Matteo nicht doch ein Sagenbuch bei sich hatte.

„Spaß beiseite, wir müssen tiefer gehen, ganz weit hinuntergraben“, ächzte die Frau Postmeister zwischen zwei Schlucken Tee, „viel tiefer als bisher. Hinein in das Private, das Persönliche, das Intime, so finden wir bestimmt keine Verbindungen zwischen den fünf Männern.“

Steininger sprach das gemeinsame Geburtsjahr der Herren an und deren handwerkliche, aber auch sehr kunstnahen Berufe, die durchaus einzigartig, nahezu konkurrenzlos und auch sehr lukrativ waren. Er wusste von Gerüchten zu berichten, dass die Herren früher ziemlich knausrig gewesen und erst in den letzten Jahren als Wohltäter, vor allem für Mutter Kirche, wundersam in

Erscheinung getreten waren. „Da waren sehr, sehr hohe Summen im Spiel“, erzählte er, „das Gemälde des Erzengels Michael für den Seitenaltar in der Benediktinerabtei sollen sie bei einer Auktion für einen sechsstelligen Betrag ersteigert haben, und auch für die Renovierung des Tabernakels und der Kirchenorgel wurden Pater Benedikt äußert hohe Geldsummen in die Hand gedrückt. Einfach so! Ohne Quittung! Das passt doch nicht zu diesen fünf Herren, die als geizig verschrien waren!“

„Nun ja, die hatten aber auch alle recht lukrative Nebeneinkünfte. Ich habe im Internet recherchiert und herausgefunden, dass alle fünf Handwerker nebenher als Sachverständige für Gerichte und Auktionshäuser arbeiteten. Das wäre schon die nächste, wenn auch minimale Übereinstimmung, aber unser Kriminalpuzzle nimmt doch langsam konkrete Formen an. Und wenn sie alle im selben Jahr in Landstein geboren wurden, müssten sie eigentlich gemeinsam in den Kindergarten und zur Schule gegangen sein. Wenigstens in den ersten Jahren“, hüstelte die kranke Kollegin.

„Und vermutlich dienten sie auch zur selben Zeit beim Militär“, legte Steininger nach und überlegte, in welchem Jahr die Männer wohl eingerückt waren.

„Sag, du hast doch noch die Schlüssel zur Wohnung des abgängigen Instrumentenbauers, der angeblich ins Wasser ging oder, auch schon egal, mit einem Flugzeug abgestürzt ist?“, hakte Christine nach und sah Steininger an, der intensiv nachdachte.

„Ja, kann sein, dass die noch in meinem Schreibtisch liegen. Der Verwandte aus New Jersey ist ja bis heute nicht bei uns aufgetaucht, um sich um die Wohnung seines Onkels zu kümmern!“ Matteo ging in die Küche und goss der armen Haut noch einen Tee auf, richtete ihr eine

Bettflasche für die Nacht, wünschte ihr eine gute Besserung und zog sich stillschweigend zurück.

Den Schlüssel zur Wohnung des angeblich ertrunkenen Friedrich fand er tatsächlich in der untersten Lade seines Schreibtischs, die förmlich mit unnützem Krempel überquoll. Er lag gut versteckt zwischen vergilbten Akten von anno Schnee, alten Unfallskizzen, Postkarten, rostigen Handschellen, Werbekulis, Radiergummis, Kohlepapier, einigen Beuteln beschlagnahmtem Kokain und Haschisch, Batterien, ausgetrockneten Heroinspritzen und uralten Comicheften aus den Siebzigerjahren.

Am nächsten Tag spazierte Matteo zum Wohnhaus des Friedrich Gollner, in dessen Parterre sich die Werkstätte befand. Er sperrte auf und roch den intensiven Geruch des Leerstehenden, den widerlichen Mief verlassener Wohnungen. Wohin war Friedrich verschwunden?

Er erinnerte sich an die Witwe Paula Hausegger, die im Sommer 1989 spurlos verschwunden und nie mehr aufgetaucht war. Sie hatte allein in ihrem kleinen Häuschen gelebt und war damals mit dem Postauto zu ihrem Bruder nach Meran gefahren, um ihm eine hohe Bargeldsumme für den Umbau seines Wirtshauses zu bringen. Im Gegenzug hatte sie sich beim Bruder für ihre bevorstehende Pensionierung ein Wohnrecht ausverhandelt, das sie aber aus biologischen Gründen nicht mehr in Anspruch nehmen hatte können. Sie war nämlich am Tag der Geldübergabe letztmalig gesehen worden und nie mehr in ihre Heimatstadt Landstein zurückgekehrt. Der Bruder hatte sein Meraner Wirtshaus großzügig um- und ausgebaut und bei Gott und allen Erzengeln geschworen, dass seine Schwester Paula schon am nächsten Morgen in den Zug nach Landstein gestiegen sei. Er habe sie sogar persönlich zum Bahnhof gebracht und ihr eine Tasche voller Kastanien, Wein und Äpfel mit auf die Heimreise gegeben. Freilich, bezeugen hatte das niemand können, und die Dame blieb bis heute verschwunden. Wieder ein unerklärbarer Zufall? Oder gibt es viele davon?

Und nun hatte Matteo wieder einen ähnlich lästigen Fall hängen und begann im Keller nach gemeinsamen Spuren des Freundeskreises zu suchen. Dort fiel ihm ein Werkstättenfenster auf, dessen Scheibe zerbrochen war. Sonst sah er nur Kartons, alte Instrumentenkästen und verschiedene Streichinstrumente, die ungeordnet herumlagen. Am Boden sah er vier Kabelbinder, am Tisch eine Holzhacke. Er öffnete die alten Holzkästen und die Kühltruhe, die kurioserweise eingeschalten war, obwohl keine verderbliche Ware drinnen lag. Er zog den Stecker.

Im ganzen Haus waren keine Bilder zu finden, die Räumlichkeiten vermittelten einen eher kühlen, ungemütlichen Eindruck. Auch spürte er, dass er vermutlich nicht der Erste war, der seit dem Verschwinden des Handwerkers die Räumlichkeiten durchsuchte – waren doch mehrere Schubladen einen winzigen Spalt weit offen, was dem pedantischen Friedrich wohl kaum passiert wäre. Der hatte nämlich ganz allein in diesem riesigen Objekt gelebt. Bald fand Matteo in einer Kommode des Instrumentenbauers dessen kleines Geheimnis: bunte Heftchen, in denen hübsche, nackte Knaben abgebildet waren. Eindeutige Aufnahmen von kleinen Jungs in Mädchenkleidern, abstoßende Fotos von Kindersex und Masturbation. Darunter eine Lade mit wertlosen Dokumenten, und Steininger wunderte sich, wo Friedrich wohl seine ganzen Geschäftsunterlagen verwahrt hatte. Die waren nämlich nirgends zu finden.

Nicht ein einziger Ordner mit Quittungen, Kontoauszügen, Lieferscheinen oder Verträgen, geschweige denn ein Hinweis auf irgendwelche Bankverbindungen. Da war nichts zu machen. Entweder war der Instrumentenbauer kein naher Verwandter der Bürokratie gewesen oder er hatte die Belege rechtzeitig verschwinden lassen, um mögliche Spuren zu verwischen.

Im Wohnzimmer setzte er sich auf der Ledercouch zur Ruhe, wobei er mit seinem Allerwertesten auf etwas Hartes stieß. Er schaute unter das Sofa und entdeckte eine eiserne Militärkiste, die mit einem Vorhängeschloss versperrt war. Steininger holte die Hacke aus dem Keller und schlug die Munitionskiste auf. In der Kiste lagen zwei Pistolen der deutschen Wehrmacht: eine alte Mauser-Pistole und eine Walther P38 – beide in bestem Zustand, samt Magazinen und etlichen Packungen Munition. Der Einfachheit halber lag sogar die Quittung über den Munitionskauf in der Kiste, und Matteo wunderte sich, dass sie erst vor ein paar Monaten ausgestellt worden war.

„Wieder einer, der Angst hatte. Schon der dritte!", überlegte Steiniger und wühlte weiter in der Kiste herum, aus der er ein Militärhemd, Distinktionen im Rang eines Korporals, einen Feldanzug, einen Kompass, eine Feldflasche und diverses Aluminiumgeschirr hervorkramte. Am Boden lagen eine Gletscherbrille, ein Feldstecher, eine Sonnencreme mit Ablaufdatum August 1982 und ein Foto, auf dem fünf junge Soldaten vor einem Gipfelkreuz im knietiefen Schnee standen. Auf der Rückseite der Vermerk „Zur Erinnerung an meine Militärzeit. Andreas-Hofer-Kaserne Absam, Gebirgsjägerkompanie 44 – Alpinwoche im Karwendel mit meinen treuen Kameraden Gustav, Engelbert, Albert und Adolf".

Lang betrachtete er das Foto, sehr lang. Der Kreis war geschlossen. Endlich. Steininger schob die Fotografie in seine Sakkotasche und unternahm einen Spaziergang hinaus in die Schwarze Au. Auf der Innbrücke blieb er stehen und warf die beiden Waffen in hohem Bogen in die Flussmitte, wo sie im tiefen Wasser wohl für immer verschwanden. Versenkt, aus und erledigt. Aus den Augen, aus dem Sinn. Bekanntlich war ja keiner der ehrenwerten Herren erschossen worden, also handelte es sich bei den Pistolen auch um keine Beweisstücke. Und lästigen Schreibkram, nein, den wollte er bestimmt nicht. Davon hatte er ohnehin genug.

Diese Weisheit hatte ihm schon damals in seinen Anfangsjahren bei der Bundesgendarmerie sein erster Lehrmeister eingeschärft. Ein erfahrener alter Hase, der im Weltkrieg als Fallschschirmspringer gedient hatte und sich schon deshalb um nichts scherte. Und der das Bewerbungsgespräch mit dem jungen Matteo seinerzeit unter vier Augen in einem schattigen Gastgarten geführt, sich keinerlei Notizen gemacht und den jungen Mann seiner Obrigkeit ganz einfach persönlich empfohlen hatte – ohne Korrespondenz, ohne viel Trara, ohne Vitamin-B.

* * *

Die sonderbare Häufung von mysteriösen Todesfällen hatte auch die Ermittler des Landeskriminalamts auf den Plan gerufen. Sie entsandte nach jedem weiteren Vorfall zwei hohe Beamte nach Landstein. Die wurden vom Kommandanten direkt in sein Refugium gelotst und hörten dadurch immer nur dessen einseitige Versionen von Unfall, tragischen Todesfällen oder Selbstmorden. Meist hofierte er die Herren sehr zuvorkommend, verwöhnte sie mit Cremeschnitten und Kaffee und kopierte ihnen einen Teil der bisherigen Akten, womit sie sich durchaus zufriedengaben.

So darf es nicht verwundern, dass Kommandant Knittel aus der Sicht des Innsbrucker Hauptquartiers als zentrale Figur in Sachen Landsteiner Todesfallermittlungen galt und fortan jedes Seminar bereiste, das irgendwie mit Blut, Mord und Totschlag zu tun hatte. Dabei kam er naturgemäß mit fachkundigen und medienerprobten Ermittlern aus halb Europa zusammen und notierte jeden Fliegenschiss, den die Experten und Profiler von sich gaben. Und jedes Mal brachte er vollgekritzelte Blöcke mit, die die Frau Postmeister in den Computer tippen und für jeden Untergebenen zum Zweck der Weiterbildung zu Papier bringen musste.

So weilte der Chefinspektor in diesem arbeitsreichen Jahr häufig auswärts, logierte in feinsten Seminarhotels und kehrte vollbepackt mit unnützem Wissen über strategische Europol-Analysen in multidisziplinären Fällen, Analytical Working File, Serious and Organized Threat Assessments, Terrosism Situations und Trend Reports in seine Amtsräume zurück. Natürlich war diese kriminalistische Geheimsprache eher in Berlin, Mailand oder Neapel brauchbar, wo tagtäglich schlimme Verbrechen passierten. Aber doch nicht im beschaulichen Landstein, wo die Polizei bestenfalls von Wilderern, Ladendieben oder randalierenden Zeltfestbesuchern belästigt wurde!

Kommandant Knittel fühlte sich in dieser Europol-Platform for Experts sichtlich wohl, berief nach jedem Seminar in seinen Landsteiner Amtsräumen eine interne Besprechung ein und wollte somit auch seinen Schäfchen in der hohen Kunst der Kriminologie ein wenig auf die Sprünge helfen. Dabei ergaben sich manche Scharmützel zwischen dem selbsternannten Seminartouristen und seinen praktizierenden Inspektoren an der Basis. Steininger gab seinem Kommandanten schon bei der ersten

Lehrstunde zu verstehen, dass ein Universitätsprofessor jahrelang sehr erfolgreich über den Anbau von Erdäpfeln vortragen könne. Davon wachse aber noch keine einzige! Es sei halt wichtiger, was der einfache Bauer draußen auf seinem Acker treibe. Nur das zähle letztlich für den Ertrag und die Ernte!

Knittels Lehrstunden vergingen kaum ohne heftige Dispute, dem Vortragenden platzte ob seiner begriffsstutzigen und schläfrigen Truppe mitunter gehörig der Kragen, und er holte erst recht zu stinklangweiligen Monologen aus, die nicht besonders gut ankamen und wegen der vielen Fremdwörter auch kaum verstanden wurden. Um sie wach zu halten, sprach er seine Untergebenen mitunter laut und gezielt an. Heute war Steininger sein Opfer.

„Matteo, hör endlich mit dem Unsinn auf, überall Mörder zu sehen. Dabei wär' die Sache ganz simpel: Wenn hier bei uns in Landstein niemand umgebracht wird, brauchen wir auch keinen Täter zu suchen. Kapiert. Und wenn ein Serienmörder am Werk wäre – davon gehst du ja aus – hätte er die Schwelle zum ersten Mord längst überschritten und könnte nicht mehr aufhören mit dem Töten. In diesem Stadium killt er alles, was ihm vor die Klinge kommt. Katzen, Hunde, Vögel, böse Weiber, Männer, völlig egal. Seine Abkühlungsphase würde bekanntlich immer kürzer, ihm fehlt nun die Selbstkontrolle, und der Kerl wartet eigentlich nur mehr, bis er von uns gefasst wird. Und jetzt? Ja, dich meine ich, Steininger! Wo bleibt das nächste Opfer? Siehst du eines? Ist deine kranke Fantasie endlich erkaltet?

Und überhaupt, meine Damen und Herren, die Tötung eines Menschen ist doch kein Phänomen unserer Zeit. Gemordet wurde schon immer, nur die Methoden haben sich geändert. Früher hat niemand davon erfahren, wenn irgendwo im Kongo ein Schwarzer erschlagen oder in Grönland ein Eskimo vergiftet wurde. Aber heute, im Zeitalter der globalen Medien, können wir schon ein paar Minuten später die schockierenden Bilder von jedem schlimmen Ereignis weltweit im Internet sehen.

Das beunruhigt unsere Bürger, das macht sie nervös und zappelig. Und dich ganz besonders, Steininger. Du hörst zu viel Radio, siehst zu viel fern, schaust dir immer diesen blöden Inspektor Columbo an! Gut, der ermittelt bei der Mordkommission des Los Angeles Police Department und hat dort sicher einige Arbeit. Aber du, Matteo, in einem Kaff wie Landstein, du bist doch völlig unterbeschäftigt und siehst deshalb überall nur mehr Falotten. Du suchst krampfhaft nach Mordbrennern und Killern! Einfach lächerlich! Zudem fehlt bei unseren vier Unglücksfällen ganz einfach das Motiv, Matteo – das Motiv. Wir haben keines, wir finden keines, und vermutlich gibt es auch keines. Außer in deiner grenzenlosen, neurotischen Vorstellung."

* * *

Am Abend lag Steininger entspannt in der Badewanne, genehmigte sich einen Krimi von Andrea Camilleri und fragte sich, wie der sizilianische Commissario Salvo Montalbano die verzwickte Sache in Landstein wohl sehen würde? Den kuriosen Vorfall mit den goldenen Dachschindeln, den Fenstersturz des Lüftlmalers, den schrägen Abgang des Restaurators, das tödliche Schwitzen des Büchsenmachers, den mysteriösen Tod des Posamentiermeisters im Gebirgssee und den eigenartigen Verschwinden des Instrumentenbauers, von dem man bis heute kein Lebenszeichen mehr vernommen hatte.

Matteo seifte sich ein, schamponierte die Haare, streute ein paar Körner mineralische Salze ins Badewasser und las weiter. Zwischen den spannenden Zeilen des Krimis im fernen Sizilien und den wohltuenden Aromen des Badesalzes empfing Matteo bald die feinsten Gerüche einer Antipasti mit herrlichen Düften nach Arancini, Paprika, Auberginen, Kapern und Zwiebeln. Die delikaten Bukette von Knoblauch, Olivenöl, Schwarzem Pfeffer, Safran und Meersalz. Ihm gelüstete nach einem Teller Makkaroni oder einem gegrillten Thunfisch, serviert mit einem Fläschchen sizilianischen Perigone-Wein und als Sahnehäubchen ein Gläschen Mandelwein.

Steininger las den nächsten Absatz mehrmals – wann endlich verriet ihm Camilleri den Mörder? –, begann aber immer wieder von vorn. Seine Aufmerksamkeit war dahin; ihm schwebte jene mysteriöse Gestalt vor Augen, die die Pantomimin damals auf dem Balkon des Lüftlmalers verschwinden gesehen hatte. Hatte sie einen Mann oder eine Frau gesehen? Oder nur einen flüchtigen, undefinierbaren Schatten? Er konnte sie kaum mehr dazu befragen, die Dame aus dem Ostblock war zwei Tage nach dem Vorfall plötzlich verschwunden. War sie aus Angst geflüchtet? Ermordet worden? Oder von der Fremdenpolizei in ihre russische Heimat abgeschoben? Er dachte auch an den Hund des Restaurators, der nach dem Todessturz seines Herrchens planlos umhergeirrt und erst abends zur frischgebackenen Witwe heimgetrottet war.

Er erinnerte sich auch an die tiefe Kopfwunde des Posamentiermeisters, die er sich wohl kaum selber zugefügt haben konnte, und an den lauwarmen Abschiedsbrief des Geigenbauers, dessen einsames Leben als Päderast fürwahr ein schwerwiegendes Motiv für sein plötzliches Verschwinden sein konnte. War er gar von Buben erpresst worden, die ihm zu Diensten gewesen waren? Hatte er sich wegen seiner sexuellen Neigungen in die Dominikanische Republik abgesetzt, ins tropische Paradies für Pädophile? Lebte sich's als Kinderschänder leichter unter Palmen als in einer erzkatholischen Tiroler Landgemeinde? Aber wozu lagen vier unbenützte Kabelbinder in seinem Keller? Und warum war die Kühltruhe eingeschaltet?

* * *

Wie befürchtet, setzte Kommandant Knittel seine Lehrorgien über Tötungsdelikte schon am nächsten Tag unvermindert fort. Er habe in der Zwischenzeit eine operative Fallanalyse veranlasst, alle nationalen Datenbanken abgefragt, mit der Gerichtsmedizin kommuniziert, eine proaktive Strategie überlegt, sich eingehend mit den neuesten Errungenschaften der Kriminaltechnik befasst und werde die biologischen und daktyloskopischen Spuren in internationalen Datennetzen abgleichen lassen. So sein Begrüßungssatz, der seinen Untergebenen sauer aufstieß. Matteo entkam ein Rülpser.

Der Boss erschrak und schaute grantig in die Runde. Alle lächelten, niemand verriet sich. Dann fuhr er fort mit seinem Gelaber über Downloads, Crosschecks, Datenbanken, Analysen, Statistiken, Handling-Codes, Secure Information Network Applications und National Units.

Nun die Stimme um eine Tonlage höher: „Aber, mein lieber, lieber Matteo, mir fehlen bei unseren blutigen Vorfällen in Landstein die signifikanten Übereinstimmungen. Und mit deinen mickrigen Ergebnissen, manche nur lässig auf einem Fresszettel notiert, lässt sich bei Gott kein Täterprofil erstellen. Im Fall des verunglückten Restaurators wäre ein Briefing mit allen eingesetzten Kräfte nötig gewesen, dann hättest du den Forward Looking Infrared Helikopter mit einem Flight Operator an Board zum Einsatz bringen müssen, dazu ein paar Männer der EKO-Cobra mit Night Vision Googles." – Nun erhoffte sich Knittel breite Zustimmung oder wenigstens einen kleinen Applaus, sah aber den gähnenden Inspektor Mariacher und die gelangweilte Frau Postmeister, die an ihren Fingerlein herumzupfte.

Er fixierte Steininger eindringlich, sah ihm in die Augen und fuhr fort: „Du siehst, dein Boss ist hellwach, voll im Bild und kompetent wie eh und je. So muss man heute arbeiten, Matteo, fortschrittlich, lernbereit und kommunikativ, offen für alles! Nicht herumtrampeln wie ein altes Fossil. Mir scheint, du bist schon längst nicht mehr am aktuellen Stand der Dinge! Und mit Hilfe des Cold Case Management könnten wir sogar die ältesten Fälle mit neuen, zeitgemäßen Arbeitsweisen neu aufrollen! Nicht mit deinen alten, verstaubten Methoden."

Steininger und seine Kollegen saßen sprachlos im Kaffeeraum. Ihr Kommandant hatte die elendslange Predigt heruntergespult, ohne auch nur einmal Luft zu holen. Sehr beeindruckend, die hatte er bestimmt mühselig auswendig gelernt. Sprachlich brillierte Knittel, keine Frage. Die Sache hatte nur einen Haken: Steininger verstand kaum ein Wort und holte zum verbalen Gegenschlag aus:

„Hör mir doch auf mit diesem theoretischen Schwachsinn und denk an die hundseinfachen Erdäpfel. Da kann der Uniprofessor noch so viele Studien zitieren und Fremdwörter vergeuden, deshalb wächst noch lange keine Kartoffel in der Erde. Einen einfachen Bauern braucht's dafür. Der mit seinen rauen Händen den Acker pflügt und düngt, die Erdäpfel setzt, Unkraut jätet, für die Bewässerung sorgt und im Herbst die Ernte einfährt! Und bei uns braucht's an der Basis eben auch keine studierten Herren, sondern möglichst einfach denkende Leute. Und überhaupt habe ich den Eindruck, dass du mit unserer Arbeit schon lange nicht mehr zufrieden bist", polterte Steininger und sah in die Runde, registrierte erhöhte Aufmerksamkeit der müden Truppe und freute sich, dass Inspektor Fuchs stumm nickte und als Zeichen seiner Solidarität den rechten Daumen in die Höhe streckte.

Steininger war endgültig in Fahrt gekommen, wurde immer lauter und sah in seinem Augenwinkel den Kommandanten, der immer blässer wurde und mit offenem Mund zuhörte: „Bestimmt, wir alle haben unsere Fehler, auch in meiner Polizistenseele findest du einen Heiligen und einen Sünder, einen Gott und Teufel, schwarz und weiß, Gut und Böse. Ich muss mich oft wochenlang plagen, einen Zeugen zu finden, der sich dann an nichts mehr erinnern kann. Ich studiere Akten und Berichte, bis mir die Augen schmerzen und ich Trost beim Wirt finde. Ich bringe Verfahren gegen Straftäter in Gang, die vom Staatsanwalt eingestellt werden. Ich buchte das Gesindel ein, damit sie von unseren studierten Juristen auf freien Fuß gesetzt werden. Ich sollte immer alles wissen, aber möglichst nichts sagen. Anhand einer klitzekleinen Spur muss ich imstande sein, einen Verbrecher auszumitteln, die Tatwaffe zu finden und den Täter dingfest machen. Wenn ich ihn fasse, redest du von Glück, finde ich ihn nicht, bezeichnest du mich als Dummkopf, Stümper oder Faulpelz."

Steininger kam langsam in Fahrt. Sein Monolog bekam theatralische Züge, er begann mit seinen Händen zu gestikulieren, die nun immer wilder durch die Luft wirbelten. „Leck mich ganz einfach am Arsch! Ich mag nicht mehr, such dir deine Verbrecher in Zukunft doch einfach selber!"

Nun ging mit ihm das Temperament durch. Er fiel in Gedanken in eine Commedia dell'arte, glaubte sich in einer wohlriechenden, italienischen Küche, womöglich in einer Cucina alto-borghese, schaltete fiktiv eine Kochplatte ein, zog pathetisch einen Pastatopf aus der Kredenz und stellte ihn auf den Herd. Nun an den Kommandanten gerichtet: „Tenente! Colonnello! Commissario Capo! Generale di Brigata!"

Nanu, was ging denn jetzt in Steininger vor? Glaubte er sich tatsächlich in einer mediterranen Küche zwischen Olivenöl, Parmesan, Mozzarella, Parmaschinken und Pizza? Juckte in seiner Nase der wohlige Geruch von Chianti und Barolo, während seine Stimme immer höher und höher wurde und sein koboldhaftes Getue an die Figur des Rumpelstilzchens erinnerte?

„Mein lieber Capo della Polizia, nimm in Zukunft einfach einen alten Kochtopf, wirf alle meine Akten, deine unsinnigen Seminarkritzeleien und internationalen Studien hinein, obendrauf als Würze vielleicht ein paar Statistiken, dann rührst du ein paar Mal fest um, lässt das Ganze ein paar Minuten köcheln – vielleicht kannst du dann deine kleinen Verbrecherlein ganz einfach mit einer Spaghettizange aus dem Topf fischen. Einen nach dem andern! Einbrecher, Betrüger, Mörder, Mafiosi!"

Steininger hielt inne, kam zur Ruhe und ließ langsam die Arme fallen. Nun war ihm wohler.

Die versammelte Mannschaft applaudierte zaghaft, der Kommandant nahm seine Unterlagen erbost vom Tisch, und Matteo ließ sich gelassen in die Lehne fallen. Seine Kehle war nach dieser Brandrede ziemlich trocken, und er sehnte sich nach einer Abkühlung. Ein kühles Blondes bei seinem Wirt Severin. Wenn es sein musste, auch zwei, oder drei. Mal sehen, was der Abend noch bringen würde.

* * *

Im Hirschenwirt war wenig los. Die Kellnerin mit Wiener Dialekt telefonierte pausenlos mit irgendwelchen früheren Freunden, Severin hatte sich mit einer heftigen Migräne ins Bett gelegt, und er suchte Zuflucht in seiner letzten Kammer, die im Großen und Ganzen noch leer war und in nächster Zukunft eingerichtet werden sollte. Diese Kammer war für die Zeit nach seinem letzten Arbeitstag reserviert, für seine Pension, die immer näher rückte. In wenigen Jahren würde es so weit sein, und er war drauf und dran, erste Ideen zu finden, wie seine letzte Lebenskammer aussehen würde. In einem Winkel sah er eine Angelrute, im anderen Eck eine Gitarre. An den Wänden hingen Kunstwerke, und auf einer Kommode standen halbfertige Krippenfiguren. Am Holzboden krabbelten Holzpuppen herum, wohl als Metapher für seine künftigen Enkelkinder. Jedenfalls war die Kammer groß genug für viele, viele Gedanken, und Steininger war froh, dass sein Leben noch immer sehr bunt war.

* * *

Die folgenden Tage verliefen – dienstlich gesehen – äußerst ruhig. Kommandant Knittel trotzte in seiner Kanzlei herum, mied die allgemeine Kaffeezone und verteilte die Aufträge nur mehr schriftlich. Abends verließ er die Inspektion ohne Gruß, er konnte einem richtig leid tun.

Sein bedenklicher Gemütszustand hatte aber auch positive Auswirkungen auf die Bearbeitung jener Beschwerden, die dieser Tage von lästigen Mitbürgern wie immer dem Kommandanten höchstpersönlich vorgetragen wurden. Die schmetterte er nämlich ab wie lästige Fliegen. Ohne Papierkram, ohne viel Theater.

Dem grün angehauchten Gemeinderat, der letzte Nacht politisch höchst aktiv gewesen war und hässliche Graffiti und stumpfsinnige Parolen auf die Volksschulmauer gesprüht hatte, las er ordentlich die Leviten. Dass er dabei auch noch von Inspektor Fuchs in flagranti erwischt worden war, war wohl der nächste Lapsus des jungen Politikers, der offensichtlich zu blöd war, um davonzulaufen. Aber eigentlich beschwerte sich der Grünling, weil sich der Uniformierte des Nachts gar erdreistet hatte, ihn nach seinem Namen zu fragen. Da gelte doch der Datenschutz, oder nicht? Nachdem der Flegel auch noch das Wort Freiheitsberaubung in den Mund nahm, warf ihn Knittel hochkantig aus der Kanzlei. Vom verängstigt flüchtenden Mandatar vernahm der Herr Kommandant nur mehr die Wortfetzen Gleichberechtigung, Gender und höchste Zeit, dass in diesen faschistischen Mauern endlich eine vernünftige Kommandantin ans Ruder komme.

Verständlicherweise schlief Knittel in dieser Nacht miserabel; im Halbschlaf sah er eine korpulente Kommandantin, die, aufgeplustert wie ein Pfau, hinter seinem Schreibtisch saß und ihn befehligte wie einen Rotzbuben.

Klar, dass Knittel nach dieser sorgenvollen Nacht gereizt in den Dienst kam und dem Fanclubobmann des FC Landstein schon auf der Stiege einen Tritt in den Hintern verpasste, als sich dieser zum wiederholten Mal wegen einer etwas missglückten Amtshandlung des groben Inspektors Mariacher beschwerte.

Nur gut, dass der frühere Cobra-Mann, eine ordentliche Kante mit riesigen Fäusten, bei gröberen Exzessen bisher immer im Vorteil war, und Knittel schätzte es, dass er diesen uniformierten Prachtkerl ohne Weiteres allein in jedes Gefecht schicken konnte. Bei rustikalen Raufereien oder ortsüblichen Handgreiflichkeiten, wenn Mariacher völlig allein inmitten von Menschenkörpern herumwühlte, ließ sich bei Gott nicht verleugnen, dass seine väterliche Linie über Generationen hinweg kräftige Schmiede waren und Klaus schon als Jugendlicher mit Amboss und schweren Hämmern per Du war.

Steininger konnte sich noch gut an Mariachers Großvater erinnern, den alten Mann mit der markanten Glatze und den großen, kräftigen Händen, der das körperlich schwere, traditionelle Handwerk mitten in Landstein betrieb. Der oft mit seiner Tabakspfeife und einem braunen Lederschurz neben dem rauchenden Kohlenmeiler saß, ab und zu aufstand und mit einer langen Eisenstange Löcher in den geisterhaft schwefelnden Hügel stocherte, und der nach Holz, Feuer und Essig roch. Die Mariachers besaßen seit Generationen die alte Teufelsschmiede, wo sie landwirtschaftliche Werkzeuge, Nägel, Hämmer, Zangen und Radbeschläge fertigten. In den alten Gewölben wurden in schweißtreibender Arbeit glühende Eisen gebogen und gehämmert. Ein staubiges, rußiges Handwerk, und Matteo kehrte früher ab und zu bei den Gesellen ein, wenn er eine Kleinigkeit zu reparieren hatte. Ihn faszinierte besonders der Umgang mit den Pferden, deren Hufe zu beschlagen waren. Einmal erlebte Matteo, dass ein Schmied von einem Gaul einen Tritt bekam und im hohen Bogen durch die Werkstätte flog.

Auch in diesem Fall wurde die Beschwerde mit einem Tritt abgewiesen, diesmal aber mit einem kräftigen Volley in sein Gesäß. Der Fußballfan flüchtete laut schimpfend, warf seinen Schal mit dem Logo des FC Landstein auf den Kopf des Kommandanten und laberte so unsinnige Worte wie Brüssel und internationaler Gerichtshof Den Haag, die Knittel mit den Worten „Schleich dich, du Koffer“ quittierte.

* * *

An diesem Abend besuchte Steininger mit seiner Frau ein Konzert im Kulturhaus Landstein. Das Programm war mehr als einladend, und kurz vor der Pause, als die Geiger den Ungarischen Tanz von Johannes Brahms in Zigeunermanier herunterfidelten, die Klarinettistin in höchsten Tonlagen herumquietschte und der Cellistin gar eine Saite riss, glaubte Matteo für einen Moment an eine überraschende Wende des Falls. Ihm fiel nämlich spontan ein seltsamer Zeitgenosse ein, der vor etlichen Jahren in Landstein gelebt hatte und damals ausgerechnet Friedrichs Untermieter gewesen war. Der Hilfsarbeiter auf einer Großbaustelle im Nachbarort Bergheim hatte in einem Kellerloch unter der Werkstätte des Instrumentenbauers gehaust. Matteo hatte dienstlich ab und zu mit dem Sonderling zu tun gehabt, der stolz darauf gewesen war, Zigeuner zu sein. Während der sanften Klänge der Toselli-Serenade erinnerte sich Matteo sogar wieder an dessen Namen. Stevo Sujami hatte damals für erhebliches Aufsehen gesorgt, weil er stets einen Dolch bei sich getragen und diesen bei jeder Gelegenheit den verschreckten Bürgern gezeigt hatte. Einmal hatte er die Leute beim Zielwerfen amüsiert, indem er ein Foto des amerikanischen Präsidenten auf die Buche am Stadtplatz genagelt und dieses zigmal durch gezielte Würfe durchlöchert hatte. Beim Tango Jalousie und anschließenden Schlussapplaus wurden Matteos vage Erinnerungen an den Roma klarer, und Steininger glaubte, dass eine solch schillernde Figur auch als Mörder in Frage kommen könnte. Leicht möglich, dass Stevo nach vielen Jahren seinen früheren Vermieter Friedrich Gollner besucht und dessen Wohlstand bewundert hatte. Vielleicht hatte er ihn beklaut, und war dabei vom Alten erwischt worden? Stevo könnte ihn kurzerhand abgemurkst haben und die Leiche verschwinden haben lassen! Warum nicht? Plötzlich sah Matteo ein Motiv, worüber nachgedacht werden sollte.

Schlussapplaus.

Nach dem Konzert recherchierte Steininger den Aufenthalt des Roma, dessen kuriose Messerkunststücke bereits etliche Jahre zurücklagen. Doch Stevo Sujami lebte längst nicht mehr. Er war bei einer Messerattacke am Stadtrand von Lübeck gestorben, als er mit seinem Vater zum Wohnwagen einer verfeindeten Sippe hinausgefahren war, um eine Familienangelegenheit zu klären. Da Worte nichts gefruchtet hatten, hatte Stevos Vater mit einem Wagenheber auf das andere Familienoberhaupt eingeschlagen, worauf sich die Söhne nicht lange bitten hatten lassen – der Kampf hatte für Stevo mit einem tödlichen Stich geendet, weshalb er in Sachen Landsteiner Todesfällen über jeden weiteren Verdacht erhaben war. Ein besseres Alibi war nicht mehr zu finden.

* * *

Am nächsten Morgen spazierte Steininger bestens ausgeschlafen und wohlgelaunt in den Dienst. Am Stadtplatz traf er Pater Benedikt, der schon zeitig die Blumen neben dem Klosterbrunnen goss und sich auf einer Parkbank ein wenig Ruhe gönnte. Matteo setzte sich zum Geistlichen und teilte mit ihm ein Mohnkipferl, das er beim Bäcker gekauft hatte. Pater Benedikt klagte über einen jungen Mann aus Bayern, der sich, in einer Soutane mit weißem Stehkragen verkleidet, in der Diözese herumtreibe und sich Pater Constantin nenne. Er gebe sich als Priester und Krankenhausseelsorger aus und spiele diese Rolle derart glaubhaft, dass noch kein einziger Mitbruder Verdacht geschöpft habe, dass mit dem jungen Mann etwas nicht stimmen könnte. Pater Constantin spreche tadellos Latein, kenne die Bibel bestens und trete derart sicher auf, dass er sogar als Aushilfspfarrer eingesetzt werde, die heilige Messe zelebriere, Begräbnisse gestalte, gelegentlich die Beichte höre und die Bergheimer Pfarrwallfahrt anführte. Als Höhepunkt habe er im Nachbarort sogar eine Trauung vollzogen, die natürlich kirchenrechtlich ungültig sei und wiederholt werden müsse. Meistens verschwinde der kuriose Möchtegernpriester nach ein paar Wochen wieder aus den Pfarren, nicht ohne die Kasse zu plündern oder wertvolle Gemälde oder Reliquien mitgehen zu lassen. „Bei mir ist der Hochstapler bisher nicht aufgetaucht. Sollte er kommen, füll' ich ihn mit Schnaps ab, lege ihn ins Bett und ruf' dich an! Dann brauchst du ihn nur mehr mit den Achtern abholen!“, witzelte Pater Benedikt.

Beide kauten genüsslich am Mohnkipferl, hörten dem Plätschern des Brunnens zu und genossen die klösterliche Morgenruhe, die lediglich durch das Scheppern des Müllwagens gestört wurde, den der Straßenkehrer Kaspar Reitlinger vor sich herschob.

Hinter dem Straßenkehrer brauste plötzlich eine Radfahrerin über den Stadtplatz, die es offensichtlich sehr eilig hatte und flugs in einer Seitengasse verschwand. Bei der rasanten Fahrt fiel ihr eine Nylontasche vom Gepäckträger, die Kaspar Reitlinger aufhob und der Dame mit erhobener Faust nachfluchte. Steininger sah, wie der Straßenkehrer eine blonde Perücke aus der Nylontasche zog, angeekelt in den Sack zurücksteckte und in seine mobile Blechtonne warf.

„Warum fährt eine junge Dame mit einer Perücke am Gepäcksträger spazieren?“, dachte sich Matteo. „Der Fasching ist doch längst vorbei, und von einer Theaterpremiere ist mir auch nichts bekannt!“

Kaspar gesellte sich zu den beiden auf die Bank, packte eine Wurstsemmel aus und öffnete sein erstes Dosenbier. Da erinnerte sich Steininger an den finalen Saunagang des Büchsenmachers, hatte doch bei den damaligen Ermittlungen die pensionierte Hamburger Geschäftsfrau und Witwe von einer mysteriösen Frau erzählt, die im Wellnessbereich eine Sonnenbrille und möglicherweise auch eine blonde Perücke getragen habe.

Matteo hatte die Radfahrerin zwar nur einen kurzen Moment gesehen, als sie hinter dem Straßenkehrer aufgetaucht und blitzschnell in die Seitengasse eingebogen war, glaubte aber, jenes T-Shirt erkannt zu haben, das neulich die Wiener Kellnerin im Gasthof Hirschen getragen hatte. Das hatte am Rücken den Aufdruck A. C. A. B., und die Frau Postmeister hatte über Google bald die Bedeutung dieser vier Buchstaben recherchiert: All cops are bastards! Motivation mehr als genug.

Der Straßenkehrer übergab Steininger den Sack mit der Perücke, erbettelte im Gegenzug für heute Abend ein Freibier beim Wirt und blinzelte dem Inspektor spitzbübisch zu.

Steininger eilte in die Gastwirtschaft zu seinem Freund Severin und besorgte sich den Meldezettel der Kellnerin, auf dem der Name Juliane Wangenheim zu lesen stand. Samt Geburtsdatum und Reisepassnummer.

Wieder bemühte Matteo die Frau Postmeister mit ihrer digitalen Wunderkiste; sie hämmerte die Daten in die Tasten und kam zum Ergebnis, dass es tatsächlich eine Frau mit diesem Namen gab. Es handelte sich allerdings um eine verstorbene Wiener Bildhauerin, die längst am Wiener Zentralfriedhof ihre letzte Ruhe gefunden hatte. Steininger kontaktierte einen bekannten Polizeikollegen in Wien-Simmering, mit dem er einst eine feuchtfröhliche Radtour durch das Weinviertel unternommen hatte. Der bestätigte das Ergebnis und ergänzte, dass es in ganz Österreich nur diese eine Dame mit dem wohlklingenden Namen gab. Dafür gab es mit der Nummer des Reisepasses einen Fahndungstreffer! Das Blankodokument war nämlich vor Jahren bei einem Einbruch in einen Salzburger Magistrat geklaut worden.

Steininger freute sich. Offensichtlich hatte er nach monatelangen, erfolglosen Ermittlungen eine erste heiße Spur gefunden. War es doch äußerst ungewöhnlich, dass sich eine junge Dame mit einem offensichtlich erlogenen Namen und gefälschtem Reisepass in Landstein niederlässt, bald darauf vier Männer auf mysteriöse Art und Weise sterben und einer spurlos verschwindet!

„Da werde ich tiefer schürfen müssen, viel tiefer“, war sich Steininger sicher und schickte den Kollegen Mariacher los, um alle amtsbekannten Stammtischbrüder möglichst vertraulich zu befragen, was sie über die Kellnerin aus Wien zu berichten hätten. Natürlich kannte Steininger alle Trunkenbolde persönlich, wollte aber lieber im Hintergrund agieren und war gespannt, zu welchen Ergebnissen Inspektor Mariacher kommen würde.

Steininger war sich auch bewusst, dass Mariacher nie und nimmer zu einer vertraulichen Befragung imstande war. Desto eher würde die Aktion einigen Staub aufwirbeln, wenn sein ungeschickter Kollege die Landsteiner Thekenbrüder abklapperte. Die Kellnerin würde in kürzester Zeit davon erfahren und vermutlich reagieren. Wie auch immer!

Kurzum: Mariachers Ergebnisse waren dürftig. Bis auf einige unbestätigte Bettgeschichten hatte Mariacher kaum etwas von Bedeutung erfahren, lediglich die bereits bekannten Erzählungen der Kellnerin über ihre Kindheit in Wien, ihre früh verstorbenen Eltern, ihre Zeit beim Patenonkel in der Nähe von Graz, ihre Karriere im Gastgewerbe, ihre unglückliche Ehe mit einem Osteuropäer und deren dramatische Folgen. Auch von Schlägen, Misshandlungen und Drohungen sei erzählt worden. Zuletzt über ihre Flucht nach Landstein, wo es ihr besonders gut gefalle und sie nun endlich einen verständnisvollen Chef gefunden habe. Und ja, geschieden sei sie auch und somit wieder zu haben. Sie werde daher von den altledigen und geschiedenen Landsteinern tagtäglich hofiert und mit Geschenken überhäuft.

Abends traf Matteo den Straßenkehrer in einem Pub und löste sein Versprechen ein, spendierte ihm ein Bier und erzählte ihm von der Vermutung, bei der Radfahrerin könnte es sich um die Kellnerin aus Wien handeln, die seit längerem im Gasthof Hirschen bediene. Das konnte Kaspar Reitlinger nicht bestätigen, da die Frau rasant um die Hausecke gekurvt war und ihn sogar an seiner orangen Jacke gestreift hatte. „Keine Ahnung, wer das war, die hätte aber leicht stürzen können“, meinte der Straßenkehrer nach dem ersten Schluck Bier und ergänzte, dass er die Kellnerin natürlich sehr gut kenne, da er fast täglich in Severins Lokal an der Theke stehe. „Ein nettes Wiener Mädel, kurz geschorene Haare, kultig mit einem frechen Uppercut, wie man heute so sagt! Die hübsche Dame gefällt nicht nur mir, sondern verdreht allen die Augen!", schwärmte Kaspar und wischte sich den Bierschaum von der Oberlippe. „Die kann gut zuhören, ist immer sehr interessiert an allem und fragt mich immer wieder über die Landsteiner Ortsgeschichte aus, das Kloster, die Kapuziner und die verschiedenen Handwerksbetriebe. Oft hat sie sich nach dem verstorbenen Musikprofessor Reinprecht erkundigt, den komischen Kauz, der zwischen seinen Noten und Instrumenten hauste wie ein Holzwurm."

Holzwurm war das passende Stichwort für Steininger. Der wohlbekannte Holzwurm, besser bekannt als Gemeiner Nagekäfer, frisst sich in kühlen Sakralbauten langsam, aber stetig in Kirchenbänke, Altäre und Holzfiguren hinein. Tiefer, und immer tiefer. Auch Matteo wollte sich behutsam in die Lebensgeschichte der Madame hineinknabbern, in der bestimmt einige Überraschungen versteckt lagen.

Also besuchte Steininger schon am nächsten Morgen den Ortschronisten Reinfried Hütter, den er als wandelndes Archiv betrachtete und der so ziemlich alles wusste, was die städtische Geschichte barg. Hütter hatte den verstorbenen Professor bestens gekannt und einst ein kleines Büchlein über bedeutende Landsteiner Persönlichkeiten verfasst, wo im Kulturteil natürlich auch dem Herrn Musikprofessor ein Kapitel gewidmet war. Reinfried blätterte in diesem Band und las Matteo die Biografie des Musikus vor, aus der lediglich der letzte Satz von Bedeutung war: Professor Reinprecht ist Witwer, sein Sohn war in Wien verheiratet, wanderte aber nach Australien aus und verstarb dort auf tragische Weise.

Reinfrieds Gattin Friedhilde trug Kaffee und Gugelhupf auf, setzte sich an den Tisch und nahm am Gespräch über Professor Reinprecht teil. Friedhildes in Belgien lebende

Tochter Ingeborg hatte seinerzeit Bratsche gelernt und im Kinder- und Jugendorchester des Musikus mitspielen dürfen. Zum Muttertag habe es damals ein kleines Konzert im Kursaal gegeben, und des Professors Enkelin aus Wien habe Gedichte vorgetragen. Das Mädchen sei nachher mit Ingeborg nach Hause gekommen, und sie könne sich noch sehr gut an deren Wiener Dialekt und vor allem an die guten Manieren des Kindes erinnern.

Friedhilde stand auf und brachte eine Blechdose aus dem Wohnzimmer, der sie einen Stapel loser Kinderfotos entnahm. Die legte sie auf den Tisch und strahlte, als sie jenes vom damaligen Festkonzert fand. „Links, das ist meine Tochter Ingeborg, etwa elf Jahre alt. Und rechts mit der Blume im Haar die Enkelin des Herrn Professors. Ich glaube, die hat Katharina geheißen!"

Steininger drehte das Foto um und las den handschriftlichen Vermerk „Konzert am Muttertag mit unserer Ingeborg – Mai 1993".

Im selben Moment kam Sohnemann Erwin über die Stiege herunter, der auf Steininger nicht gut zu sprechen war. Der pubertäre Nachzügler war im letzten Jahr dabei erwischt worden, wie er gemeinsam mit drei weiteren Jugendlichen den unbewachten Maibaum der Nachbargemeinde gefällt hatte. Die Fichte war aber unglücklicherweise nicht in die Wiese, sondern auf das Garagendach des Zahnarztes gefallen, dessen resolute Gattin prompt mit einer Schrotflinte angerückt war und die Halbwüchsigen so lang in Schacht gehalten hatte, bis Inspektor Mariacher die Sache gütlich geregelt hatte.

Erwin stopfte sich ein Stück Kuchen in den Mund, trank eine Cola und drückte ununterbrochen auf seinem Handy herum. Zwischen zwei SMS blieb ihm ein paar Sekunden Zeit, und der Lümmel beschwerte sich zickig über jene Watsche, die er damals von Inspektor Mariacher ausgefasst hatte.

„Dafür hat er aber auch keine Anzeige gegen euch erstattet, der schreibt nämlich nicht gern", rechtfertigte sich Steininger und erfuhr vom jungen Hütter, dass auch er Severins Kellnerin recht gut kannte. „Die steigt doch mit jedem ins Bett, die Nutte. Aber mir hat es ein einziges Mal genügt, viel zu heftig für einen Jungspund, die war ja nicht zu bändigen! Mit der will ich nichts mehr zu tun haben!", ärgerte sich der Sohnemann, griff nochmals nach dem Kuchen und verschwand wieder in sein Zimmer.

* * *

Steininger hatte die Frau Postmeister schon etliche Tage nicht mehr gesehen und nahm sich einen Besuch vor. Er kaufte eine Flasche toskanischen Rotwein, spazierte hinaus zu ihrer Wohnung, sah ihren anthrazitfarbenen Lancia vor dem Wohnblock stehen und keuchte schweren Atems in den vierten Stock. Matteo setzte sich auf die Holzstiege, ruhte sich ein wenig aus und hörte aus Christines Wohnung Rock ´n Roll, Boogie-Woogie und Hard Rock. Nachdem als klassische Zugabe die Arie „O süße Nacht" aus Gaetano Donizettis „Don Pasquale" erklang, lehnte er sich an das Geländer, schloss die Augen und genoss die fabelhafte Musik. Die musische Stille wurde von der alten Krainerin jäh unterbrochen, die ihren Putzkübel auf den Fliesenboden knallte und mit dem nassen Lappen über Steiningers Schuhe wischte. „Steh auf, du Penner", zischte die Alte. Im selben Moment öffnete die Frau Postmeister ihr Refugium, und ein herrlicher Duft von gebratenem Lamm strömte in den Hausgang. Christine trug ein türkisfarbiges Kostüm und kunterbunte Stöckelschuhe und wunderte sich über Steiningers feine Nase, die mit geschlossenen Augen mühelos zum Kochtopf fand, in dem der Braten brutzelte. Sie deckte für ihn auf, entkorkte den Wein und bat ihn zu Tisch.

Dass sie einst einen lustigen Vater gehabt haben musste, war tagtäglich an ihrem sonnigen Gemüt zu spüren; sie sprühte geradezu vor Heiterkeit. Beim köstlichen Essen erzählte sie heitere Anekdoten aus ihrer Kindheit, aber auch über das späte Glück ihrer Eltern, die beide schon in die Jahre gekommen waren, als sie geboren wurde. Deshalb habe sie auch keine Geschwister. „Wie unsere zuckersüße Kellnerin vom Hirschenwirt, die ist ja auch als Einzelkind aufgewachsen", ergänzte sie.

Matteo war verblüfft. Was wusste die Frau Postmeister über die junge Frau? Hatte sie gar auf eigene Faust recherchiert, ohne ihn zu informieren?

Dann erzählte Christine von einem Rohrbruch, der ihre Wohnung im letzten Sommer unter Wasser gesetzt habe; bei der Überflutung seien ihre persönlichen Dokumente vernichtet worden und sie habe einen nagelneuen Reisepass bekommen – der allerdings nicht gefälscht sei. Dabei schmunzelte sie und grinste Matteo frech an.

„Heraus mit der Sprache, was weißt du über das Mädchen? Du spannst mich ja gehörig auf die Folter", raunzte Steininger und hätte sich beinahe an einem kleinen Lammknochen verschluckt, den er mit einem gehörigen Schluck Wein hinunterspülte.

„Nun ja, du weißt ja, dass auch die Postler ihre Amtsgeheimnisse haben. Aber man hat halt doch seine alten Kontakte noch nicht ganz vergessen. Unser Briefträger, der Zeilinger Bertl, hat mir neulich ein Paket zugestellt und dabei wie üblich einen Kräuterschnaps getrunken. Er ist eine Weile bei mir in der Wohnung gesessen und hat über unsere alten Zeiten bei der Post geredet, als der Staatsjob noch ruhiger und angenehmer war. Er erzählte von den Beschwerlichkeiten des heutigen Diensts und von Patchwork-Familien, in deren Wohnungen er oft Poststücke mit fünf verschiedenen Namen zustellen müsse. Da kenne sich keine Sau mehr aus! Und dabei erwähnte Bertl nebenbei, dass noch immer Gerichtspost und Notariatsbriefe an die Adresse des verstorbenen Musikprofessors Leonhard Reinprecht gesendet werden, obwohl dessen Haus vor Monaten abgebrannt und dadurch auch kein Postkasten mehr zu finden sei. Auf den Briefen stünde allerdings immer der Name Katharina Reinprecht, und die Schriftstücke bringe er wegen eines Nachsendeauftrags der Kellnerin in den Gasthof Hirschen, die ihn jedes Mal auf einen Kaffee einlade und ihm für seine Diskretion ein großzügiges Trinkgeld zustecke."

„Also dürfen wir hier einen Zusammenhang vermuten", warf Matteo ein, als er die letzten Reste Rotkraut vertilgte.

„Ich denke schon, der Dame müssen wir genauer auf den Zahn fühlen", meinte die Frau Postmeister und tippte eine Nummer in ihr Handy, die ihr Matteo diktierte.

Steininger war nun beim herrlichen Nachtisch angelangt, verdrückte drei Topfenpalatschinken mit Marillenmarmelade und bemühte seinen Wiener Polizeifreund erneut um die nötigen Ermittlungen.

Matteo erfuhr kurze Zeit später, dass Klaus Reinprecht, der Sohn des ehrenwerten Herrn Professors, mit einer gewissen Klara Reinprecht verheiratet gewesen war; die Ehe sei aber nur kurz gewesen und schon vor Jahren in die Brüche gegangen. Klaus sei Alkoholiker gewesen und nach Australien ausgewandert, während Klara wieder ihren Ledigennamen Jirasek angenommen habe. Klara

Jirasek – da müsse Steininger doch ein Licht aufgehen! Die sei nämlich ein hohes Tier, sitze im Bundesrat und schreibe Fachbücher über die europäischen Königshäuser! Eine sehr prominente Frau, die Matteo eigentlich aus dem Fernsehen kennen müsse!

„Ihr einziges Töchterchen war eine Filzlaus erster Güte, eine junge Dirne, die jeden Mann bediente, der mit der Geldtasche winkte", ergänzte der Wiener Inspektor ein wenig abschätzig. „Die hat uns jahrelang auf Trab gehalten mit ihren kriminellen Umtrieben! Ist auf den Wiener Friedhöfen herumgelungert und hat gestohlen, was ihr unter die Nägel kam. Gott sei Dank ist sie vor ein paar Jahren aus unserem Grätzl verschwunden. Keine Ahnung, wo sie gelandet ist!"

Er versprach, die seinerzeitigen Akten und Fotos von Katharina Reinprecht aus dem Archiv zu holen und nach Landstein zu schicken. Zudem wünschte er Steininger, dessen genussvolles Kauen offensichtlich nicht zu überhören war, noch einen guten Appetit.

Matteo labte sich noch an leckeren Plätzchen aus Ligurien, ließ sich einen Cappuccino servieren und rundete den kulinarisch gelungenen Abend mit einem Grappa ab, ehe er sich von der Frau Postmeister verabschiedete.

* * *

Als wenige Tage später die versprochenen Unterlagen auf Steiningers Schreibtisch lagen, nahm er das Kuvert, spazierte hinaus in den Villenpark und öffnete es nachdenklich. Er zögerte, dann betrachtete er die Fotos.

Nun war endgültig klar, dass Katharina Reinprecht unter dem Namen Juliane Wangenheim in Landstein lebte. Und als Steininger die Akten aus Katharinas Vergangenheit durchlas, kam er zur Erkenntnis, dass sie mit diesem kriminellen Rucksack auf dem Buckel und dem meterlangen Strafregister mit ihrer tatsächlichen Identität in der tiefsten Provinz wohl nur sehr schwer Fuß gefasst hätte.

Abends stand Matteo an der Theke des Gasthofs Hirschen, genoss einen Krug Bier und betrachtete die Kellnerin erstmals näher. Nun gut, ihr fehlten eine Warze auf der Stirn und jene zwei Muttermale, die auf den Polizeifotos noch deutlich zu sehen waren. Allerdings waren dem geschulten Auge auch die winzigen Narben nicht entgangen, die offensichtlich schlecht verheilt und an dieser Stelle zu sehen waren.

Er entschloss sich zu einem kleinen Experiment, einem Spiel mit den Sinnen. Als die letzten Zechbrüder die Gaststube verlassen hatten und die Kellnerin noch in der Küche abspülte, gab Steininger dem Wirt eine CD, die er in den Player einlegte und auf Start drückte. Als Severin das nächste Bier zapfte, ertönte Mozarts Requiem, dessen himmlische Klangfarbe seinerzeit den tödlichen Balkonsturz des Lüftlmalers musisch abrundete.

* * *

Die Kellnerin steht in der Küche und erschrickt. Sie wird unruhig und fahrig. Beim Abwasch fällt ihr ein Glas in die Spüle und zerbricht. Sie weiß, dass nur mehr der Wirt und der alte Inspektor an der Theke stehen. „Nur nichts anmerken lassen, cool bleiben, so tun wie immer“, nimmt sie sich vor. Sie geht in die Gaststube und deckt zwei Tische für das Frühstück. Steininger bemerkt ihre Nervosität, die sie geschickt überspielt. Sie legt das Tischtuch verkehrt auf, mit den Nähten nach oben. Dann hängt sie ihre Schürze an die Garderobe, wünscht den Klassikfans eine gute Nacht und steigt hinauf in ihr Schlafgemach, wo ihr in der folgenden Nacht nur wenig Schlaf gegönnt ist.

* * *

Kommandant Knittel befahl die dezimierte Truppe in den Schulungsraum und schoss sich erneut auf Steininger ein, dem die Sache mit den täglichen Schulungen ziemlich auf den Keks ging. Zudem war er leicht verkatert, sein flauer Magen minderte die Aufnahmefähigkeit erheblich.

„Matteo, ich habe deine bisherigen Akten, die von der Substanz her übrigens ziemlich dürftig verfasst sind, zu meinen höchst interessanten kriminologischen Seminaren nach München mitgenommen, dort in mühseliger Fleißarbeit studiert. Nicht nur ich, auch erfahrene Ermittler aus aller Herren Länder kamen zum Schluss, dass unsere vier Opfer, eines ist ja noch immer verschwunden, allesamt tragisch starben.

Eine unglückliche Verkettung von Zufällen also, die gibt es überall auf der Welt, in Helsinki ebenso wie in Catania. Die Leute werden wohl noch sterben dürfen, ohne dass sich sie Polizei wichtig macht und in privaten Dingen herumschnüffelt, die sie nichts angehen."

Gott sei Dank beendete ein dringlicher Einsatz die Leier des Alten, denn genau in diesem Moment nahm Mariacher einen Notruf entgegen und berichtete von einer Amokfahrt, die aus der Nachbargemeinde Bergheim gemeldet wurde. Ein junger Mann habe einen Landwirt gekidnappt, dessen Traktor gestohlen und sei mit dem 170 PS starken Gefährt in Richtung Landstein unterwegs.

Die Truppe rückte blitzartig aus. Auf dem Schotterweg kam ihnen bei der Mülldeponie das Dieselross entgegen.

Ex-Cobra-Mann Mariacher stellte sich mitten auf die Fahrbahn, ballerte sieben Mal erfolglos auf die Vorderreifen und konnte sich nur durch einen Sprung ins Gebüsch vor dem Wahnsinnigen retten, der seine wilde Fahrt unbeirrt fortsetzte und lautstark einen Titel der Zillertaler Schürzenjäger grölte.

Bei der nächsten Kreuzung warf Inspektor Fuchs einen Nagelgurt quer über die Fahrbahn, der zumindest die Bereifung des Höllengefährts demolierte. Trotzdem tuckerte der junge Herr mit Cowboyhut und Sonnenbrille auf vier platten Reifen mitten auf der Bundesstraße munter weiter. Erst durch einen Schuss in den Kühler gab der Traktor langsam den Geist auf, der junge Easyrider nahm seine Hände in die Höhe und sprang vom Traktor. Offensichtlich stand der ewige Student geistig völlig neben dem Gleis, warf sich auf die Knie und bat die hübsche Frau Inspektor Bodner, von ihr persönlich in die Psychiatrie gebracht zu werden.

* * *

Schön langsam geht ihr der alternde Polizist gehörig auf die Nerven, der nun fast jeden Tag an der Theke steht und Fragen um Fragen stellt. Neulich lag unter dem Stammtisch sogar ihr Meldezettel, der dem schlampigen Herrn Inspektor vermutlich aus der Rocktasche gefallen war. Immerhin weiß sie nun, dass der Name Juliane Wangenheim im Ermittlungsakt zu finden ist, und es ist ihr unerträglich, dass Steininger bei jeder Einkehr und einem bestimmten Quantum Bier eine Spur lästiger wird. Sie zeigt ihm zwar salopp die kalte Schulter, der Kerl dürfte aber schon von Berufs wegen eine hartnäckige Kreatur sein. Und die Musikeinlage mit Mozarts Requiem konnte wohl auch kein Zufall sein. Er hat sie ganz offensichtlich ins Visier genommen. Höchste Zeit, dem lästigen Schnüffler eine Zwischenmahlzeit mit ein paar Fischgräten zu bereiten, an der er sich durchaus verschlucken darf. Eine Lachsforelle als dezentes Häppchen für den ergrauten Herrn? Einen kleinen Imbiss, an dem er in den nächsten Tagen herumkauen darf. Vielleicht kehrt dann wieder die gewohnte Ruhe ein. Kapiert er die Warnung nicht, hat er ja noch zwei hübsche Töchter, denen sie einen Denkzettel verpassen kann.

Und sie fühlt sich nun zu allem bereit!

In der folgenden Nacht hat sie Abenddienst. Sie sperrt die Bude, steigt in Severins Keller hinunter und wühlt zwischen alten Weinfässern, Bierkisten, einem Kinderwagen aus den Siebzigerjahren, Gartenmöbeln und einem Haufen alter, rostiger Werkzeuge herum. Auf einem modrigen Obstregal sieht sie eine Tierfalle liegen. Sie schrubbt sie notdürftig mit einer Stahlbürste, träufelt ein paar Tropfen Fahrradöl auf die Scharniere und steckt sie in einen Müllsack. Dann sperrt sie das Wirtshaus und spaziert über schmale Feldwege hinaus zu Steiningers Garten, in dessen Wohnhaus alles ruhig und dunkel ist. Hinter dem Gartenhäuschen umwickelt sie die Eisenfalle mit speziellen Blumen, zieht die Spannhebel auf, legt Katzenfutter auf den Fallenteller und schleicht leise in die Felder zurück.

* * *

Steininger war entsetzt, als er am frühen Morgen in seinem Garten das leise Klagen seines Katers Rigoletto hörte. Er fand das arme Tier hinter dem Gartenhäuschen, beide Pfoten in einer massiven Eisenfalle eingeklemmt.

Mit Müh und Not gelang es ihm, das rostige Ding aufzuzwängen und den Kater zu befreien. Seine Töchter waren inzwischen erwacht und mit dem Katzenkorb und einer Decke herbeigeeilt. Sie legten das blutende Tier behutsam darauf und brachten es zum Tierarzt. Matteo ärgerte sich, dass in die mörderische Tierfalle nicht nur seine Katze, sondern auch die Kleinkinder der Nachbarschaft tappen hätten können, und er wunderte sich, warum das antike Eisengestell mit weißen Rosen und Mohnblumen dekoriert war.

Zuerst hatte er an einen Nachbarschaftsstreit gedacht. Das letzte raue Gefecht mit dem rechthaberischen Herrn Ehrenstrasser lag allerdings schon Jahre zurück, das damalige Problem, wer zu welcher Jahreszeit welcher Vogelart welches Futter geben darf, war längst vergessen, mehrmals hatten sie seither die Friedenspfeife geraucht.

Allerdings lag in Landstein seit Jahren ein kurioser Rechtsstreit in der Luft, der auch Steininger betraf. Der Oberste Gerichtshof hatte nämlich den Katzenviechern per Dekret das Streunen auf fremden Grundstücken verboten. Nur, die Viecher scherten sich nicht darum und machten weiterhin Streifzüge in die Gärten ihrer Nachbarn, die nun zwar das Recht auf ihrer Seite sahen, aber von der Polizei kaum Hilfe erwarten konnten. Wohl oder übel griffen sie zur Selbstjustiz, manche Katzen wurden vergiftet oder verschwanden auf immer und ewig im Katzenhimmel. Steininger hatte damals oft interveniert, um Handgreiflichkeiten zwischen den Katzenbesitzern zu vermeiden, was ihm nicht immer gelang. Gar mancher Streithansl motzte ihn damals an, er solle besser auf seinen Streuner Rigoletto aufpassen.

Eventuell kamen auch die ehrbaren Mitglieder der Landsteiner Vogelkundler für diesen Frevel in Frage, hatten sie sich doch schon öfters bei Matteo beklagt, dass sein Kater ständig Vögel jage. War einem der Herren gar der Kragen geplatzt, weil Rigoletto mit einer Haubenlerche, Bartmeise oder Rotdrossel im Maul frech durch dessen Garten gezogen war?

Matteo fuhr zum Revierjäger Eduard Kostner, der schon vor Jahren im Visier der Ermittler gestanden war und sich öffentlich zu seinem gestörten Verhältnis zu Katzenviechern bekannt hatte. Er mochte Katzen ganz einfach nicht. Damals hatte er den Kater seines Nachbarn mit einer Lebendfalle gefangen, das Tier auf den Schoß genommen und versucht, es mit einem Schlachtschussapparat zu töten. Der Kater hatte sich gewehrt, Edi an der Hand gekratzt – und der Schuss war saftig daneben gegangen, der Bolzen zentimetertief in den Bauch des Jägers eingedrungen. Dem erschreckten Kater war die Flucht gelungen, das weitere Schicksal des Tieres ist nicht mehr bekannt. Eduards Gattin Adele versicherte Inspektor Steininger, dass sich ihr braver Ehemann seit drei Wochen auf Kur befinde und somit als Tierquäler dieses Mal nicht in Frage komme.

Tatsächlich erwies sich die Sache mit Rigoletto letztlich als Glücksfall, denn nach dem feigen Angriff auf seinen Kater war Steininger motiviert bis in die Fingerspitzen. Es blieb ihm nichts anderes übrig, noch am selben Tag mit der Eisenfalle unter dem Arm sämtliche Männlein und Weiblein abzuklappern, die ein grünes Röckchen trugen und alljährlich bei der Hubertusmesse in der Benediktinerabtei ihren Prachthirsch in die Kirche trugen. So befragte er den ganzen Tag über die Landsteiner Jägerschaft, die allgemein nicht gerade im Ruf stand, besonders zimperlich zu sein. Matteo erinnerte sich an den Zwischenfall im vorigen Frühjahr, als ein Waidmann vom Hochstand aus einen Einbrecher beobachtet hatte, der mitten in der Nacht in ein Berghotel eingebrochen war und den schweren Tresor auf einer Decke zum Auto gezogen hatte. Der Jäger hatte seine Kameraden im Tal verständigt, die flugs eine Straßensperre errichtet und den Verbrecher ohne Vorwarnung unter massiven Beschuss genommen hatten. Der war in Todesangst kopfüber in den dichten Wald geflüchtet und nie mehr gesehen worden. Matteo hatte erst Stunden später von dem prekären Fall erfahren, als er den Tresor im mehrfach durchschossenen Wagen des unbekannten Einbrechers untersuchen hatte müssen. Der Wagen hatte einem Schweizerkäse geglichen, die Jäger sich allesamt aber dumm gestellt, keiner hatte auch nur irgendetwas zu berichten gehabt, und so war Matteo nichts anderes übrig geblieben, als den Aktendeckel frühzeitig und ohne jegliches Ergebnis zu schließen.

Nun gut, auch diese verzwickte Sache war nicht ganz einfach zu klären, denn eine an und für sich verbotene Wildfalle wird wohl kein Waidmann freiwillig als sein Eigentum anerkennen. Trotzdem erfuhr Steininger, nachdem er den Grünröcken per Handschlag absolutes Stillschweigen und Straffreiheit versprochen hatte, dass genau diese Falle vor etlichen Jahren dem längst verstorbenen Urban Kolp den Jagdschein gekostet habe.

Und das kam so: Urban habe damals im Suff die Falle samt der toten Katze seines verfeindeten Nachbarn zum Hirschenwirt gebracht und die Trophäe auf den Stammtisch gelegt. Dann habe Urban unter dem Applaus der Zechbrüder den Tierkadaver im Gastgarten auf den Nussbaum genagelt. Erboste Zaungäste hätten den Vorfall sogleich den Polizisten gemeldet, die den schwer betrunkenen Urban aus dem Lokal geworfen hätten. Die

Falle sei noch tagelang in einer Ecke gelegen, ehe sie Severin in den Obstkeller geräumt habe.

Der Kreis schloss sich. Der Wirt bestätigte Matteo, dass die seinerzeit vergessene Tierfalle des Urban Kolp nicht mehr im Keller zu finden sei, vermutlich sei sie erst in den letzten Tagen verschwunden. Severin habe nämlich letzte Woche ein paar Steigen Äpfel in den Keller getragen und in jenes Regal geräumt, auf dem die rostige Falle lag. Und dabei habe er die Falle ein Stück zur Seite räumen müssen, um für die Äpfel Platz zu machen. Dabei habe er sich an der rostigen Falle sogar einen kleinen, blutigen Kratzer zugezogen.

Als Steininger sein Sakko von der Garderobe holte, drückte ihm Severin vertraulich ein großes Kuvert in die Hand. „Damit der Wahnsinn ein Ende findet, ich hab's neulich in unserem Hausmüll gefunden", flüsterte der Wirt, eher er die schwere Holztür sperrte.

Matteo setzt sich in den finsteren Gastgarten und nahm sein Feuerzeug aus der Hosentasche. Er riss das Kuvert auf und hatte ein hübsches Tagebuch mit gehäkeltem Einband in Händen. Mit allerlei Eintragungen, Notizen und Fotos, die ihm endgültige Klarheit brachten.

Herbst 2013

Nach Steiningers Überlegungen kam für das schwerwiegende Attentat auf seinen Kater nur mehr Severins Kellnerin in Frage – sie musste die Falle aus dem Keller des Wirtshauses geholt und hinter Matteos Gartenhaus aufgerichtet haben. „Nur zu, spiel mit ihr, lass sie ein bisschen zappeln", dachte er sich in einer ruhigen Minute, versammelte seine Truppe um sich und gab ihnen den letzten Stand der Ermittlungen bekannt. Auch erzählte er erstmals von der Angst der Mordopfer und den Waffen, die sie in ihrer letzten Stunde bei sich getragen hatten. Nur den Fund des Tagebuchs hielt Matteo noch zurück.

Der hinterhältige Angriff auf Steiningers Rigoletto wog schwer und führte in der Kollegenschaft zu wesentlich mehr erbosten Wortmeldungen als alle vier toten Landsteiner Männer in den Monaten zuvor. Sogar der sonst eher träge Inspektor Mariacher zeigte sich hochmotiviert, fuchtelte mit seinen Handschellen in der Luft herum und bot sich an, das Wiener Luder festzunehmen, das seit Monaten die Landsteiner Männer zum Narren halte und mit ihnen spiele wie die Katze mit dem Mäuschen. Mariacher sprang auf und eilte zur Tür hinaus, noch ehe Steininger die bisher gesammelten Fakten zu Ende erzählen konnte. Hinter Mariacher huschte die Frau Postmeister aus der Inspektion, die wohl die erste spektakuläre Verhaftung ihrer kurzen Karriere erleben wollte. Kaum zehn Minuten später brachten sie die Kellnerin zur Tür herein, nahmen ihr die Handschellen ab und setzten sie zu Steininger an den Vernehmungstisch. Rotzig, mit Tränen in den Augen, verstockt, verstört und völlig von der Rolle.

* * *

Matteo sagte nichts. Stumm saß er vor der jungen Frau und sah sie lang an. Er blickte ihr tief in die Augen, spielte mit dem Kugelschreiber – ein, aus, ein, aus – und zeichnete zwischendurch lustige Strichmännchen auf ein Blatt Papier. Nun wollte er mit dem Kätzchen spielen, nur etwas feiner und zarter; er wollte den Moment möglichst lang aufschieben, in dem das Kätzchen in die Falle tappte.

Dann schrieb er den Namen Katharina Reinprecht darunter, malte eine Geige und einen Violinschlüssel auf die Skizze und schob den Zettel über den Tisch, direkt vor die verschränkten Arme der Kellnerin. Sie las, blickte ihn nur ganz kurz an und wurde bleich im Gesicht. Er hingegen zog die Mundwinkel nach oben. Dann brachte er sie kommentarlos in die Zelle zurück, wo er sie für ein paar Stunden nachdenken und zur Ruhe kommen ließ.

Später holte er sie wieder in den Vernehmungsraum, schaltete das Tonbandgerät ein und startete einen ausführlichen Monolog, den er stichwortartig auf einem alten Reimmichlkalender vorbereitet hatte. Er begann chronologisch mit dem Lebenslauf des alten Herrn Reinprecht, dessen Sohn Klaus einst nach Wien übersiedelt war und dort die wohlhabende Klara Jirasek geehelicht hatte, die ihm die einzige Tochter Katharina gebar. Matteo erzählte von Vater Klaus, dem bald nach der Scheidung nach Australien ausgewanderten Rapid-Fan, der seine junge Familie in Wien zurückgelassen hatte und in Sydney verstorben war.

[– Jetzt zuckt die Dame, starrt Matteo an, Tränen steigen ihr in die Augen. Weiß sie vom Tod ihres Vaters noch nichts? –]

Er zitierte Passagen aus dem Leben der geschiedenen Mama, die wieder ihren früheren Namen Jirasek angenommen, in der Politik und der Schriftstellerei Karriere gemacht und irgendwann aus wohl begreiflichen Gründen den Kontakt zu ihrer einzigen Tochter abgebrochen hatte. Dann fuhr er mit den Wiener Episoden fort und zitierte unzählige anrüchige Details aus Katharinas krimineller Laufbahn, die in der biederen Provinz Landstein wohl alle Achtung gefunden hätten.

[– Nun legt der Inspektor die umfangreiche Wiener Strafakte auf den Schreibtisch, dazu Schwarzweißfotos, auf der Katharina als junges Mädchen zu sehen ist. Dass der alte Fuchs den Aktenstoß mit alten Wochenzeitungen dicker machte, sollte lediglich das kriminelle Schaffen der jungen Dame eingehender veranschaulichen. –]

Dann referierte Matteo über den gefälschten Reisepass, ausgestellt auf den Namen einer Wiener Bildhauerin, die dem Alkohol verfallen war und längst am Zentralfriedhof unter der Erde lag. Es folgten Katharinas Flucht nach Landstein, ihr Einstand im Gasthof Hirschen und ihr freundschaftliches Verhältnis zum Wirt.

[– An dieser Stelle streut Matteo geschickt seine eigene tiefe Freundschaft zu Severin ein. Ein Umstand, den die Dame ruhig wissen soll. Vielleicht wird ihr dann endgültig klar, woher der Wind pfeift. –]

Dann folgten Wiederholungen ihrer exzellent erzählten Märchengeschichten, die sie den gutgläubigen Landsteiner Männern in verschiedenen Variationen unter die Nase rieb. Steininger erwähnte ihre Stationen als Hotelgewerbeassistentin in noblen Adressen in Bad Gastein und am Arlberg, weiter die Heirat mit einem schwerreichen Rumänen, der angeblich eine Villa in Râmnicu Vâlcea und eine Segeljacht an der Adria besaß, und bezeichnete diese Legenden als frei erfundene Fantasiegebilde, erstunken und erlogen, die allesamt von seinen Ermittlern längst überprüft worden waren.

[– Hier blufft der Inspektor erneut, rein gar nichts wurde überprüft – von wem auch? –]

Dann garnierte Steininger sein Wissen über das Wiener Mädl mit pikanten Details aus ihrer Jugendzeit, die er sich aus den Akten gefischt und klitzeklein auf den Kaffeebecher geschrieben hatte, der vor ihm auf dem Schreibtisch stand.

[– Darunter ein Techtelmechtel mit einem bekannten deutschen Schlagersternchen, ein One-Night-Stand hinter einer Plakatwand mit einem Politiker, dessen Gattin die Show mit dem Regenschirm ein wenig verkürzte, und ein peinlicher Quickie in einem Wiener Museum, der gar von der Überwachungskamera gefilmt und einem deutschen Privatsender zugespielt wurde – „Wild treibt es die Tochter einer österreichischen Politikerin im Museum" – wohl der endgültige Bruch mit ihrer karrieregeilen Frau Mama. –]

Zuletzt bedauerte Steininger seinen geliebten Kater Rigoletto und dessen Missgeschick, ausgerechnet in jene Tierfalle zu tappen, die jahrelang im Obstkeller des Hirschenwirts gelegen war. Als Trumpf-Ass erwähnte er die Fingerabdrücke auf der Falle, schmal und fein, die vermutlich von einer Frau mit schlanker Figur stammen und die man bestimmt in den nächsten Stunden dem feigen Tierquäler zuordnen könne.

[– Wieder ein kolossaler Bluff des Inspektors, denn auf dem rostigen Plunder waren bis auf seine eigenen überhaupt keine Fingerabdrücke zu finden. Nichts. Keine Linie, kein Punkt, rein gar nichts. –]

Die abgebrühte, junge Dame war verblüfft, was ihr der alte Herr Inspektor so alles über den Tisch predigte. Fast alles stimmte! Den hatte sie mächtig unterschätzt! „Was liegt gegen mich vor?", lispelte die Hübsche adrett, zuckte mit den Schultern, machte ein gleichgültiges Gesicht und blinzelte Steininger frech zu.

[– Diese fünf Worte bringen Steininger völlig aus dem Konzept. Er erhoffte sich sehnlichst, dass die attraktive Dame wenigstens den feigen Angriff auf seinen Kater gestehen würde. Der Rest, na ja, der würde sich wohl noch ergeben, wenn er die letzten Trümpfe auf den Tisch gelegt haben würde. Aber nichts dergleichen. Gar nichts. –]

Inspektor Mariacher trat ein, packte die Dame rüde am Oberarm und brachte sie in die Zelle zurück.

* * *

Die Dame nahm wieder gelangweilt Platz und lächelte keck. Steininger saß ihr gegenüber und gab sich erneut dem Zeichnen hin, diesmal mit Buntstiften. Den Pinocchio, in Anlehnung an die bekannte Darstellung von Enrico Mazzanti, dann den Struwwelpeter, der gelang ihm am allerwenigsten, und als Letzten des Märchentrios den Peter Pan, mit dem er sichtlich zufrieden war. Er schmunzelte und zeichnete auf der unteren Blatthälfte ein schönes, achtstöckiges Lebkuchenhaus mit einem einzigen Balkon. Der lag ganz oben, direkt unter dem Dach. Auf den Balkon zeichnete er zwei Figuren. Nicht etwa Hänsel und Gretel oder gar Rapunzel mit ihrem meterlangen Zopf, nein, er zeichnete ein Männlein und ein Weiblein.

Dann ließ er den kleinen Nils Holgersson auf einer Wildgans seine wunderbare Reise am Balkon des mehrstöckigen Lebkuchenhauses beginnen. Und der flog einfach so davon, flatterte elegant durch die Lüfte. Die Gans fiel aber nicht plump zu Boden wie einst der Lüftlmaler, sie flog auf und davon, federleicht schwebte sie hinaus in die weite Welt!

Dann kreiste Matteo die beiden Figuren am Balkon mit roter Farbe ein. Er schenkte ihr die Zeichnung und hoffte, dass sie die Botschaft verstand.

Inspektor Mariacher trat ein, packte die Dame ziemlich grob am Kragen und brachte sie in den Haftraum zurück.

* * *

Diesmal setzte sich die Dame in völliger Gleichgültigkeit nieder, ihr Gemütszustand war schwer zu deuten. Sie machte einen eher apathischen Eindruck und zuckte zusammen, als Steininger den Vernehmungsraum betrat. Der trug eine blonde Perücke, setzte sich ihr gegenüber und lächelte. Dann warf er den Siegelring auf den Tisch. (Der aufmerksame Leser weiß, dass es sich nicht um jenen handelt, den die Madame einst ihrem Lover, dem Herrn Lüftlmaler, geklaut hatte, bevor der Bedauernswerte über die Balkonbrüstung gestoßen worden war. Nein, er ist eines von fünf identen Schmuckstücken, das Steininger damals vom Bestatter übernommen hatte, als sie den ziemlich ramponierten Restaurator an der Innböschung zusammengeklaubt und in die Gerichtsmedizin gebracht hatten. Wie immer lag der Ring unbeachtet in Steiningers Schreibtisch. Wieder ein Bluff erster Güteklasse, der wirkte. Offensichtlich wechselte die junge Dame erneut ihre Gesichtsfarbe, starrte lange auf das Schmuckstück, schwieg aber beharrlich. Natürlich konnte sie nicht wissen, wessen Ring das war.)

Inspektor Mariacher trat ein, packte die Dame grob an beiden Schultern und brachte sie in die Zelle zurück.

Dass Steininger vergaß, die Perücke abzunehmen, und in dieser seltsamen Kostümierung in den Kaffeeraum ging, veranlasste seinen Kommandanten Albert Knittel zu einem kurzen, durchaus verständlichen Rappel. Er zeigte auf den Jahreskalender und fragte höflich an, ob in Landstein noch immer Fasching wäre. Steininger war die Frage allerdings schnuppe, er lud die Truppe zu einer Tasse Kaffee ein und schaute gefräßig auf eine Sachertorte, die die Frau Postmeister morgens in den Kühlschrank gestellt hatte. Nachdem auch der Herr Kommandant zur Ruhe gefunden hatte, erzählte ihnen Steininger von seinem Bauchgefühl, kurz vor dem Durchbruch zu stehen. Damit meinte er nicht etwa den Blinddarm, sondern den vermutlichen Zusammenhang zwischen der Misshandlung seines Katers und dem kuriosen Sterben und spurlosen Verschwinden von fünf einheimischen Männern. Und er erzählte es in genau dieser Reihenfolge!

Aus Freude über den gelungenen Tag – das angenehme Bauchgefühl möge weiterwirken –, verspeiste er zu Hause vier Speckknödel mit Sauerkraut, legte sich mit voller Wampe in die Badewanne, stellte das Diktiergerät an den Wannenrand und schaltete es ein. Er hörte sich die Aufnahmen von den Vernehmungen mehrmals an, spulte immer wieder zurück, hörte aufmerksam auf die wenigen Worte der Kellnerin und ihren speziellen Tonfall. Auch fiel ihm seine eigene Hektik und Erregung zu Beginn der Befragung auf, die er auf das schlimme Ereignis mit seinem Kater zurückführte. Der Anfang der Vernehmung war äußerst emotional geführt, die Worte vielleicht eine Spur zu scharf, sie kamen wie Kugeln aus einem Maschinengewehr. Viel zu aufgewühlt und schnattrig! Kein Wunder, dass die Madame in dieser aufgeheizten Atmosphäre lieber nichts zu sagen pflegte!

Dann war der rüpelhafte Inspektor Mariacher zu hören, wie er in den Vernehmungsraum trampelt, die Dame an den Armen erfasst und in die Zelle bringt. Man hört deutlich ihr stilles Jammern und Klagen. Dazwischen das laute Kollern des Goldrings auf dem Holztisch und die anschließende Ruhephase, da war sie wirklich baff! Völlig sprachlos!

„Wie gehe ich weiter? Was könnte ich noch zeichnen? Was habe ich außer ihrem Tagebuch gegen die sture Göre noch in der Hand?", dachte Steininger, genehmigte sich noch einen Schlummertrunk und träumte selig. Es würde eine gute Nacht werden.

* * *

Steininger saß mit der Frau Postmeister im Vernehmungsraum, als die Kellnerin hereingebracht wurde und sich auf den Stuhl setzte. Matteo legte Mozarts Requiem in den CD-Player und drückte auf Start. Wieder malte Steininger auf einem Papierbogen herum, diesmal Zwerge und Kobolde, und mit den feinen Klängen des Adagios als musikalischen Hintergrund erzählte Steininger das Märchen des Landsteiner Lüftlmalers, der den Untertanen des Königs mit seinen kunstvollen Malereien viel Freude bereitet und Schlösser und Burgen mit Fresken verschönert habe. Bei seiner kunstvollen Arbeit habe er Mägde und Prinzessinnen getroffen und sich von ihnen mit feinsten Speisen, Zigarren, Likören, Küssen und Liebesdiensten verwöhnen lassen. Manchmal hatten sie für ihren malenden Künstler auch Lieder gesungen oder ihm einen Cherry serviert.

[– Beim letzten Wort zuckt sie zusammen – nun erklingt Mozarts Confutatis. –]

Wie die meisten Märchen endete auch dieses tragisch. Der Herr Lüftlmaler stürzte vom Balkon seines Lustschlosses und war auf der Stelle tot.

[– Pause. Es geht zu wie auf einer Theaterbühne. Nun legt Steininger den Schlüsselbund des Lüftlmalers und ein ziemlich grausiges Foto von dessen Leichnam auf den Tisch. Pause. Aus dem CD-Player tönt das Andante Con Moto, Domine Jesu. Die Dame neigt zum Weinen. Ob der blutigen Abbildung breitet sich Friedhofsstimmung aus. Allerheiligen? Karfreitag? Was auch immer, die Dame kommt langsam aus dem Gleichgewicht. –]

Matteo bat die Frau Postmeister, nochmals in die nach wie vor versiegelte Wohnung des Verstorbenen zu eilen und dort die CD aus der Stereoanlage zu entnehmen. Nach seiner Überlegung müsste es Mozarts Requiem sein. Dessen letzter Satz sei damals zu hören gewesen, als er nach dem Mord am Lüftlmaler die Wohnung betreten hatte. Nach seiner Hochrechnung hätte die CD längst zu Ende sein müssen, zumal die Ermittlungen auf der Straße fast eine Dreiviertelstunde gedauert hätten. Daraus schließe er, dass die CD erst nach dem Todessturz des Lüftlmalers eingelegt worden war – und mit den Fingerabdrücken auf der glasklaren Polyesterscheibe könne er endlich beweisen, wer in der Todesstunde in Gustavs Wohnung gewesen war.

[– Wieder spielt Steininger mit dem Siegelring, lässt ihn auf die hölzerne Tischplatte fallen, und während die Frau Postmeister ihren Herbstmantel überwirft und die Kanzlei verlässt, um in die Wohnung des Lüftlmalers zu eilen, erklingt das Agnus Dei. Matteo lauscht der himmlischen Musik. Die Kellnerin schließt die Augen, und mit dem finalen Lux Aeterna kullern erste Tränen über ihre Wangen. Nun nimmt Matteo das Tagebuch aus seiner Ledertasche und legt es auf den Tisch, blättert sich durch die letzten Wochen und staunt, wie genau und gewissenhaft die Kellnerin ihre Taten aufgeschrieben hat, selbst den Polizeibericht würde er kaum besser hinbringen. –]

Dann brachen alle Dämme. Die Kellnerin heulte wie ein Schlosshund, Kommandant Knittel brachte eine Packung Papiertaschentücher, mahnte Steininger zur Mäßigung und meinte, das arme Ding hätte in seinem Leben schon genug mitgemacht.

Trotzdem, gegenüber Inspektor Steininger gestand sie nicht einmal den hinterlistigen Angriff auf dessen armen Kater, geschweige denn die Tötungen der vier Männer. Dies alles wollte sie lieber einer Frau beichten, zu Männern hätte sie längst kein Vertrauen mehr.

Und so kam die Frau Postmeister schon nach wenigen Monaten Polizeidienst in den Genuss eines handfesten Geständnisses, das derart detailgetreu erzählt und niedergeschrieben wurde, dass selbst die berühmtesten Strafverteidiger der Republik keine Chance mehr gesehen hätten, es könnte ein anderes Urteil als lebenslänglich geben.

Katharina Reinprecht alias Juliana Wangenheim berichtete in ihrer mehrtägigen Vernehmung ausführlich vom Lüftlmaler, der sie für ihre sexuellen Dienstleistungen fürstlich entlohnt und den sie ebenso wie den Restaurator, den Büchsenmacher und den Posamentiermeister mit Freude in den Himmel geschickt hatte. Nur der pädophile Geigenbauer wäre ihr durch die Lappen gegangen, er wäre ihr fünftes und bestimmt letztes Mordopfer gewesen, für den ein langsames Ende in der Tiefkühltruhe geplant gewesen war.

So ausführlich Katharina über die vier Morde erzählte, so eisern schwieg sie über ihr Motiv. Darüber verlor sie keine einzige Silbe, sie schwieg beharrlich. Auch in ihrem Tagebuch stand nichts über das Warum zu lesen, obwohl sie die Taten selbst ausführlich beschrieben hatte. Das sei einzig eine Sache zwischen ihr und ihrem verstorbenen Großvater. Ihm habe sie nämlich mit der Ermordung des gierigen Quintetts posthum den letzten Dienst erweisen wollen, den sie ihm schuldig war. Aus. Punkt. Fertig. Mehr sei nicht mehr zu sagen.

Interessant schienen nur jene eingeklebten Fotos im Tagebuch, auf denen die vier Mordopfer abgebildet waren. Darauf waren Kreuze zu sehen, und darunter standen deren Todestage!

* * *

Steininger durchsuchte gemeinsam mit Kommandant Knittel das Dachzimmer der Kellnerin. Dabei fanden sie nur wenig Verdächtiges, offensichtlich war zuvor aufgeräumt worden. Dem Inventar nach dürfte die Dame recht bescheiden gelebt haben.

Der Wirt war nach der Bestätigung seines schlimmen Verdachts tief enttäuscht und traurig, spendierte Steininger und Knittel aber trotzdem einen Krug Bier. Er zeigte sich erschüttert und stand offensichtlich kurz vor einer depressiven Phase, denn mit Katharina hatte er ein Prachtexemplar einer Kellnerin verloren, die ihm den Laden bravourös geschaukelt hatte. „Tüchtig war sie, das Mädel aus Wien, und sehr fleißig. So eine werde ich so schnell nicht mehr kriegen. Aber Mord ist halt Mord, da lässt sich nichts machen“, raunzte Severin, zog sein Taschentuch aus der Lederhose, schnäuzte sich und verzog sich in den Keller, wo man bald das Klirren von Glas hörte.

Eine seltsame, melancholische Stimmung lag über der Gaststube, und Matteo genoss das angenehme Gespräch mit seinem Kommandanten. Fern der Inspektion, fern der Kanzleien, fern von Befehlen, Statistiken und jeglichem Papierkram.

Erst spät machten sie sich auf den Heimweg, der erste Schnee war gefallen, und Matteo spazierte über den Stadtplatz hinauf in die Benediktinerabtei, wo er für die vier toten Landsteiner Handwerker und deren Mörderin eine Kerze anzündete. Pater Benedikt kam aus dem Beichtstuhl, kniete sich neben Steininger, sah die fünf Kerzen und begriff, dass die Sache ausgestanden war.

„Ab heute muss uns Severin wieder das Bier einschenken, seine Kellnerin ist in den nächsten Jahren eher verhindert", blinzelte Matteo dem Geistlichen zu und hatte damit unter Wahrung des Amtsgeheimnisses alles gesagt, was es zu sagen gab. Bis lange nach Mitternacht saßen die beiden noch in der Sakristei, verkosteten nicht nur Messweine, sondern sämtliche Spirituosen aus den umliegenden Gemeinden, die Pater Benedikt bei Hochzeiten, Taufen oder Beerdigungen geschenkt bekommen hatte.

Als er leicht beschwipst nach Hause schlenderte, sah er auf dem Dach der Volksschule einen bunt bekleideten Bajazzo herumspringen, der auf dem Kamin einen Kopfstand machte. Träumte er? Sah er einen Einbrecher? Oder war er derart betrunken, dass er Sinnestäuschungen hatte? Dann sah er den Bajazzo flink von Dach zu Dach springen, zuletzt hüpfte er vom Garagendach hinunter auf einen Schneehaufen. Steininger packte ihn am Kragen und sah, dass es der Kröll Fredy war. Ein harmloser Zeitgenosse, der für seinen Auftritt bei der Fasnacht probte, die am nächsten Sonntag im Nachbarort Bergheim stattfinden sollte.

* * *

Die Verhaftung der Kellnerin hatte in den Medien einigen Staub aufgewirbelt, und da es sich nach kriminologischen Überlegungen zweifellos um eine Serienmörderin handelte, war wieder einmal Feuer am Dach der Polizeiinspektion Landstein. Nach den Todesengeln von Lainz, die in den Achtzigerjahren Patienten ins Jenseits befördert hatten, und Elfriede Blauensteiner, die ein Jahrzehnt später wohlhabende Männer vergiftet hatte, musste ausgerechnet im biederen Tiroler Städtchen Landstein eine Serienmörderin ihr Unwesen treiben.

Nach den ersten Radiomeldungen war das mediale Interesse nicht mehr zu stoppen. Landstein war in aller Munde, Reporterteams aus ganz Europa karrten heran, und die polizeilichen Pressesprecher lieferten sich ein Wettrennen, wer bei welchen Fernsehanstalten die beste Sendezeit ergatterte.

Inspektionskommandant Albert Knittel berief eilig eine Pressekonferenz ein und war stolz, den spektakulären Fall vor internationalem Publikum zu präsentieren. Er berichtete von den langwierigen Ermittlungen, die seine Truppe unter seiner Federführung mit Bravour gemeistert und letztlich eine vorerst unverdächtige, völlig unscheinbare Dame ins Gefängnis gesteckt hatte, die nicht weniger als fünf Männer auf dem Gewissen hatte. Vier Leichen habe man gefunden, die Bestie aus Wien habe mit Sicherheit auch den Geigenbauer auf dem Gewissen, und die Auffindung des fünften Opfers sei nur mehr eine Frage der Zeit. Die Männer habe sie nicht etwa mit Gift ins Jenseits befördert, erdrosselt oder gar erschossen, sie habe jeden von ihnen auf recht kreative Art und Weise getötet. Steininger saß derweil in der Gaststube des Hirschenwirts und spielte mit einigen Bauern, die vom Viehmarkt zurückgekommen waren und sich ein Bier und ein

Gulasch gönnten, Karten. Der Fernseher lief ununterbrochen, die Theke war mit Trinkgesellen übervölkert, und in allen Sendern waren Bildberichte über die mordende Kellnerin aus der Tiroler Provinz Landstein zu sehen.

Einige Stammgäste, darunter der Kampftrinker Karl Holzinger, kamen in Sondersendungen zu Wort und lieferten den üblichen Schmarrn, den die Zuschauer eben hören wollen. Holzinger war nicht mehr ganz nüchtern, lallte in das Mikrofon und prahlte bei einem Live-Einstieg des bayrischen Fernsehens von seinem intimen Verhältnis zur verhafteten Kellnerin. Er sei sogar mir ihr verlobt gewesen! Und nun dieses Malheur! Im selben Moment erwähnte er die unfähigen Landsteiner Bullen, die bestimmt wieder die Falsche eingesperrt hätten, denn der wahre Mörder lebe noch immer mitten unter uns!

Das tat Steininger weh; er war schockiert über die Ausdrucksweise des jungen Mannes, dessen einzig bekannte Leistung darin bestand, einmal wöchentlich am Arbeitsamt zu erscheinen, um sich den Stempel zu holen! Und selbst diese schwere Hürde bewältige er fallweise nur per Taxi. Dieser Generation mangelte es offensichtlich an Anstand, und Steininger begriff endlich, dass es den Herrn Inspektor, der im Ort neben dem Bürgermeister, dem Pfarrer und dem Dorflehrer als Respektsperson galt, längst nicht mehr gab. Die Polizisten waren zu anonymen Streifenbeamten verkommen, denen man leider nur mehr selten zu Fuß begegnete, da sie immer größere Überwachungsgebiete betreuen mussten.

Die restliche Truppe der Polizei Landstein war an diesem Tag anderweitig beschäftigt und bekam das mediale Theater um die Serienmörderin nur am Rand mit. Inspektor Mariacher hatte einen alten Schlepper besorgt und organisierte für die Frau Postmeister den Umzug von ihrer alten Postwohnung in ein schmuckes, kleines Häuschen am Stadtrand. Sie selber war leider außer Gefecht, nachdem sie beim Bergradeln irrtümlich auf eine Downhill-Strecke geraten und unterhalb der Landsteiner Alm im hohen Bogen Richtung Tal geflogen war.

Ein Sturz mit schweren Folgen. Mit Turban und gebrochenem Schlüsselbein stand sie im Hausgang und dirigierte die Kollegenschaft herum, wie die Möbel aufzuladen waren. Kommandant Knittel war erst nach der Pressekonferenz in einem grauen Gendarmerieoverall erschienen und achtete auf die ordnungsgemäße Verladung des Hausrats. Dank seiner umsichtigen Regie war die Wohnung in nur einem Tag geräumt, und abends kochte die Frau Postmeister, wenn auch mit einem gewissen Handicap, für alle groß auf.

* * *

Inspektor Richard Fuchs, Haudegen im Dienst der Polizei und gerade deswegen dereinst nach Landstein strafversetzt, nahm seinen Pensionsbescheid ausgerechnet am 13. des Monats aus der Hand des Kommandanten in Empfang und befürchtete schon deswegen eine beginnende Pechsträhne. Er schnaufte kurz durch, nahm ein Kleeblatt aus der Lade, klebte es auf das Kuvert und strahlte: „Aus und vorbei, ich hab's überstanden." Nachdem er seine letzten Sachen zusammengeräumt hatte, bat er Matteo zu einem Kaffee. „Eigentlich hat es mir bei euch in Landstein gut gefallen, und der letzte Fall mit dir hat mich noch einmal so richtig herausgefordert. Früher habe ich mich ja hauptsächlich mit der Verkehrserziehung in den Schulen beschäftigt, aber die vier Mordfälle waren nun echt ein großartiger Abschluss meiner Karriere. Davon werden wohl noch meine Urenkel erzählen!"

Anschließend eilte Fuchs in die Gemischtwarenhandlung und kaufte noch ein paar Tischdekorationen für die Verabschiedungsfeier. Am folgenden Samstag war die Tafel beim Hirschenwirt mit hübschen Kleeblättern, Kaminkehrern und Fliegenpilzen gedeckt. Nachdem Kommandant Knittel eine Ehrenurkunde überreicht hatte, bedankte sich Richard in seiner schlichten Art. Er sei in vier Jahrzehnten Polizeidienst oft eine dringend benötigte Person gewesen, oft aber auch eine unerwünschte Kreatur. Sei er freundlich zu den Pülchern gewesen, habe man ihm dies als Anbiedern ausgelegt; sei er höflich und zurückhaltend gewesen, sei er der Angeber gewesen, der hochnäsig seine Uniform spazieren getragen habe. Oft habe er sich als namenlose Figur gefühlt, die von vorn als Herr Inspektor gegrüßt, von hinten aber als Volltrottel beschimpft wurde. Wegen eines fehlenden Knopfs an der Jacke habe man ihn einen schludrigen Staatsschmarotzer geschimpft. Er habe imstande sein müssen, sich auf Zeltfesten mit Grobianen herumzuschlagen, die nur halb so alt gewesen waren wie er – natürlich ohne dabei grob zu sein oder gar seine Uniform zu beschädigen. Habe jemand auf ihn eingeschlagen, sei er der Feigling gewesen, im gegenteiligen Fall sei er als Barbar und Rohling beschimpft worden. Oft war er Sozialarbeiter, rauer Geselle und Gentleman in einer Person, manchmal auch ein Diplomat, der Streitigkeiten so regelte, dass jeder glaubte, im Recht zu sein. Auch als Schnellrichter habe er mitunter gute Figur gemacht und rasche Entscheidungen getroffen, für die ein Jurist Monate gebraucht hätte. Befördert sei er nie worden, dazu hätten ihm die Loyalität nach oben und vor allem die guten Beziehungen gefehlt. Er habe schöne Momente erlebt und erinnere sich gern an ein Findelkind, das er in den frühen Morgenstunden vor dem Landsteiner Postamt in einer Schuhschachtel fand, einen gesunden Säugling, den eine verzweifelte Mutter in Decken gewickelt unter dem Postkasten abgelegt hatte und spurlos verschwand, aus dem aber ein tüchtiger junger Mann geworden sei. Natürlich denke er auch an verrückte Momente seiner Dienstzeit zurück, an Geisteskranke, die ihn auf Trab hielten, oder an den deutschen Zirkusdirektor Heiner Klopp, der einst seinen Löwen auf ihn hetzen wollte, nur weil er mit dem Tierarzt seine Reptilien begutachten musste. Oft, auch nachts, denke er an die Frau, die auf ihrem Balkon bei lebendigem Leib verbrannte, oder an jenen Südamerikaner, der jahrelang tot in einer Scheune hinter dem Bergheimer Kriegerdenkmal lag und von einem Bauarbeiter durch Zufall entdeckt wurde. Bis heute weiß niemand, wer der Kerl war.

„So, und jetzt proste ich euch ein letztes Mal dankbar zu, verabschiede mich höflich und trete meine wohlverdiente Pension an. Es ist genug, es reicht! Servus, tschüss, adieu und pfiat enk! Ich werde mich heute Nacht in aller Ruhe auf eine Parkbank setzen, auf eine vorbeiziehende Sternschnuppe warten und einen stillen Wunsch zum Winterhimmel schicken."

Der Abend klang feuchtfröhlich aus, wenngleich Kommandant Knittel ein wenig bedrückt hinter dem Schweinsbraten saß. Wieder einmal stand die Schließung seiner Landsteiner Polizeiinspektion im Raum. Er war aus diesem Grund schon in der kommenden Woche zum Rapport nach Innsbruck befohlen – abwarten, was dort entschieden wird.

März 2014

Über die Mordverhandlung am Landesgericht Innsbruck gibt es nur wenig zu berichten. Das Landsteiner Drama um vier ermordete Männer ging in einem einzigen, kurzen Akt über die Bühne. Die Angeklagte wiederholte ihr Geständnis vor den Geschworenen, schwieg wie erwartet beharrlich zu einem möglichen Motiv, entzog ihrer Strafverteidigerin ständig das Wort, nahm das Urteil lebenslang ohne jegliche Gemütsregung an und verzichtete auf alle Rechtsmittel. Der Staatsanwalt staunte und schloss die Akte.

Den Gefängnisalltag kennt sie aus früheren, wenn auch etwas kürzeren Haftzeiten. Sie erweist sich als Musterhäftling, mit ihr werde es bestimmt keine Probleme geben. Ihr früherer Ruf in der Justizanstalt ist makellos, noch dazu ist sie hübsch und äußerst attraktiv. Die älteren Aufseher mögen sie zwar nicht, zu den jüngeren findet sie aber einen guten Draht und bekommt von Zeit zu Zeit alle nur erdenklichen Vergünstigungen.

Bald übersiedelt sie in eine Einzelzelle, betreut die Anstaltsbibliothek, liest den ganzen Tag, darf ihre private Kleidung tragen und kann sich ihren Gefängnisalltag einteilen, wie sie es wünscht. In der Bibliothek lernt sie den Aufseher Robert kennen, ein smartes Bübchen mit einem niedlichen Stern auf seiner Uniform. Ihr fallen seine verliebten Augen auf, wenn er sich für die Nachtschicht bei ihr eine Lektüre ausleiht. Sie freundet sich rasch mit dem Jüngling an, und immer öfter verbringt er seine Dienstzeit in der Anstaltsbücherei. Dort bringt er ihr das Schachspiel bei, sie führt den unbeholfenen Jüngling in ihrer Zelle in die vielfältige Welt der Liebe ein. Erst zaghaft und gehemmt, später lustvoll, heftig, ungeschützt.

Eines Tages küsst sie ihn auf die Stirn, legt sich aufs Bett, faselt etwas von Übelkeit und Brechreiz und bittet ihren Lover, in der Apotheke Aspirin und einen Schwangerschaftstest zu besorgen. Nun ist dem jungen Aufseher mehr als unwohl, und als sie ihm zwei Tage später einen positiven Test vorgaukelt, sitzt er auf ihrem Zellenbett, hält sich die Hände vor die Augen, zittert und sieht sich plötzlich in einer völlig aussichtslosen Situation.

Sie bietet dem Unerfahrenen ihre Hilfe an, erzählt von einer guten Bekannten, einer Engelmacherin, die sie von früher her kenne und die ihr das Kind wegmache, wenn er das möchte. Sie mag Kinder sehr, könne das Baby auch gern zur Welt und damit ein wenig Leben in die Justizanstalt bringen. Er müsse ihr halt dann Woche für Woche Windeln besorgen! Windeln? Babygeschrei? Robert fühlte sich sofort völlig überfordert, und schon in der übernächsten Nacht ist der heimliche Ausgang organisiert. Robert hat Nachtdienst; er schleust Katharina durch den Lieferantenausgang zu seinem Auto. Er vertraut ihr blind. Mitten in Innsbruck fährt er in eine Tiefgarage und geht mit ihr zum Aufzug, der sie in den fünften Stock bringen soll, wo die Engelmacherin wohnt.

Viele Menschen drängen in den Aufzug, und als Robert im fünften Stock ankommt, steht er ziemlich allein da. Katharina ist weg, in der Menschenmenge spurlos verschwunden.

Die sitzt zum selben Zeitpunkt in einem überfüllten Stadtbus der Linie C und fährt hinaus zu dem Bauernhof, der auf einem kleinen Hügel zwischen dem Inn und der Bundesstraße steht. Das Gehöft hatte ihr damals ihr Freund Max Buchberger gezeigt, dort seine Sporttasche versteckt und ihr versichert, dass es der ideale Unterschlupf sei, wenn es einmal eng werde. Max war ihr nun wohl keine Hilfe mehr, der war ja längst tot. Der feige Kerl hatte sich in seiner Zelle erhängt. Aber sie weiß sich auch ohne ihren väterlichen Berater gut zu helfen. Sie ist schlau und hat den unerfahrenen Gefängniswärter Robert mit links ausgetrickst. Und damit schon ihre allererste Chance genützt, um der lebenslangen Haftstrafe zu entgehen.

Es ist stockdunkel, der Hof scheint verlassen. Katharina schleicht zur hinteren Scheunentür, schiebt sie auf und kriecht über den eklig stinkenden Stallboden zu einer Falltür, die sie aufzieht und über die wackelige Holzstiege in den Keller hinuntersteigt. In der ehemaligen Brennerei riecht es säuerlich. Sie legt ein paar alte Rupfensäcke und Decken auf den Boden und richtet ein Nachtlager ein. Sie friert, schläft kaum und denkt an Robert, wie konfus und hektisch er nach ihrem Verschwinden wohl im Wohnblock und in der Tiefgarage umhergeirrt sein musste und fieberhaft nach ihr suchte. Der Arme! Auf ihn würden nun wohl einige Probleme zukommen!

Die nächsten Tage verbringt sie in ihrem Kellerverlies, trinkt kaltes Wasser und ernährt sich von harten Brotresten und längst abgelaufenen Keksen, die irgendwo in der Scheune herumliegen. Sie besinnt sich ihrer früheren Tugenden, kann hart zu sich selber sein, und zäh wie Leder! Diese Eigenschaften hat sie sich in ihrer kargen Zeit in Wien angeeignet, als sie wochenlang obdachlos gewesen und in luftigen Abbruchhäusern, Bahnhöfen und Totenäckern herumgelungert war.

Immer wieder hört sie Geräusche von Hubschraubern, bellende Hunde und Martinshörner, ganz sicher wird gezielt nach ihr gefahndet. Nach ihr, der Serienmörderin, der Bestie von Landstein! Dieser Titel hat ihr gut gefallen, plötzlich war sie jemand, war aus der Anonymität der biederen Kellnerin herausgetreten und hatte ein neues Ego bekommen. Wie der Serienmörder Gerald Schäfer, den die Medien zum Killer Cop beförderten, oder Donald Harvey, den sie Angel of Death nannten.

Nach vier Tagen kehrt langsam Ruhe ein. Sie fühlt sich müde, ist hungrig und geschwächt. Dann zieht sie die schwere Sporttasche aus dem Brennofen, die Max seinerzeit dort versteckt hat. In der Tasche findet sie einen Stoffsack voll Schmuck, ein paar gravierte Taschenuhren, ein Köfferchen mit silbernem Tafelbesteck, diverse Herrenkleider und zwei Sparbücher mit hoher Einlagesumme. Ersparnisse? Diebesgut? Erbstücke? Im Seitenfach findet sie einen Schlüssel für das Schließfach Nr. 17 bei der Regionalbank Landstein. Sie erschrickt und kramt den Schlüssel mit der Nr. 1981 aus ihrer Handtasche. Jenen der fünf Herren. Von derselben Bank! Wieder nur ein Zufall oder hatte Max die fünf Herren gekannt?

Nach einer weiteren schlaflosen Nacht zwischen Kartoffelsäcken und Mäusekot kriecht sie aus dem Verlies und steigt in die leeren Wohnräume hinauf, in denen früher die alten Bauersleute hausten. Es riecht widerlich. Sie geht durch die verstaubten Räume und sucht in den Kästen nach einer passenden Kleidung. Sie wäscht sich mit Schmierseife und kaltem Wasser und benetzt sich mit ein paar Tropfen Kölnisch Wasser. Dann durchsucht sie die Kleiderkästen und zieht sich ein Trachtenkostüm an, dazu eine hübsche Leinenbluse, bunte Stricksocken und geschnürte Stiefel. Für die weitere Maskerade findet sie einen Strohhut mit bunten Bändern, eine Nickelbrille und bäuerlichen Modeschmuck.

In dieser dörflichen Aufmachung fährt sie mit der Bahn nach Landstein, stöckelt in die Regionalbank, sperrt zuerst Friedrich Gollners Schließfach auf und gibt die Goldbarren und dicken Bündel Banknoten in einen Einkaufskorb, der mit einem karierten Stoff bespannt ist. Als kleinen Gruß legt sie ein kleines Geschenk in das Schließfach.

Dann öffnet sie Max Buchbergers Safe, entnimmt daraus ebenfalls ein dickes Bündel Banknoten und zwei Flugtickets nach Australien. First Class. Natürlich längst abgelaufen, ungültig, wertlos, verfallen!

Dann verschwindet sie eilig, wählt für die Rückfahrt nach Innsbruck den Linienbus, steigt zwei Haltestellen später aus, kauft sich in einer Lebensmittelhandlung ein wenig Proviant und geht über mehrere Schleichwege durch ein Waldstück zurück zum Bauernhof, wo sie für weitere zwei Tage in ihr Verlies verschwindet.

Sie ist entkräftet und spürt leichtes Fieber, als sie in der Dämmerung ihre Flucht vorbereitet. Im Stall findet sie einen modrigen Rucksack, in den sie alles hineinstopft, was für ihr weiteres Leben wichtig ist. Die Goldbarren wiegen schwer, sie wickelt sie einzeln in Geschirrtücher und legt sie behutsam in den Ranzen.

Abends zieht ein heftiges Gewitter auf, sie schiebt im strömenden Regen ein Paddelboot über die steile, glitschig nasse Wiese zum Inn, das der Bauer wahrscheinlich vor Jahren aus dem Inn gefischt und in seinem Heustadel aufbewahrt hat. Paddel ist keines zu finden, Katharina bastelt sich eines aus einem Speckbrett und einem Besenstiel. Das muss genügen.

Zuletzt steigt sie nochmals in den Keller hinunter, lässt Traktorenöle und Treibstoffe aus den Kanistern rinnen und legt Feuer. Dann läuft sie zum Fluss hinunter, schultert den schweren Rucksack, steigt ins Kajak, paddelt hinaus auf den Inn und treibt im nächtlichen Hochwasser zügig davon. Es ist eine gespenstische Stimmung, riesige Baumstämme treiben neben Ästen und Holzpaletten in den hohen Fluten und stoßen immer wieder gegen das Boot. Als die Sirenen aufheulen, blickt sie noch einmal kurz zurück. Von Weitem sieht sie den Bauernhof in Vollbrand stehen!

* * *

Für den weiteren Verlauf der Geschichte scheint einzig die Wahrnehmung des Schleusenwärters am Innkraftwerk Kirchbichl von Bedeutung, der vier Tage später bei der Wehranlage ein herrenloses Kanu aus dem Inn zog. Und weil das Boot ziemlich demoliert war und ein erhebliches Leck in der Seitenwand aufwies, warf er es auf einen Müllhaufen, den der Gemeindearbeiter noch in derselben Woche auf den Lastwagen lud und entsorgte.

September 2014

Nachdem den Instrumentenbauer Friedrich Gollner in seiner argentinischen Hazienda erst Monate später die Nachricht seines Neffen aus New Jersey erreichte, dass in Landstein eine Mörderin gefasst worden sei, die angeblich vier ältere Herren auf dem Gewissen hatte, packte er seine Sachen zusammen, buchte einen Rückflug nach Europa und kehrte als Schweizer Staatsbürger Jakob Steiner in seine Heimat zurück.

Nicht ohne besondere Zwischenfälle verlief die Rückreise in die alte Heimat, die sich als wahre Odyssee gestaltete. In Buenos Aires, der Welthauptstadt des Tangos, wurde wieder einmal tagelang gestreikt, ihm blieb nichts anderes übrig, als eine Nacht in einem Hotel zu verbringen, in dem es übel stank und von Mäusen und Ratten wimmelte. Dann gelang es ihm, einen Flug von Cordoba nach Stockholm zu buchen, der für ihn zu einem wahren Waterloo wurde. Denn die schwedischen Zollbeamten bemerkten bei Friedrichs Einreise seine Nervosität, prüften den Pass ein wenig näher, erkannten die Fälschung und stellten bei einer Fahndungsanfrage fest, dass der alte Herr mit einem gestohlenen Dokument unterwegs war. So buchteten sie ihn kurzerhand für ein paar Stunden im Flughafenarrest ein.

Natürlich bekannte sich Friedrich sofort zu dieser Tat und erklärte dem schwedischen Zöllner sein Motiv, dass er damals aus purer Angst unter falschem Namen von Österreich nach Argentinien geflüchtet sei, um einer vermutlich geisteskranken Serienmörderin zu entkommen.

Klar, dass die schwedischen Behörden bei der Polizeiinspektion Landstein anriefen und sich erkundigten, ob dort ein Friedrich Gollner bekannt sei. Ausgerechnet Kommandant Knittel nahm den Hörer ab – und der glaubte sich mitten in einer Comedy-Show. Er erzählte dem verblüfften Polizeikollegen aus Stockholm, dass sich Meister Gollner bereits im Vorjahr das Leben genommen habe, und wenn das als Antwort nicht reiche, sei selbiger wenig später auch noch bei einem Flugzeugabsturz in der Karibik ums Leben gekommen. Aus und basta, Friedrich Gollner sei definitiv tot. Mausetot. Nachzulesen in der Landsteiner Polizeichronik! Ende der Durchsage!

Und so blieben in Stockholm einige Rätsel offen, weshalb Friedrich Gollner erst Tage später nach Wien zurückkehrte und in den Intercityzug 412 stieg, der in den frühen Morgenstunden im Tiroler Städtchen Landstein einfuhr. Sein erster Weg führte ihn in die örtliche Polizeiinspektion zu Chefinspektor Albert Knittel, der kurz vor einem Herzinfarkt stand, als der ertrunkene und möglicherweise auch noch mit einem Airbus abgestürzte Friedrich Gollner, genauer konnte es selbst der Kommandant nicht definieren, wie ein Geist aus der Flasche vor Knittels Schreibtisch erschien.

Der letzte Überlebende des Kanonenofenquintetts erzählte von seiner damaligen Angst vor der irren Mörderin, seinem inszenierten Selbstmord und der überstürzten Flucht aus Landstein. Von dem ganzen Theater mit dem Flugzeugabsturz in der Karibik wusste er nichts, davon hatte er in Argentinien auch nie etwas erfahren. Diese Anekdote kostete den Instrumentenbauer einen kleinen Lacher, war ihm doch sein Reisepass schon vor Jahren bei einer Busreise in Passau gestohlen worden.

„Den Diebstahl des Dokuments habe ich bis heute nicht gemeldet; vermutlich saß der Dieb im abgestürzten Flugzeug. Ich bin quicklebendig, wie du siehst, und die anderen vier Landsteiner Herren, die von der verrückten

Dame ermordet wurden, die habe ich nur flüchtig gekannt, nur vom Sehen her. Mit denen hatte ich nicht viel zu tun, nur ab und zu geschäftlich", schmunzelte der Instrumentenbauer und schenkte Kommandant Knittel ein Päckchen Mate-Tee. „Das Nationalgetränk Argentiniens, bekömmlich zu jeder Tageszeit", fügte er hinzu, schulterte seine Tasche, lächelte verschmitzt und war wieder dahin.

Endlich wieder daheim. Friedrich freute sich wie ein Knabe vor dem Weihnachtsbaum, der letzte Überlebende aus dem Kanonenofenquintett zu sein. Denn nach ihrem damaligen Schwur war er nun berechtigt und auch irgendwie verpflichtet, das gemeinsam ergaunerte Vermögen zur Gänze zu verbrauchen oder für wohltätige Zwecke eine Stiftung einzurichten.

Vorerst ließ er Ruhe einkehren und besuchte erst einige Tage später seine Schwester Katharina in der Landsteiner Regionalbank. Die hatte sich über Friedrichs Rückkehr natürlich kaum gewundert, war sie doch von Anfang an in seine geheimen Pläne eingeweiht gewesen, wenngleich er nach seiner Flucht aus Landstein nur selten bei ihr angerufen und oft wochenlang nichts von sich hören hatte lassen. Deshalb hatte er auch erst heute davon erfahren, dass der Mörderin Katharina Reinprecht die Flucht aus der Justizanstalt gelungen und sie seither spurlos verschwunden war. Was ihm einiges Koptzerbrechen bereitete!

Aber selbst das Schwesterherz konnte seinen ersten Schwächeanfall und die nachfolgende Herzattacke nicht verhindern, die ihr Bruder Minuten später beim Aufsperren des Schließfaches erlitt, als er feststellen musste, dass zwar kein Geld und auch keine Goldbarren mehr zu finden waren, dafür aber eine hübsche Blechdose mit

Zeitungsartikeln, die über die Landsteiner Männermorde berichteten. Hübsch zusammengestellt, chronologisch geordnet und am Deckel mit einer goldenen Violine verziert. Zwischen den Blättern einige Fotos, die den Herrn Geigenbaumeister mit nackten, thailändischen Buben zeigten. Der Einsatz des Notarztes erregte nur wenig Aufsehen, als der bedauernswerte Friedrich mit Blaulicht zu seiner letzten Reise ins Krankenhaus aufbrach. Dort starb er nach zwei Tagen, ohne jemals wieder das Bewusstsein erlangt zu haben.

Die trauernde Schwester sichtete zwar noch die Videoaufzeichnungen aus dem Bankfoyer, konnte mit der rustikal gekleideten Dame mit gestrickten Socken, Strohhut und Zwickelbrille allerdings wenig anfangen, die ganz offensichtlich Schlüssel für gleich zwei Schließfächer besaß und diese seelenruhig leerte.

„Was hatte der Bauerntrampel mit meinem geliebten Bruder Friedrich, seinen vier Freunden oder dem Polizisten Max Buchberger zu tun?“, ging es der Bankangestellten durch den Kopf, als sie die Videobänder immer und immer wieder kontrollierte.

Oktober 2014

Matteo Steininger fuhr mit seiner Gattin und den beiden Töchtern zum Tierarzt nach Innsbruck, Rigolettos letzte Therapie einer langwierigen Behandlung war angesagt. Das Tier war nahezu vollständig genesen, humpelte nur noch leicht und mied seit dem schlimmen Vorfall alle eisernen Gegenstände, die einer Tierfalle auch nur im Entferntesten ähnlich sahen.

Matteo kehrte im Innsbrucker Dom ein und gedachte in Stille dem alten Konrad Petter, der vor fünf Jahren auf seinem Bergbauernhof im Brunnentrog ertrunken war. Den alten, bärtigen Gebirgler mit seinem grünen Trachtenhut, hinter dessen Borte er immer irgendwelche Blumen stecken hatte. Und natürlich sah Steininger in der Stille der Bischofskirche diesen Todesfall nun in einem ganz anderen Licht als damals. Was wäre wohl geschehen, wenn der Ziegenhirte nicht den Bestatter, sondern die Polizei gerufen hätte? Und wie war die alte Frau Penz tatsächlich zu Tode gekommen, die damals wochenlang in der Brandruine des Musikprofessors unter Schutt und Asche gelegen war?

Matteo legte für die beiden vergessenen Opfer ein Vaterunser nach, deren letzten Stunden wohl für immer ein Geheimnis bleiben würden. „Leider", dachte er mit einem kurzen Blick zum Gekreuzigten, „denn keiner der fünf möglichen Kandidaten weilt mehr unter den Lebenden."

Nach der kurzen Andacht spazierte Matteo mit seiner Familie in den Hofgarten, speiste mit ihnen fürstlich und schlenderte in der Dämmerung über die Innpromenade zum Auto zurück. „Von unserer mordenden Kellnerin Katharina haben wir bis heute nichts mehr gehört. Die ist seit ihrer Flucht aus der Justizanstalt wie vom Erdboden verschluckt. Nach ihr wurde sogar in Aktenzeichen XY gefahndet, aber es kam nur der eine Hinweis eines bayrischen Naturfotografen, der Katharina angeblich vor einigen Wochen im Süden Kasachstans an der Grenze zu Kirgisistan gesehen habe", erzählte Matteo seinen Damen.

Wenn ich heute zurückdenke, glaube ich langsam, dass es zwei Geschichten waren, die miteinander gar nichts zu tun hatten. Vielleicht habe ich die Situation von Anfang an falsch eingeschätzt und die wahren Zusammenhänge zwischen Katharina Reinprecht, Max Buchberger und unseren vielen Toten nicht erkannt? Vielleicht war ich selbst Opfer einer Reihe von Irrtümern! Wer weiß, denn Zufälle gibt es bekanntlich öfter, als wir annehmen!

Dann lehnte sich Matteo Steininger entspannt über das Brückengeländer, genoss die Kühle des Abends und schaute einem Stück Holz nach, das auf dem Wasser des Inn in das Dunkel der Nacht hinaustrieb.

* * *

Wochen später hatte Matteo Steininger einen Termin beim Landsteiner Notar Dr. Reinfried Gasser. Er konnte sich bei Gott nicht erklären, warum er zu Friedrich Gollners Verlassenschaftsabhandlung geladen war. Im Vorraum traf er Friedrichs Neffen John Gollner, der aus Großbritannien angereist war und den Inspektor kaum beachtete. Und doch kam ihm der Lebemann irgendwie bekannt vor! Woher kannte er diesen verlebten Burschen? War er dem nicht schon einmal in Landstein begegnet?

Steininger wurde fast übel, als der Advokat die Auflistung über das gesamte Vermögen verlas, das natürlich Friedrichs einzigem Neffen zugesprochen wurde. Der strahlte wie zwei Sonnen! Dann überreichte der Advokat dem Kriminalinspektor würdevoll ein versiegeltes Kuvert, auf dem in hübscher Handschrift lediglich „Für Inspektor Matteo Steininger • darf erst nach meinem Tod geöffnet werden" zu lesen stand. Der Inhalt hatte es wahrlich in sich. Friedrich entschuldigte sich in einem elendslangen Brief für sämtliche Ärgernisse, die er den Landsteiner Polizisten bereitet hatte, und gestand erst im letzten, recht kurzen Absatz die beiden Morde an Konrad Petter und der alten Frau Penz. Den alten Sonderling habe er damals gemeinsam mit seinen vier Freunden hoch droben auf der Alm aufgesucht, um ihm seine musealen Kostbarkeiten abzuluchsen. Petter sei aber störrisch gewesen und habe sogar mit einem Hirtenstock wild auf die Männer eingeschlagen. Also hatten sie beschlossen, das Gemüt des Alten im Brunnentrog abzukühlen. Der zappelte aber wild und garstig weiter – was blieb ihnen anderes übrig, als ihn kurzerhand zu ertränken. Als kurze und schmerzfreie, hochalpine Sterbehilfe.

Die alte Frau Penz sei Zeugin gewesen, die neugierig vom Küchenfenster aus beobachtet hatte, wie sie die wertvollen Instrumente des Professors nach und nach aus dem Hause geschafft hatten. Und die die bodenlose Frechheit besessen hatte, für ihr Stillschweigen auch noch Geld zu verlangen! Monat für Monat! Für sie und Mutter Kirche! Was lag da näher, als das gierige Weib zu knebeln und zu fesseln, in den Keller des Musikus zu zerren und die Hütte einfach abzufackeln!

* * *

Steininger legte Friedrich Gollners Vermächtnis auf jenen Stapel Postkarten, der von Monat zu Monat höher wurde. Denn heuer hatte die Frau Postmeister auffallend viel zu tun, wenn alle paar Wochen für Inspektor Matteo Steininger Postkarten aus aller Welt eintrafen! Hübsche Ansichtskarten mit Motiven aus Ungarn, Rumänien, Georgien, Kasachstan, der Mongolei, China, Vietnam, Indonesien und Papua-Neuguinea. Alle ohne Absender, ohne jeden Text. Die letzte kam aus Australien, mit einer wunderschönen Briefmarke und einem Poststempel aus Alice Springs, dem geografischen Zentrum des fünften Kontinents. Während Matteo die Briefmarke ausschnitt, fragte er sich, wer wohl die vielen hübschen Zeichnungen auf die Karte gemalt hatte. Von wem stammten die lustigen Strichmännchen? Pinocchio, Struwwelpeter oder Peter Pan? Oder Nils Holgersson, der am unteren Eck der Postkarte auf einer Wildgans seine wunderbare Reise in die weite Welt der Märchen begann?

* * *

Die Stadt Landstein am Inn werden Sie auf keiner Landkarte finden; ebenso wenig gibt es den Kriminalinspektor Matteo Steininger, den Kommandanten Albert Knittel, den Polizisten Max Buchberger, die Frau Postmeister, den frommen Einsiedler, den Pater Benedikt mit Schuhgröße 47, die zickige Gerichtsmedizinerin Rita Haidinger, den Büchsenmacher oder Posamentiermeister wirklich. Die Geschichte ist frei erfunden; jede Ähnlichkeit der handelnden Figuren und deren Namen mit existenten Personen wären Zufall und nicht beabsichtigt. Sollten sich dennoch pädophile Geigenbauer, frivole Kellnerinnen, tschechische Passfälscher, dubiose Restauratoren oder englische Lebenskünstler irgendwo in den Zeilen wiedererkennen, wird um Nachsicht gebeten.

Es hätte nämlich alles genau so sein können.

Kriminalromane von Dietmar Wachter

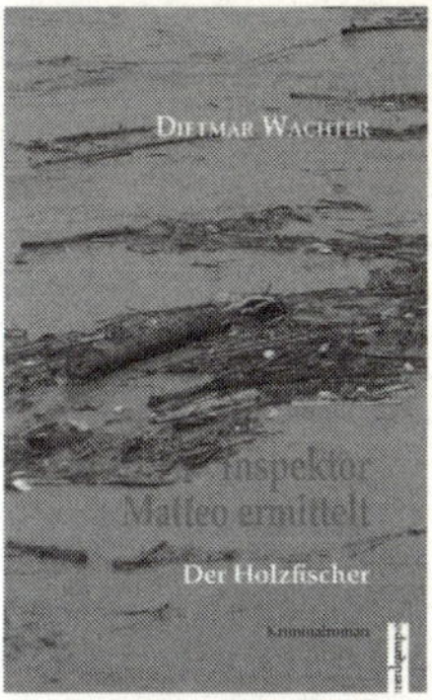

Der Holzfischer
Inspektor Matteo ermittelt. Sein 1. Fall
ISBN 978-3-85093-259-2
In Landstein werden Teile einer Leiche gefunden, die länger dort gelegen sein dürfte. Einzige Ermittlungsansätze sind Reste von Lackstiefeln, eine Goldbrosche und ein paar alte Münzen – die Klärung des Falls ist kaum zu erwarten. Kuriose, schrullige Zeitgenossen, skurrile Verwandte und mysteriöse, anonyme Briefe machen aus dem Kriminalroman im ländlichen Alpenraum mehr als „nur" einen spannenden Fall.

Das Zingulum
Inspektor Matteo ermittelt. Sein 2. Fall
ISBN 978-3-85093-278-3
In Landstein verschwinden spurlos vier Frauen, deren kahlgeschorene Leichen Wochen später an symbolischen Orten aufgefunden werden. Ein mehr als kurioser Zufall führt Inspektor Matteo ins Palais einer alten Adeligen. Dort findet er den berühmten roten Faden, der ihn der Klärung der Mordserie ein großes Stück näher bringt.

Das Mädchen mit der Puppe
Inspektor Matteo ermittelt. Sein 3. Fall
ISBN 978-3-85093-301-8
Bei Baggerarbeiten werden in Landstein die Gebeine von Soldaten aus dem Jahr 1703 entdeckt und in derselben Grube die sterblichen Überreste eines im 20. Jahrhundert ermordeten Kindes und dessen Puppe. Ein schwieriger Fall für Inspektor Matteo; er hat es mit einem raffinierten Mörder zu tun. Gelingt der finale Schachzug, ehe weitere Zeugen ins Jenseits befördert werden?